Weitere Bücher vom Autor

Asia with Suit and Tie

Asien mit Anzug und Krawatte

Kopf hoch, Herbert, wenn der Hals auch dreckig ist!

Golf With The Devil

MordFriesland Serie:

Mord Hieve

Mord Gülle

Mord Asyl

Zum Gedenken an Wu Han, Historiker und Politiker, das erste Opfer der chinesischen Kulturrevolution von 1966 von 1976, und an die eineinhalb bis zwei Millionen Toten, 30 Millionen Verfolgten und 100 Millionen Menschen, die indirekt von den Exzessen betroffen waren.

Rolf Zeiler

Der alte Chinese und das Mädchen

Roman

Die Handlung und die Personen in diesem Roman sind frei erfunden. Ähnlichkeiten mit lebenden Personen und Organisationen wären rein zufällig und nicht beabsichtigt.

Bibliografische Information der Deutschen Nationalbibliothek

Die Deutsche Nationalbibliothek verzeichnet diese Publikation in der Deutschen Nationalbibliografie; detaillierte bibliografische Daten sind im Internet über http://dnb.dnb.de abrufbar.

© 2019 Rolf Zeiler

Satz, Umschlaggestaltung, Herstellung und Verlag: BoD – Books on Demand
ISBN 978-3-7494-7280-2

Der Mensch hat dreierlei Wege, klug zu Handeln, erstens durch Nachdenken, das ist das Edelste,
zweitens durch Nachahmen, das ist das Leichteste, und drittens durch Erfahrung, das ist das Bitterste.

(Konfuzius)

Kapitel 1

1974, China, Guangzhou, an der Mirs Bay

Der Tag, an dem er seine seit Monaten geplante Flucht in die Tat umsetzen wollte, war endlich gekommen. Li Han Cheng hatte am Vormittag gezielt den Linienbus von Guangzhou nach Xichong, im Longgang-Distrikt von Shenzen in der Guanggong-Provinz, China, genommen. Die Strände Xichongs lagen im Dapeng-Nationalpark im Süden der Dapeng-Halbinsel, am Südchinesischen Meer, und waren ein beliebtes Ausflugsziel der Chinesen. Niemand würde hier den wahren Grund seines Ausflugs vermuten. Li fühlte sich sicher, es war alles Teil seines ausgefeilten Fluchtplans. Er verbrachte mit den vielen anderen Ausflüglern den Nachmittag am Strand und aß eine letzte warme Mahlzeit in einem der Fischrestaurants. Kurz nach Einbruch der Dunkelheit wanderte er zu einer schon Wochen vorher auskundschafteten Bucht, an die Mirs Bay. Die Mirs Bay trennte Chinas Festland von Hongkong. Unbehelligt und ohne Zwischenfall hatte Li Xichong schnell hinter sich gelassen und war über die karge Berglandschaft an die steinige, südliche Steilküste gelangt. Zweimal musste er jedoch einer Patrouille der chinesischen Volksarmee ausweichen, die die Küsten Chinas streng gegen Eindringlinge und Flüchtlinge, wie er einer war, bewachten. Nach anstrengenden Stunden des Wanderns war er, mithilfe eines Kompasses, an seinem Zielort angekommen. Li hatte die kleine Bucht bei seiner ersten und einzigen Exkursion, einige Wochen zuvor, entdeckt und sich ihre Lage genau eingeprägt. Die Bucht hatte er als ideal für sein Vorhaben empfunden und von hier plante Li, hinüber in die Freiheit nach Hongkong zu schwimmen.

Li Hang Cheng plagte nur ein für ihn unumstößlicher Gedanke: diesem so verhassten Regime, das ihm unsagbares Leid zugefügt hatte, endgültig zu entkommen. Er hatte alles, was ihm in seinem Leben lieb und heilig gewesen war, in China verloren. Jahrelang hatte er davon geträumt, ein neues Leben zu beginnen. Alles war bisher genauso verlaufen, wie er es vorher tausendmal ersehnt hatte. Nur eines nicht, er musste seine Flucht allein antreten.

Li hatte alles gut vorbereitet, sich keine Illusionen über die äußeren Bedingungen gemacht. Doch solch eine kühle, stürmische Nacht hatte er trotzdem nicht erwartet. Schwarze, drohende Wolken hingen dicht über dem wie endlos erscheinenden, tosenden Meer. Ein heulender Wind peitschte, mit wilden orkanartigen Böen, über das immer stärker aufschäumende Meer der Mirs Bay. Li konnte nur sehr wenig von der vor ihm liegenden, wie endlos erscheinenden Bucht ausmachen. Die zu schwimmende Distanz war plötzlich zu einer erschreckenden Route der Ungewissheit geworden. Die unheimlich wirkende, fast rabenschwarze Dunkelheit brachte zusätzliche Zweifel über das Gelingen seiner Flucht. Nur vereinzelt wurde der wolkenverhangene Himmel von ein paar wenigen, hoffnungsverheißenden Vollmondstrahlen durchbrochen. Das manchmal plötzlich auftauchende, gleißende Mondlicht schien dann in hellen senkrechten Lichtbalken durch die wenigen Löcher der dichten Wolkendecke. Die wild schäumenden Wellenkämme, die das tobende Meer in einem Poseidonschen Spektakel offenbarte, ließen das Blut in Lis Adern gefrieren. Es erfüllte Li mit dem Gedanken, ob er sich nicht doch zu viel zugemutet hatte und ob das zu erwartende Abenteuer erfolgreich enden würde. Er war ein guter Schwimmer, fast jeden Tag war Li, um sich auf diesen einen Tag vorzubereiten, zur Übung zehn Kilometer im Perlfluss geschwommen. Aber alles, was er jetzt fühlte, war eine langsam aufsteigende, innerliche, ungewollte Furcht, die ihm die Luft abzuschnüren drohte. Er sah, wie die gewaltigen Wellen aus kaltem, alles mitreißendem Wasser wie mächtige Stahlwalzen unermüdlich von der rauen, mit Schaumkronen übersäten See heranrollten. Wie diese mit ihrer gewaltigen

Urkraft die Steilküste in ein gischtsprühendes Inferno verwandelte. Die gigantischen Brecher türmten sich immer wieder furchterregend mehrere Meter hoch vor ihm auf, warfen Treibgut und andere im Wasser treibende Dinge mit brachialer Gewalt gegen die Felsen. Er wischte letzte quälende Panikattacken beiseite, machte sich Mut. Es gab für ihn kein Zurück mehr; Sieg oder Tod waren seine einzigen Alternativen.

Li packte seine wenigen Habseligkeiten in eine mitgebrachte, wasserdichte Haut, band diese an seinem Gürtel fest und warf sich todesverachtend in die eisigen Fluten. Zuerst dachte er, die Kraft der Strömung wäre zu groß und er würde es nicht schaffen, doch unbeirrt schwamm er Meter für Meter, entfernte sich stetig von der Küste. Von einem Land, das er liebte, aber das von einem ungerechten Regime regiert wurde, welches er hasste. Ein in seinen Augen bösartiges Regime, das ihm seine Zukunft genommen hatte. Er hatte für sich entschieden, es war ein grausames politisches System, das es ihm unmöglich machte, jemals wieder in das Land seiner Vorfahren zurückkehren. Li hatte sich vorm Sprung in die Fluten der Mirs Bay geschworen, solange die Kommunisten an der Macht waren, nie wieder einen Fuß auf chinesischen Boden zu setzen.

Unermüdlich bewegte Li einen Arm vor dem anderen, schwamm in Richtung einer Freiheit, von der er keinerlei Vorstellung hatte. Er wusste nur so viel von Hongkong, dass dort sein Großvater und die Familie seines Onkels lebten. Sie würden ihm schon helfen, da war er sich sicher, ein neues Leben zu beginnen.

Nachdem er mehr als vier Stunden geschwommen war, setzten die ersten Krämpfe ein. In der Ferne konnte er erstmals schemenhaft kleine Lichter ausmachen. War es schon die Küste Hongkongs oder vielleicht nur ein paar Fischerboote, die in der Nacht ihr Glück nach dem großen Fang suchten? Dann schoss es ihm durch den Kopf, es könnte auch eins der wenigen Küstenschutzboote der chinesischen Marine sein, die nach Flüchtlingen im Wasser suchten. Lieber wollte er ertrinken, als von einem Patrouillenboot aufgenommen zu werden. Li wusste nur zu gut, er durfte ihnen nicht in die Hände fallen, es würde sein Todesurteil oder jahrelange Haft in einem der Arbeitslager bedeuten. Er hatte es am eigenen Leib erfahren, was es hieß, in einem chinesischen Arbeitslager zu leben. Auch wenn die Jahre, die er unfreiwillig auf dem Land verbracht hatte, nicht als Arbeitslager bezeichnet wurden, waren sie dennoch nichts anderes gewesen. Der Gedanke an das Erlebte in seiner Heimat war zu überwältigend; er konnte, durfte es nicht noch einmal erdulden. Es machte ihn traurig und er zweifelte plötzlich, ob es überhaupt einen Sinn für ihn machte, zu überleben. Was gab es wirklich noch für ihn, allein in dieser Welt? Li musste dabei an Yan Yi, die große Liebe seines Lebens, denken, wie wunderschön sie gewesen war. Ihre leicht hohen Wangenknochen waren wohlgeformt gewesen und ihre Haut hatte die Farbe eines hellen Marmors. Er erinnerte sich, dass ihre Augen, schwarz, groß und oval, immer lustig strahlten, wenn etwas Schönes ihre Gedanken streifte. An ihren Mund mit den weichen kleinen roten Lippen, der, wie kein anderer, diesen ewig zum Küssen animierenden Schmollmund formen konnte. Alles war eingerahmt mit tief in den Rücken reichenden langen, schwarzen Haaren. Sie war ein Blickfang gewesen, der jedes Männerherz höher schlagen ließ. Die Vorstellung ihrer schlanken, zierlichen Figur, die trotz der einfachen Kleidung, eines Mao-Anzugs, ihre anmutigen Bewegungen betonte, raubte ihm fast den Verstand. Li hatte Yan Yi über alles geliebt und sie ihn auch. Sie waren glücklich gewesen, bis zu jenem Tag, an dem sie so tragisch sterben musste. Er würde die Bilder ihres geschundenen, leblosen Körpers niemals vergessen können. Geplagt von den schmerzlichen Erinnerungen des Verlustes und der ihn lähmenden Traurigkeit wurden seine Schwimmzüge weniger und weniger, Li ließ sich alsbald einfach nur noch treiben und begann, ohne es wirklich zu realisieren, langsam zu sinken. Er hatte plötzlich keine Angst mehr, blickte noch einmal zur Wasseroberfläche zurück und sank tiefer und tiefer, vereint mit den immer schwächer werdenden letzten Lichtstrahlen, die die Oberfläche durchdrangen.

Li hörte in seinen Gedanken plötzlich Yan Yis Rufe. „Li, wach auf", rief die Stimme. „Li, du kannst jetzt nicht loslassen, du hast es mir versprochen, mit mir nach Hongkong zu fliehen. Ich bin doch hier bei dir, mein Liebster, öffne deine Augen."

Die flehenden Worte, die er in seinem Unterbewusstsein hörte, rissen ihn jäh aus seiner Apathie. Es war wie eine gefühlte Ewigkeit gewesen, die sein Gleichmut ihn hatte abwärts gleiten lassen, aber in Wirklichkeit waren nur wenige Sekunden vergangen. Li befand sich schon mehrere Meter unter der Wasseroberfläche, öffnete seine Augen und konnte gerade noch einen letzten Mondstrahl Licht ausmachen. Dann sah er aus dem Augenwinkel im trüben Wasser einen großen grauen Schatten langsam auf sich zukommen. „Hai" war sein erster Gedanke, denn er wusste, all die Gewässer um Hongkong waren mit diesen Räubern der Meere verseucht. Viele seiner Vorgänger hatten es wie er versucht, Hongkong schwimmend durch die Mirs Bay zu erreichen, und waren den mörderischen Raubfischen schon zum Opfer gefallen. Deshalb fuhren in der Mirs Bay auch nur so wenige Patrouillenboote des chinesischen Küstenschutzes. Die gefräßigen Haie waren ein wesentlich besserer, natürlicher Schutz gegen die Volksrepublikflüchtlinge. Li hatte mit dem Leben abgeschlossen und erwartete den tödlichen Angriff des Hais. Was sich ihm im Wasser näherte, war aber kein Haifisch, sondern ein junger Delfin. Der Meeressäuger beäugte Li, stupste ihn mit seiner Schnauze leicht an, bevor er ihn vorsichtig, ganz behutsam, zur Oberfläche zurück bugsierte. Lis Lungen füllten sich mit Sauerstoff, sein Lebenswille kam mit unbändigem Willen zurück.

Der Sturm hatte sich etwas gelegt und gleißendes Mondlicht schien durch eine einzige Wolkenlücke am Himmel direkt auf das Meer um ihn herum. Das Wasser leuchtete plötzlich in einem kreisrunden Kegel grünen Lichtes. Es begann mit jeder Bewegung, die er mit den Armen oder Beinen machte, stärker zu leuchten. Für Li war es in dem Moment der Beweis, dass es höhere Dinge zwischen Himmel und Erde gab. Viele Jahre später las er dann einmal in einem Tauchmagazin, dass dieses Phänomen des grünen Meeresleuchtens durch Bewegungsreiz von Mikroorganismen im Wasser ausgelöst wird. In dem Augenblick, damals in der Mirs Bay, wusste er es nicht besser. Für ihn war es ein Omen.

Li drehte sich ein paarmal im Wasser, hielt Ausschau nach seinem Retter. Doch von dem kleinen Delfin gab es weit und breit keine Spur mehr. Sein so plötzlich aufgetauchter Helfer war so schnell verschwunden, wie er gekommen war. Eventuell hatte er ihn auch nur geträumt und in Wirklichkeit war es Yan Yis Geist gewesen, dachte er sich. Sie wollte, dass er lebte, überlebte, er durfte ihr Zeichen, ihren Wunsch nicht missachten. Die Erkenntnis gab ihm neue Kraft, vitalisierende Energie durchströmte seinen erschöpften Körper und Li mobilisierte noch einmal alle verbliebenen Reserven. In der jetzt nicht mehr allzu weiten Ferne erhellten die unzähligen Lichter Hongkongs jetzt die Nacht. Yan Yi gab ihm den Willen, wieder einen Arm vor den anderen zu nehmen, in die so lange ersehnte Freiheit zu schwimmen.

Nach etwa weiteren drei Stunden und mehr als insgesamt sieben Stunden beharrlichen Kampfes gegen die unbarmherzigen Elemente hatte er es geschafft. Am Morgen des sonnigen 16. Oktober 1974, ausgelaugt, erschöpft und mit zerschundenen Knochen, erreichte Li die lang ersehnte Küste der Hongkong New Territories.

Er war endlich in Freiheit!

12

Kapitel 2

2017, September, vor der holländischen Küste auf der Nordsee

Jens Haldermark hielt sein billiges grünes Plastikfeuerzeug unter den vom wiederholten Erhitzen schon leicht angeschwärzten Löffel. Die leicht braune Flüssigkeit im Löffel begann langsam zu zischeln und köcheln. Danach nahm er behutsam eine handelsübliche Einwegspritze vom Tisch und füllte sie mit der heißen Flüssigkeit. Er drückte die wenige verbliebene Luft aus der Nadel, bis nur noch die alles versprechende Drogenmixtur aus der Spitze tröpfelte. Mit der aufgezogenen Spritze ging er langsam hinüber zur Koje im Achterdeck, auf der, in einer freudigen Erwartungshaltung, ein schwarzhaariges Mädchen saß. Sie war noch so jung, viel zu jung, um an diesem elenden Drecksszeug zu sterben, dachte sich Jens. Doch es lag nicht in seinem Ermessen, er führte nur diese Scheißbefehle aus. Er hatte Mitleid mit dem Mädchen, das nur mit einem knappen blauen Bikini und einem passenden Badetuch bekleidet gequält, glücklich, ihren Heilsbringer anstrahlte. Sie konnte es kaum abwarten, ihre geißelnde Sucht zu befriedigen. Voller Ungeduld streckte sie ihm ihren Fuß entgegen und bettelte mit weinerlicher, flehender Stimme.

„Mach doch endlich, Jens, ich brauche es jetzt, du hast es mir versprochen."

„Nun warte doch ab, Laura, es ist ja alles gut, ich bin doch schon hier. Nur noch einen Moment, meine Kleine, und dann kann deine Reise ins Nirvana losgehen", sagte der junge Mann mit einer beruhigenden Stimme zu dem Mädchen, als er sich neben sie auf die Kojenkante setzte.

Er lächelte das schwitzende Mädchen voll Mitgefühl an und wedelte mit der aufgezogenen Spritze, worauf sie ihm mit dankbarem Blick ihren rechten Fuß auf den Schoß legte. Jens setzte behutsam die dünne, feine Nadel zwischen die kleinen rot lackierten Zehen und drückte bedächtig das Rauschgift in eine ihrer Venen. Das Mädchen schaute ihm dabei mit einem entseelten Blick aus ihren grünen Augen, die tief in dunkel umrandeten Höhlen lagen, zu. Als das Heroin seine ganze Wirkung entfaltete, verwandelte sich auch zusehends, wie durch Magie, ihr vorher noch gequälter Gesichtsausdruck. Jens blickte auf einmal wieder in das glückliche und zufriedene Antlitz des jungen Mädchens, welches er in Hamburg an Bord genommen hatte. Wohlig seufzend drehte sich das Mädchen mit dem Namen Laura langsam, sich rückwärts legend, auf das Kojenkissen. Entrückt ins Nirgendwo, in ihrem Rausch der Sinne, lächelte sie träumerisch.

Jens warf einen letzten Blick auf das Mädchen in der Koje, das sich jetzt high und traumverloren weltlichen Einflüssen entzogen hatte. Er begab sich zurück in die Kajüte und schniefte selber etwas Kokain. Er war kein Fixer und hatte höllische Angst vor Heroin sowie vor den Folgen einer Sucht. Auch Kokain nahm er nur sehr selten, doch er war in der Lage, gute Qualität von billigem verschnittenem Stoff zu unterscheiden. Jens freute sich über die äußerst hervorragende Qualität des Stoffes, den er an Bord schmuggelte. Er wusste auch, dass davon beim Endverbraucher auf der Straße nicht mehr viel ankommen würde. Die Dealer würden vorher alles Mögliche hineinmischen, um das Zeug zu strecken, den Profit zu erhöhen. Der reine Stoff kam auf allen möglichen Wegen nach Deutschland, zu Luft, über Land oder, wie in seinem Fall, zu Wasser. Nachdem das Kokain erst einmal im Land und mehrfach gestreckt worden war, brachte das Zeug eine Unmenge an Geld ein. Jens' Auftraggeber in Hamburg regelte dies alles, damit hatte er nichts am Hut, er war nur für den Transport aus Holland nach Deutschland zuständig. Er fragte sich manchmal, wie er nur in diesen ganzen Schlamassel hatte geraten können und ob er je wieder herauskommen würde. Es war ein mitleidloses Geschäft mit den Seelen der User, ein sehr lukratives Geschäft, von dem er auch nicht ganz unfreiwillig profitierte. Jens hatte genug Erfahrung mit Drogen, um zu wissen, dass sie keine Antworten auf Probleme des Lebens gaben. Es interessierte ihn auch wenig, denn seine wirkliche Droge war das Segeln auf den offenen Weltmeeren.

Jens war in Hamburg in einem gutbürgerlichen Hause aufgewachsen. Seine Eltern sowie Großeltern und Vorfahren waren schon immer angesehene Kaufleute in Hamburg gewesen. Jens Haldermark war 32 Jahre alt, athletisch gebaut und etwas über 1,85 Meter groß. Er trug seine blonden Haare kurz geschnitten und sein markantes Gesicht zierte ein ewiger, aber so gewollter Dreitagebart. Seine hellblauen Augen sowie eine ovale Gesichtsform machten ihn zu einem sehr gut aussehenden jungen Mann, dem die Frauen zu Füßen lagen. Er hielt nicht viel von dem Spießertum seiner Eltern und Geschwister, er war das schwarze Schaf der Familie. Es hatte alles angefangen mit seinem abgebrochenen Jurastudium und dem daraus resultierenden Bruch mit seinem patriarchalischen Vater. Mit seiner schon in frühen Jugendjahren entdeckten Liebe zum Segeln, dem Meer, dem Wind und der Sonne kaufte er sich von dem Geld, das sein Großvater ihm vererbt hatte, ein gebrauchtes Segelboot. Es war aber mehr als ein kleines Segelboot, man konnte es mehr als eine Segeljacht bezeichnen. Jens konnte mit Stolz eine Bavaria 36 Avantgarde, die zu seinem neuen Zuhause wurde, sein Eigen nennen. Mit ihr segelte er mehrfach um die halbe Welt, bis ihm eines Tages das Geld knapp wurde. Mit seiner Familie zerstritten und mittellos, lernte er Frank Martens, einen Hamburger Drogendealer und Zuhälter im großen Stil, kennen. Jens hatte vorher niemals etwas mit einer kriminellen Gesellschaft zu tun gehabt und wusste nicht, auf was er sich eingelassen hatte. Frank Martens hatte ihn angestiftet, seine finanzielle Situation ganz einfach aufbessern zu können, indem er mit seinem Segelboot für ihn Drogen von Holland nach Hamburg transportierte. Am Anfang dachte er sich nicht allzu viel dabei und die ersten Fahrten waren einfach, brachten ihm schnell das dringend benötigte Geld für notwendige Bootsreparaturen und lang ersehnte Segeltörns für den Winter im Mittelmeerraum. Die Sorglosigkeit der gelegentlichen Fahrten hielt nicht lange an. Es folgte sehr schnell Frank Martens' erpresserischer Zwang, immer wieder neue Schmuggeltörns zu übernehmen, ob Jens damit einverstanden war oder auch nicht. Der Gangster ließ ihn nicht mehr aus seinen Klauen. Mit seinem Wissen konnte Jens nicht zur Polizei gehen, ohne sich selber zu belasten. Das wäre für ihn aber das kleinere Übel gewesen, doch Frank hatte ihm einmal gedroht, er würde ihn sowie seine Familie umbringen, wenn er jemals mit dem Gedanken spielte, vor der Polizei auszupacken. Wie ernst es der Verbrecher mit seiner Drohung nahm, bewies er Jens während eines gemeinsamen privaten Segeltörns. Er hatte mit ansehen müssen, wie Frank Martens, vor seinen Augen, einen Mann erschoss. Der Mord geschah auf seinem Boot bei einem Segeltörn vor Sylt, den Martens eigens für ein paar sogenannte gute Freunde arrangiert hatte. Sie waren zu fünft an Bord seines Seglers gewesen, Frank Martens, seine Schergen Leon Bratcke, Klaas Reimann und ein Typ namens Igor Vestojk. Nach ein paar harten Drinks, einigen Linien Koks und einer fröhlichen Stimmung an Bord nahm Frank plötzlich einen Revolver und schoss Igor Vestojk ohne Vorwarnung in den Kopf. Den Leichnam beschwerten seine Kumpanen anschließend mit einem Anker und versenkten ihn zusammen mit dem Revolver im Meer.

„Mitgefangen, mitgehangen", hatte Martens ihm danach, grausam lächelnd, ins Ohr geflüstert. Damit war alles gesagt gewesen, ohne groß eine Wahl zu haben, schipperte Jens weiter die Drogen von Holland nach Hamburg. Es lief immer nach dem gleichen Schema ab. Frank brachte vor jedem Törn ein oder zwei junge Mädchen aus einem seiner

Klubs an Bord. Sie sollten, wie er es nannte, zur sexuellen Imagetarnung auf dem Boot mitsegeln. Es sollte Jens das Image eines Playboys geben. Ein Segler, der, um seinen sexuellen Appetit zu befriedigen, immer wieder neue junge Mädchen auf seinen Segeltörns mitnimmt. Jens war sich aber darüber im Klaren, dass es sich dabei indirekt für ihn auch um kleine unschuldige Aufpasser handelte. Denn die Mädchen mussten tagtäglich mit Martens telefonieren, um ihm Bericht zu erstatten. Zum anderen störte es ihn keineswegs, die Mädchen waren sexy und, noch viel wichtiger, immer sehr willig. Er hatte mehr Sex auf dem Wasser, als er jemals an Land gehabt hatte. Die meisten Zollbootführer kannte ihn schon und grinsten immer nur von einem Ohr zum anderen, wenn sie ihn anliefen. Die anschließende Kontrolle fiel, wenn überhaupt, jedes Mal nur äußerst oberflächlich aus.

Einmal wollte Jens im Sommer mit Freunden einen privaten Segeltörn nach Norwegen machen. Als er sich weigerte, zu demselben Termin eine Schmuggelfahrt zu übernehmen, fand er nach einem Landgang sein Boot total verwüstet. Sämtliche nautische Bordelektronik war zerschlagen und auf dem Tisch in der Kombüse stand ein voller Kanister mit Benzin. Die Message war so klar wie eindeutig, es gab für ihn keine Wahl. Jens machte die Fahrt, wenn auch widerwillig. Vorher ließ Frank die ganze Schiffselektronik als eine großzügige Geste der Wiedergutmachung und Versöhnung auf seine Kosten aufwendig erneuern. An dem Tag war Jens so richtig bewusst geworden, er war Frank Martens' Sklave, ein Gefangener seiner dunklen Machenschaften.

Es wird ein Sturm aufkommen, dachte er sich, als er an Deck stand und über die wolkenverhangene Nordsee schaute. Der Wind frischte auf, Schaumkronen bildeten sich vermehrt über dem Meer und erste kleinere Gischtfahnen der graugrünen Wellen sprühten die Bordwand hoch. Er verspürte keinerlei Angst vor dem heraufziehenden Sturm, er liebte die See, den Geruch von Salz und Meer, die Herausforderung mit den Elementen der Natur. Jens verstaute die Drogenutensilien aus der Kabine bei den anderen Drogen, in dem eigens von ihm gebauten Hohlraum unter dem Hilfsdiesel. Kein Zollfahnder der Welt würde jemals sein Versteck finden, kein Hund der Welt konnte dort die Drogen erschnüffeln. Der starke, alles überlagernde Geruch von Diesel und Öl im Motorraum war einfach zu überwältigend. Außerdem lag das gute Versteck direkt unter der Motoraufhängung in einem luftversiegelten Zwischenboden, verdeckt durch eine massive, falsche Motorträgerplatte. Auch bei einer genauen Inspektion an Land war es äußerst fraglich, dass irgendjemand seine geniale Vorrichtung würde enttarnen können. In der Kabine des Bootes säuberte er alles, was mit Drogen in Berührung gekommen war, mit einem nach frischen Zitronen riechenden Desinfektionsmittel, warf anschließend den Löffel über Bord und sprühte die Kabine nochmals intensiv mit einem Luftreiniger ein. Erst als alles zu seiner Zufriedenheit erledigt war, kümmerte er sich um die hereinkommenden, vor dem nahenden Sturm warnenden Wettermeldungen. Er überlegte noch kurz, ob er in Holland oder Borkum einen abwartenden Zwischenstopp einlegen oder einfach bis Hamburg durchsegeln sollte. Er entschied sich dann am Ende, nach Hamburg weiterzusegeln. Ein Grund für ihn war dabei auch, dass er nicht noch einmal das Bitten und Betteln des Mädchens nach einem weiteren Schuss Heroin ertragen wollte. Was hatte sich Frank Martens nur dabei gedacht, als er ihm diesmal ein drogenabhängiges Mädchen an Bord brachte, überlegte er vorwurfsvoll. Sie konnte die ganze Aktion gefährden mit ihrer offensichtlichen Sucht.

„Das ist meine kleine süße Laura", hatte Frank Martens sie ihm in seiner angeberischen Art vorgestellt. „Pass gut auf sie auf, sie ist mein bestes Pferd im Stall. Ich möchte nicht, dass ihr etwas zustößt. Bring sie mir ja heil wieder zurück nach Hamburg."

Jens konnte es sich nur so erklären, dass Martens keine Ahnung von ihrer Drogensucht hatte. Zu Anfang hatte er auch selber nichts gemerkt, aber nachdem sie mehrmals guten Sex gehabt hatten, erwischte er, rein zufällig, Laura dabei, wie sie sich eine Injektion zwischen die Zehen setzte. Total außer sich, nahm er ihr die Drogen ab und wollte sie schon in Amsterdam von Bord schmeißen. Doch dann erfolgte ein einziger Anruf von Martens. Dieses eine Telefonat des Verbrechers genügte, um Jens' Meinung zu ändern. Das Mädchen, wurde ihm befohlen, musste mit dem Segelboot nach Hamburg zurückgebracht werden. Welch ein Wahnsinn und was für ein großes Risiko. Ein einziger Blick eines erfahrenen Zollbeamten in ihr drogenvernebeltes Gesicht würde genügen und sie würden das ganze Boot auseinandernehmen. Es blieb ihm auch nichts erspart, dachte er sich, und jetzt musste er auch noch den herannahenden Sturm meistern.

Jens wusste, es würde eine sehr harte Nacht werden, aber was sollte es, er hatte schon schlimmere Stürme auf See gemeistert. Irgendwie freute er sich sogar auf den kommenden Kampf mit der wilden, rauen Nordsee. Es würde ihn von seinen Sorgen ablenken. Außerdem war er sich hundertprozentig sicher, er würde wie immer als der Sieger aus dem Schlamassel herauskommen.

Kapitel 3

2017, September, auf der Insel Borkum, zur gleichen Zeit

Am östlichen Strand von Borkum, geschützt hinter den Sanddünen, lag die Gärtnerei des alten Chinesen, Li Han Cheng. In den ganzen Jahren, die er jetzt schon auf Borkum lebte, sowie auch heute verbrachte der alte Mann die meiste Zeit allein in seinem schönen Gewächshaus mit seinen auserkorenen Lieblingspflanzen. Li beugte sich über eines seiner Bonsaibäumchen, die er liebevoll, zwischen seinen vielen verschiedenen Orchideenarten, in einer kunstvoll gestalteten Schale züchtete. In der rechten Hand hielt er eine Nigri-Schere. Es war eine pinzettenähnliche Schere mit kleinen Messern an der Vorderseite, die für den feinen Blattschnitt diente. Immer wieder knipste er sorgsam winzige Blätter aus dem Miniaturbaum, bis er voller Zufriedenheit sein Werk betrachtete und die Schere gegen eine Jin-Zange tauschte und vorsichtig damit die Rinde des winzigen Baumes abzog. Diese ganz spezielle Technik wendete er an, um den Bonsaibaum künstlich zu altern. Er arbeitete an einem sogenannten „Okan", einem Zwillingsstamm, die Form, die bei Bonsailiebhabern auch „Vater und Sohn" genannt wird. Der erste Seitenast entspringt bei dieser Form sehr tief und bildet einen eigenen Baum, den Sohn, dessen Stamm deutlich niedriger und dünner ist als der des Vaters, der höher liegt. Beide Äste bilden optisch eine Einheit, deshalb spielen die Astanordnung und die Formung der gemeinsamen, spitzwinkligen Krone eine große Rolle. Die heute meist bekannten Bonsaibäume werden häufig im japanischen Stil gezüchtet, der sich Anfang des frühen 20. Jahrhunderts herausbildete. Doch Li wusste nur zu gut, die Bonsaikunst war viel älter und entstammte in Wirklichkeit der Gartenkunst des Kaiserreiches China. Schon in der frühen Han-Dynastie, um 206 bis 220 nach Christus, wurden bereits ganze künstliche Landschaften mit Seen, Inseln und bizarren Felsformationen in Palastgärten der Kaiser nachgestaltet. Der Mythologie nach lebte in dieser Zeit der Zauberer Jiang-Feng, der die Fähigkeit besaß, ganze Landschaften mit Felsen, Wasser, Bäumen, Tieren und Menschen verkleinert auf ein Tablett zaubern zu können. In dieser Epoche entstand offenbar die Kunst „Penjing", das aus den chinesischen Wörtern „Pen" für Schale und „Jing" für Landschaft zusammengesetzt war. Li war stolz auf die alte traditionelle chinesische Kunst und auf alles andere auch, was mit der alten Kultur der Chinesen im Zusammenhang stand. Er war ein begeisterter Verehrer von Konfuzius, Laozi, Mozi und der „Fünf-Elemente-Lehre, Yin und Yang".

Er verabscheute aus tiefer Überzeugung den Marxismus und das radikale Umdenken nach der Gründung der Volksrepublik China, die verachtenden kritischen Auseinandersetzungen mit den chinesischen Traditionen, durch die Kommunisten.

Der alte Chinese, Herr Li, wie ihn die Inselbewohner höflich nannten, oder kurz Li, wie ihn seine Freunde riefen, lebte jetzt schon mehr als dreißig Jahre zurückgezogen in Ostland, auf der größten ostfriesischen Insel, Borkum. Anfang der achtziger Jahre, im May 1981, um genau zu sein, war er plötzlich eines Tages auf dem Inselamt aufgetaucht und hatte sich als der neue Besitzer eines alten, heruntergekommenen An-wesens auf der östlichen Seite der Insel eintragen lassen. Li konnte sich noch sehr gut, als ob es gestern gewesen wäre, an den Tag erinnern. Der wie immer gelangweilte mürrische Inselbeamte Jakob Bartmann staunte damals nicht schlecht, als er den hochgewachsenen Chinesen mittleren Alters, mit dem Ordner amtlicher Dokumente in den Hän-den, am frühen Morgen vor sich stehen sah. Nicht nur, dass Li ihn mit nahezu perfektem Deutsch ansprach, zu seiner totalen Verblüffung kam hinzu, dass der Chinese obendrein auch noch einen deutschen Pass besaß, ausgestellt auf den Namen Li Han Cheng. Argwöhnisch beäugte er den in einem schwarzen, für ostfriesische Verhältnisse äußerst ungewöhnlichen Aufzug vor ihm stehenden Mann. Um Jakob Bartmanns mentales Chaos komplett zu machen, wollte der Chinese sich außerdem als neuer Einwohner der Insel amtlich registrieren lassen. Als Li dem Beamten sein Anliegen freundlich lächelnd eröffnete, glaubte Jakob Bartmann zuerst an einen lustigen Scherz seiner Kollegen vom Amt. Doch schnell merkte er, es war dem Mann ernst mit seinem persönlichen Antrag. Viele Jahre später und nachdem er und Li schon lange Zeit Freunde geworden waren, hatte er Li einmal bei einem steifen Grog seine damaligen Gedanken gebeichtet. Jakob Bartmann konnte es sich zu jener Zeit einfach nicht vorstellen, warum ausgerechnet ein Chinese sich auf Borkum niederlassen wollte. Für ihn gab es keine Frage, es konnte also etwas nicht stimmen, aber auch nach einer intensiven Überprüfung aller vorgelegten Dokumente gab es absolut nichts zu beanstanden. Sie waren ohne jeglichen Zweifel einwandfrei korrekt, der beglaubigte und notariell gestempelte Kaufvertrag für das Haus und das Grundstück, vollkommen in Ordnung. Li sagte ihm, er hatte Verständnis für seine damalige Skepsis gehabt. Er erklärte ihm daraufhin, dass Jakob mit an Sicherheit grenzender Wahrscheinlichkeit der gleiche Unglauben widerfahren wäre, wenn er in China auf dem Meldeamt mit einem chinesischen Pass auftauchen würde. Beide mussten bei der grotesken Vorstellung herzlichst lachen.

Beim anschließenden Besuch der Inselbank für eine Kontoeröffnung erging es Li nicht viel anders. Erstaunt, aber pflichtgemäß füllte der Bankbeamte, Jan Münkens, nach mehrfacher Rücksprache mit seinem nervös wirkenden Filialleiter, Albert Meier, und dessen wiederholtem, zustimmendem Kopfnicken die notwendigen Formulare aus. Nachdem das Konto ihm zugeschrieben war und alles nach deutscher Gründlichkeit seine Richtigkeit hatte, fiel beiden die Kinnlade runter, als Li dann auch noch seiner Aktentasche 20 000 US-$ in bar entnahm und auf sein frisch eröffnetes Konto einzahlte. Li lächelte immer nur freundlich. Er kannte die Deutschen, nachdem er fünf Jahre in Hamburg gelebt hatte, mittlerweile recht gut, liebte ihre manchmal etwas steif wirkende Korrektheit, die Pünktlichkeit und die Korruptionslosigkeit. Die Deutschen waren freundlich, es gab kaum Rassisten und alles hatte seine Ordnung im Land. Er fragte den Bankbeamten, Jan Münkens, anschließend noch nach einem guten Notar auf Borkum. Der gab ihm dann die Adresse von Johann Klever, dem damals einzigen Anwalt und Notar der Insel.

Li bekam noch am gleichen Tag, ohne weitere Probleme, einen Termin beim empfohlenen Anwalt. Seinem eigenen Anruf musste wohl ein anonymer Tipp vorausgeeilt sein. Denn es schien Li gerade so, als ob Johann Klevers Sekretärin schon auf sein Telefonat gewartet hätte. Am frühen Nachmittag betrat er dann die Anwaltskanzlei Klever. Sie befand sich zentral gelegen, in einem aus rotem Backstein gebauten Gebäude in der Inselortsmitte. Es folgte dann eine fast dreistündige Besprechung mit dem befürworteten Inselnotar, Johann Klever. Der studierte Rechtswissenschaftler war 40 Jahre alt und ein geborener Borkumer. Bis vor wenigen Jahren unterhielt er noch eine sehr erfolgreich laufende Anwaltspraxis in Hamburg, hatte sich aber aus für die neugierigen Insulaner unbekannten Gründen wieder auf Borkum niedergelassen. Nur sehr wenige Menschen wussten von seiner beruflichen Verbindung zum Rotlichtmilieu, dem berüchtigten Hamburger Kiez. Johann Klever war die kriminelle Szene irgendwann zu heiß geworden, zu gewalttätig. Er war es am Ende leid gewesen, ewig diese undankbaren Zuhälter und Drogenbosse vor Gericht herauszupauken. Eines schönen Tages hatte er sich Knall auf Fall abgesetzt. Hier auf Borkum war er zufrieden, zu Hause, und führte ein ruhiges beschauliches Leben.

Als Li dem Mann gegenübersaß, spürte er sofort die innerliche Härte des Mannes, aber auch die friedliche gute Seele. Er spürte, der Mann war kein gewöhnlicher Advokat, der nur auf das leichte Geld eines reichen Klienten aus war. Nach einem freundlichen, kräftigen, aber nicht quetschenden Händedruck setzten sie sich nicht, wie es allgemein üblich war, an Klevers Schreibtisch, sondern in eine bequeme lederne Sitzgruppe. Johann Klever war Li von Anfang an sympathisch.

Klever musterte Li geradeheraus und begann die Unterhaltung mit den Worten: „Sie sind also der mysteriöse Chinese mit dem Kontrabass", worauf er breit anfing zu grinsen.

„Kommt die Polizei und fragt, was ist denn das?", antwortete Li lachend mit der zweiten Strophe des Kinderliedes, das er, nicht unfreundlich gemeint, schon früh in Deutschland zu hören bekommen hatte.

Damit war das Eis zwischen den beiden Männern gebrochen und es begann eine lange, bis heute anhaltende Freundschaft. Li erklärte Johann Klever, was er auf der Insel vorhatte und wofür er seine professionelle Hilfe benötigte. Es war ein langes, gutes Gespräch, Klever willigte nur zu gerne ein, Li in Zukunft bei allen geschäftlichen und persönlichen Dingen zu vertreten. Er war sehr neugierig, wie das ungewöhnliche Projekt seines neuen Klienten bei den Insulanern angenommen würde. Li bat ihn noch um Rat für ein gutes Hotel auf der Insel, wo er während der Zeit wohnen konnte, bis sein neu erworbenes Haus bezugsfähig war. Johann Klever konnte ihm auch dabei helfen und empfahl ihm das schöne ruhige Nordseehotel. Er sagte, er kenne die alte Besitzerfamilie schon lange und werde für Li einen angemessenen, guten Preis aushandeln. Danach verabschiedeten sich die beiden, und zufrieden, wie es mit den offiziellen, amtlichen Dingen bisher gelaufen war, mietete sich Li gleich für mehrere Wochen im Nordseehotel der Familie Schmidt ein.

Sein neuer Anwalt und Notar, Johann Klever, beauftragte in den kommenden Tagen ansässige sowie Fremdfirmen mit der Sanierung des in Strandnähe abseits gelegenen Anwesens im Osten der Insel. Für Johann Klever war sein gut bezahlender, mysteriöser Auftraggeber schon bald kein Mysterium mehr. Li und er unternahmen in den anschließenden Wochen gemeinsam viele Strandspaziergänge, wobei sie sich viel erzählten und schnell näherkamen. Johann Klever schätzte den Mann aus China, sein Wissen und dass er, wie er selber, dunkle Flecken in seiner Vergangenheit hatte. Li hatte ihm die Pläne sowie genaue Instruktionen für das Bauvorhaben zukommen lassen. Johann Klever war beeindruckt von den vielen Details. Es war ein schönes Projekt und, wenn eines Tages fertig, sicherlich eine Bereicherung für die Insel Borkum.

Täglich fuhr Li persönlich mit dem Fahrrad an den Oststrand der Insel, um den Fortschritt seines neuen Zuhauses zu überprüfen. Mit der Fähre aus Emden wurden Baumaterialien aus aller Welt, wie Edelholz aus Indonesien, Marmor aus Italien sowie ein ungewöhnliches, kunstvolles, schmiedeeisernes Gewächshaus im viktorianischen Stil aus England, angeliefert. Ständig tauchten auf seiner Baustelle neue Handwerker und Fachfirmen aus ganz Europa auf, bauten etwas oder installierten irgendeine neue Technik, um dann so plötzlich, wie sie gekommen waren, wieder zu verschwinden. Der ganze Spuk der emsigen Bauphase dauerte knapp fünf Monate, dann war Lis Anwesen endlich fertig. Es war ein prächtiges Haus mit einem noch viel prächtigeren, riesigen Gewächshaus geworden. Zum Abschluss kamen noch eine Ladung Möbel aus Hongkong, Orchideenpflanzen aus Singapur und Bonsaibäume aus Taiwan, Japan und China. Zur Einweihung seines neuen Hauses und Geschäftes, der Yin & Yang-Gärtnerei, hatte Li alles, was Rang und Namen auf der Insel hatte, und seine neuen Freunde eingeladen. Es gab eine grandiose Party, die ebenso ungläubiges Staunen wie Begeisterung für das voll klimatisierte, viktorianische Gewächshaus auslöste. Die Vielfältigkeit der in allen Farben und Formen blühenden Orchideen, die beeindruckenden wie wunderschönen Miniaturbäume, die Bonsais, ließen die Gäste in Faszination und Entzückung schwärmen.

Li, konnte man ohne Übertreibung sagen, war für die ersten Monate seines Aufenthaltes auf Borkum das Gesprächsthema Nummer eins auf der Insel gewesen. Er hatte die ungeteilte Aufmerksamkeit der Inselbewohner auf sich gezogen. Doch so schnell, wie die ganze Aufregung gekommen war, verlosch das große Interesse an Li auch sehr bald wieder. Die einfachen Borkumer gingen binnen kurzer Zeit wieder stoisch wie gewohnt ihren Tagesgeschäften nach. Borkum war eine geschäftige Urlaubsinsel und in der Saison, die fast das ganze Jahr dauerte, hatte man keine große Zeit, sich um viele andere Dinge zu kümmern. Li war zwischenzeitlich einer der Ihren geworden; abgesondert, wortkarg, eigenbrötlerisch passte er zu den Ostfriesen. Nur der ihm ewig anhängende Klatsch über sein Vermögen und wie er es wohl erworben hatte, der blieb haften. Das unwissende Gerede war immer mal wieder gut, die Gerüchteküche mit neuer Nahrung zu versorgen. Manche behaupteten, Li sei in Wirklichkeit ein berüchtigter Hongkonger Gangster, der sich mit seiner Beute ins Ausland abgesetzt hatte. Andere wiederum behaupteten, er sei der Sohn eines einflussreichen Parteifunktionärs in China, der mit Millionen von Parteigeldern geflohen war. Dann hieß es wieder, er wäre ein Erfinder, der von den Einkünften seiner Patente lebte. Romantikern, hauptsächlich den Frauen unter den Insulanern, gefiel mehr die Version, er sei der verstoßene Sohn eines Hongkonger Millionärs, der bei seinem Vater wegen einer nicht standesgemäßen Liebschaft in Ungnade gefallen war. Es gab unzählige Gerüchte um Li, das waren noch die harmlosesten. Es wurde niemals langweilig in den Fantasien der Inselbewohner und ein jeder hatte irgendwie eine andere Vorstellung, was Lis Vergangenheit betraf. In den letzten Jahren waren die Gerüchte jedoch immer weniger geworden. Er hatte das schwindende Interesse wohl zuletzt auch seiner resoluten Haushaltshilfe, Frau Anna Wolders, zu verdanken, die mindestens zweimal die Woche bei ihm putzte und auch sonst eine große Hilfe in Lis kleinem Haushalt war.

Anna Wolders machte, neben dem Putzen, verschiedene Besorgungen für Li, regelte seine Wäsche und hielt ihn mit dem neuesten Inseltratsch immer auf dem Laufenden. Die vielen Gerüchte um seine Person hatte sie schnell aus dem Weg geräumt. Ihr „Herr Li", wie sie ihn immer offiziell, vor anderen, titulierte, lebte einzig und allein auf Borkum, weil er es so wollte und ihm die hervorragende, gesunde Seeluft guttat. Die Gerüchte verstummten wohl auch, weil Li sich zwischenzeitlich zu einem international bedeutenden Orchideenzüchter gemausert hatte. Viele der großen Blumengeschäfte vom Festland kauften seine wunderschönen Orchideen, die er profitabel übers Internet vermarktete. Nur wenige Inselbewohner wussten gleichwohl, Li war nicht nur ein erfolgreicher Orchideenzüchter, sondern auch ein begnadeter Bonsaizüchter mit einem mittlerweile legendären Ruf. Seine Miniaturbäume erzielten auf dem internationalen Markt bei Sammlern Höchstpreise. Sie kosteten im Schnitt zwischen 10 000 und 30 000 US-$. Im letzten Jahr hatte er sogar einen wunderschönen „Bankan", zu Deutsch ein zusammengerollter Stamm, für sage und schreibe 50 000 US-$ verkauft. Li liebte die „Bankan"-Bonsais, die einen Miniaturbaum in Tierform darstellen. Li hatte sich an den Nachbildungen eines Bonsais in Drachenform besonders häufig versucht. Der Drache, im chinesischen „Long" genannt, galt im Buddhismus als Glückssymbol. Der Stamm bildete dabei den Leib, während die Äste die Gliedmaßen darstellten. Sein sehr hochdotierter „Bankan" war außerordentlich perfekt im Detail gewesen und der kleine Bonsai hatte das Herz eines taiwanesischen Käufers erobert. Der Taiwanese hätte ihm jede Summe dafür geboten, sie einigten sich auf 50 000. Li trennte sich immer wieder nur ungern von einem seiner Bäume, aber von Zeit zu Zeit benötigte auch er das Geld, um die aufwendigen Kosten zu tragen und den Unterhalt des Gewächshauses zu bewerkstelligen. Allein mit dem Verkauf von Orchideen langte es nicht dafür und sein Geld aus dem Nachlass seines Großvaters in Hongkong war schon vor langer Zeit aufgebraucht. Li betrachtete die kleinen Bäumchen als seine Kinder, die ihm in seinem Leben nie vergönnt gewesen waren. Es schmerzte ihn jedes Mal, wenn er, hier und da, eines seiner Kinder verkaufen musste. Li war auch sehr wählerisch, an wen er verkaufte, aber in den Jahren wuchs sein Kundenstamm von Liebhabern und Sammlern, bei denen er seine Bonsais in gute Hände wusste.

Bedächtig legte er sein Werkzeug aus der Hand und nahm die Tasse mit seinem geliebten grünen Jasmintee von dem kleinen Beistelltisch neben seinem Arbeitsplatz. Das wunderbare blumige Aroma erfrischte seinen müden Körper und seine Seele. Er trank ein paar Schlucke und setzte sich lächelnd auf den bequemen Korbliegestuhl, den er inmitten seiner Pflanzenkulturen zum Ausruhen platziert hatte. Li ließ den betörenden sinnlichen Duft der Jasminblüte auf seinen Geist wirken und dabei fiel ihm das chinesische Sprichwort des gelehrten Tien Yiheng ein:

„Man trinkt den Tee, um den Lärm der Welt zu vergessen."

Li legte seinen Kopf zurück, schloss seine Augen und dachte, er würde alles dafür geben, wenn er selber nur vergessen könnte. Seine Atemzüge wurden gleichmäßiger und er begann zu träumen von einer längst vergangenen Zeit in China.

Kapitel 4

1966, China, Guangzhou, in der Stadt

Li saß an seinem erkorenen Lieblingsplatz im kleinen, liebevoll angelegten Garten des Hinterhofs seines Elternhauses. Umgeben von blühenden und grünen Pflanzen, war es der Ort, an dem er immer am liebsten studierte. Dort saß er oft stundenlang allein für sich und las all die Klassiker des Konfuzius, Laotse und anderer berühmter chinesischer Philosophen, die ihm sein Großvater zurückgelassen hatte. Er fühlte sich wohl, auf irgendeine Weise behütet, in dem winzigen grünen Gefilde, in dem unzählige Tontöpfe mit wunderschönen Orchideen und kleinen Miniaturbäumen, Pinyins, wie die Chinesen die kleinen Landschaften in einer Schale bezeichneten, standen. Li hatte von seinem „Gung Gung", wie er als kleiner Junge in guter chinesischer Tradition immer liebevoll und respektvoll seinen Großvater nannte, die Liebe zur großen Kunst der Pinyinzüchtungen übernommen. Er erinnerte sich gut, als ob es gestern gewesen wäre, an die chinesische Weisheit, die sein Großvater beim gemeinsamen Pflanzen seines ersten Pinyin zitierte:

„Trage immer einen grünen Zweig im Herzen, es wird sich ein Singvogel darauf niederlassen."

Sein geliebter Großvater hatte ihm, nebst unzähligen lehrreichen Aphorismen, auch die kunstfertige Gestaltung von Pinyins, die Japaner sagen Bonsai, beigebracht. Er hatte Li mit sehr viel Geduld die verschiedenartigsten Gestaltungsformen der Miniaturbäume erklärt. Ihn die Technik des gewollt herbstvortäuschenden Blattbeschnitts, die kunstvolle Drahtung der einzelnen Äste, die unterschiedlichen Lichtbedürfnisse der einzelnen Arten, die richtige Bewässerung und das Prinzip des Abmoosens gelehrt. Die schwere Kunst des richtigen

Abmoosens beim Pinyin ist die am wichtigsten zu lernende, hatte er ihm dargelegt. Es entscheidet, ob ein Pinyin überlebt oder stirbt. Man muss genau erkennen können, wo man den Saftfluss zwischen den Blättern und dem Wurzelsystem unterbricht. Ein anderer wichtiger Aspekt der Technik war, wie man einen Stamm oder Ast zur Bildung neuer Wurzeln an einem bestimmten anderen Punkt zwingen konnte.

Sein Großvater war schnell zu der Erkenntnis gekommen, Li hatte das Talent und die Liebe zum Pinyin. Li war ein richtiger Künstler im Umgang mit den Miniaturbäumen, er selber empfand es als seine Berufung und Passion. So absurd, wie es auch klingen mochte, Li fühlte sich in seiner gärtnerischen Arbeit und seinen Studien damals sogar politisch bestärkt. Schließlich hatte ihr großer Führer Mao Zedong, sieben Jahre nach der Machtergreifung der Kommunisten in China, die Kampagne ausgerufen:

„Lasst hundert Blumen blühen, lasst hundert Schulen miteinander wetteifern."

Li empfand sich in seinem Tun indirekt ermuntert. Er gärtnerte und studierte im Sinne Mao Zedongs. Sein Leben war aus seiner Sichtweise geradezu musterhaft für einen jungen Studenten, der traditionellen Medizin. Er folgte den Richtlinien Mao Zedongs und ging ziemlich konform mit den Ideologien der Kommunistischen Partei.

Li war im Jahre des Hundes, 1946, in Guangzhou, China, geboren und stand kurz vor seinem zwanzigsten Geburtstag. Er war ein ganz normaler junger Mann, ein Student der traditionellen chinesischen Medizin an der Universität in seiner Heimatstadt Guangzhou. Li war, wie die große Mehrheit der jungen Chinesen, ein glühender Verehrer ihres verehrten Führers Mao Zedong und von dessen oft eigensinnigen politischen Direktiven. Politik war damals allgegenwärtig. Die vom kommunistischen System ständig geforderte politische Diskussion gehörte zum täglichen Leben eines jeden Studenten in China, ob einer nun wollte oder nicht. Sie nahm keinerlei Rücksicht auf das Individuum, es gab immer nur das Kollektiv, das zählte. Das galt auch für den jungen Li Han Cheng, der sich glücklich schätzen durfte, ein hoffnungsvoller Student im vorletzten Semester an einer der berühmtesten Akademien für traditionelle chinesische Medizin, kurz TMC Guangzhou genannt, zu sein. Doch wessen sich Li in seiner kleinen Welt nicht bewusst war, war, dass er in Mao Zedongs China, einem Unrechtsstaat, lebte. Li studierte in Zeiten eines politischen Machtkampfes zwischen dem westlichen Kapitalismus und dem östlichen Kommunismus. Es gab kein Internet und Informationen weltlicher Nachrichtensender, sondern nur eine allgegenwärtige marxistisch-leninistische Staatsdoktrin. Diese hämmerte, angepasst als Maoismus, der Bevölkerung unangefochten die einzig wahre Staatsideologie ein. Li, der wie Millionen anderer Chinesen psychologisch manipuliert wurde, war ihre willige Marionette. Er verspürte, wie alle Studenten an Chinas Schulen und Universitäten, eine verheißungsvolle Euphorie des Umbruchs zu einer überlegenen Staatsform. Doch was der Staat, oder besser gesagt seine Führung in ihrem Machtwahn, zulassen würde, das mussten sie erst noch alle bitter erfahren.

„Li, lege endlich dein Buch beiseite und komm zum Essen ins Haus", rief seine Mutter mit sanfter Stimme, aber in ihrer gewohnt bestimmenden Art, durch das halb offene Küchenfenster.

Li lebte mit seinen Eltern und seiner jüngeren Schwester in einem eigenen kleinen Haus am Perlfluss im Süden Chinas. Das kleine Haus, in einem zentralen Stadtteil von Guangzhou, das früher auch Kanton genannt wurde, lag in der Datong Road. Es gehörte seit Generationen der Familie und war alles, was ihnen aus den Wirren der großen „Bodenreform" von 1949 bis 1952, aus dem einstigen Besitz seines Großvaters mütterlicherseits, geblieben war. Kleine und große Landbesitzer waren von den Kommunisten damals systematisch enteignet, das Land an arme Bauern verteilt worden. Auch der ganze Besitz seines Großvaters, Lu Sek Le, wurde von den Kommunisten beschlagnahmt. Glücklich, zumindest mit dem eigenen Leben davongekommen zu sein, was in der unsicheren Zeit nicht oft der Fall gewesen war, verließ sein Großvater, enttäuscht von der kommunistischen Regierung, mit seinem einzigen Sohn, Lu Shu Shan, China und floh nach Hongkong. Die Familie besaß dort noch Eigentum aus alten, besseren Tagen. Zurücklassen musste er nur das winzige Haus in der Datong Road und seine geliebte, einzige Tochter, Lu Mey Hwa, Lis Mutter. Sie hatte gegen den Willen ihres Vaters seinen Vater, Li Choon Cheng, einen Revoluzzer, wie Großvater immer abfällig die Kommunisten nannte, geheiratet. Das hatte er ihr noch verzeihen können, doch vergeblich hatte er versucht, seine Tochter zu überzeugen, mit den Kindern nach Hongkong zu entfliehen. Sie teilte zwar nicht die politischen Ideologien ihres Mannes, doch sie liebte ihn zu sehr. Der schmerzvolle Abschied hatte Großvaters Herz gebrochen und er schwor daraufhin, nie wieder ein Wort mit seiner Tochter zu reden. Er warnte vor seiner Abreise noch einmal eindringlich seinen Enkelsohn Li vor Mao Zedong und seiner politischen Doktrin, aber Li war zu jung, verblendet von falschen Ideologien, um auf die Worte zu hören. Was wusste er auch schon von der Wirklichkeit, den Machtinteressen von Chinas Führung?

Li sollte schnell lernen, es gab in China keine Rechtssicherheit, keinen Schutz vor Verfolgung, keine Möglichkeit der Verteidigung. In Massenkampagnen lenkte Mao mit seiner Kommunistischen Partei gezielt den Volkszorn gegen missliebige Elemente. Nach den großen Terrorwellen der Bodenreform, der 100-Blumen-Bewegung, nach der großen Hungersnot 1961, sollte China zwischen 1966 und 1968, als Mao die proletarische Kulturrevolution ausrief, völlig im Chaos versinken. Wer konnte in dem Moment schon ahnen, wie ein einziges Rundschreiben des Zentralkomitees der Kommunistischen Partei am nächsten Tag, dem 16. Mai 1966, Lis und das Leben von Millionen Menschen für immer verändern würde? Mit dem berühmt-berüchtigten Schreiben begann Maos reaktionäre, Unheil bringende Kulturrevolution. In dem Schriftstück vom 16. Mai 1966 wurden die Ziele der proletarischen Kulturrevolution ausführlich beschrieben. Es hieß:

„Da die Bourgeoisie und Konterrevolutionäre die Machtzentren unterwandert und den kapitalistischen Weg eingeschlagen haben, müssen die Massen wieder die Macht, von unten nach oben, an sich reißen."

Mao drängte die Massen von Schüler und Studenten auf die Erschaffung von Truppen „Roter Garden", um abweichende Parteioffizielle und alle, die ebenso bürgerliche Tendenzen zeigten, zu bestrafen. Die Motivation für die Ausrufung der sogenannten „Großen Proletarischen Kulturrevolution" war aber in Wirklichkeit ganz anderer Natur. Mao wollte, besser gesagt musste, um an der Macht zu bleiben, seine Gegner in der Kommunistischen Partei nach dem Fehlschlag seiner „Großer Sprung nach vorn"-Politik zwingend loswerden. Mao Zedong hatte mit seiner früheren Politikkampagne, wie viel später erst herauskam, die wohl schlimmste Hungersnotkatastrophe der chinesischen Geschichte, mit geschätzten fünfundvierzig Millionen Toten, verursacht. Es gab damals nur die staatlich kontrollierten Medien, die die traurige Wahrheit verschwiegen. Li, sowohl wie alle anderen Chinesen, hatte an dem Tag des Aufrufs zur Kulturrevolution keinerlei Ahnung davon.

Doch heute wurde im Hause Li erst einmal der sechzigste Geburtstag seiner geliebten Großmutter väterlicherseits, Mok Mei Lan, die zusammen mit ihnen unter einem Dach lebte, mit einem Festmahl gefeiert. Es war ein großes Fest, alle Familienmitglieder, Nachbarn und Freunde waren zusammengekommen, es herrschte emsiges Treiben in dem kleinen Haus der Lis. Die Schwestern und Brüder seines

Vaters sowie die vielen Vettern und Cousinen, deren Kinder und enge Freunde zelebrierten den ersten Geburtstag seiner „Mahmah", wie die Enkelkinder im Chinesischen ihre Großmutter titulierten. Es hatte noch nie eine richtige Geburtstagsfeier im Hause Li gegeben, denn nur mit sechzig Jahren, nach einer alten Überlieferung, schließt sich der erste Lebenszyklus eines Chinesen. Li lernte erst viel später, dass dem jährlichen Geburtstag in China ein wesentlich niedrigerer Stellenwert als im Westen zugeschrieben wurde. Es gab noch einen anderen wesentlichen Unterschied: In China wird das Lebensalter bereits ab dem Zeitpunkt der Empfängnis gezählt. Wenn dort die Kinder auf die Welt kommen, sind sie also schon ein Jahr alt. Des Weiteren gibt es in China, anstatt einer Geburtstagstorte, Nudeln zum Festschmaus. Lange Geburtstagsglasnudeln gehören zu einer gelungenen Feier, sie sollen dem Geburtstagskind Glück, Gesundheit und ein langes Leben garantieren.

Es war ein fröhlicher Tag für die Familie, aber Li hatte noch weitere Pläne für die späteren Abendstunden. Er hatte sich mit dem Mädchen Feng Yan Yi in einem Park am Fluss verabredet. Yan Yi war seine heimliche, große Liebe. Das wunderschöne Mädchen und er hatten sich vor einigen Wochen in einem der Universitätshörsäle kennengelernt und Li hatte sich unsterblich in die hübsche junge Chinesin verliebt. Es war, wie man so schön sagt, Liebe auf den ersten Blick gewesen. Yan Yi, gerade einmal 18 Jahre alt, war mit ihrer Familie erst kürzlich von Peking nach Guangzhou gezogen. Sie hatten sich zufällig auf einem der alltäglich stattfindenden Studententreffen in der Universität kennengelernt und waren seither unzertrennlich geworden. Für Li stand fest, Yan Yi war die Frau, die er einmal heiraten wollte, eine Familie gründen, zusammen alt werden. Es gab da nur ein Problem: Wong Yat Wah, der Stiefsohn ihres Onkels, hatte ein Auge auf Yan Yi geworfen und stellte ihr ständig nach. Hinzu kam, dass sie mit ihren Eltern im Hause ihres Onkels wohnte, der die Avancen seines Sprösslings mit Wohlwollen unterstützte. Es kam dadurch immer häufiger zu Streitereien in der Familie. Yan Yi wehrte sich gegen Wongs Nachstellungen. Zu ihrem Leidwesen stand sogar ihr Vater der Verbindung zwischen den beiden jungen Leuten nicht abgeneigt gegenüber. Einzig und allein die Mutter hielt zu ihrer Tochter, denn sie spürte das Böse in dem jungen Wong, wie sie sich einmal dazu äußerte.

Das störte Li aber im Moment wenig, er und Yan Yi lagen auf einer Wiese am Fluss und sahen den Fischern zu, wie sie mit ihren langen Booten hinaus ins Flussdelta fuhren, um die Nacht über bis zum Morgengrauen zu fischen. Sie küssten sich, wie es alle Frischverliebten tun, endlos, innig, leidenschaftlich, ohne jemals genug vom anderen zu bekommen. Sie ließen sich dabei kaum Zeit, Luft zu holen, ihre Lippen röteten sich schnell vom vielen Küssen. Yan Yis sinnlicher, betörender Geruch wirkte auf Li wie eine berauschende Droge und verwandelte seine sexuelle Begierde in eine qualvolle, unbefriedigte Lust der Leidenschaft. Li musste sich beherrschen, auch wenn er noch so gerne die Früchte ihrer Liebe genießen wollte: Er durfte jetzt nicht ausschließlich an sich denken und wie ein ausgehungerter Wolf über Yan Yi herfallen. Die Zeit eines sexuellen Auslebens ihrer noch unbefriedigten Begierden würde bald kommen. Atemlos sowie erschöpft von ihrem leidenschaftlichen Spiel, lagen sie nebeneinander und lächelten sich verschmitzt an. Sie tranken etwas von ihrem mitgebrachten Jasmintee und machten Pläne für eine gemeinsame Zukunft. Yan Yi lachte freudig, wenn Li von Heirat und Kindern sprach, sie lachte eigentlich immer viel und gerne. Für Li gab es derweil nichts Schöneres auf der Welt, als ihre schneeweißen Zähne und die fröhlichen, strahlenden Augen dabei zu betrachten. Er wünschte sich in dem Moment nichts mehr, als bald um Yan Yis Hand anzuhalten und sie zu heiraten. Auch wenn der Narr, Wong, sein Vorhaben noch so schwer machte, er würde einen Ausweg für ihre Liebe finden, denn sagte nicht schon Laotse:

„Geliebt zu werden macht uns stark, zu lieben macht uns mutig."

Kapitel 5

2017, September, auf Borkum, am Nachmittag

Schade, dachte Li, als er plötzlich von seinem kleinen Haustiger Sun Tzu aus seinem Traum gerissen wurde. Um Aufmerksamkeit zu erregen, war es eine Unart des Katers geworden, auf Lis Schoß zu springen. Li hatte den kleinen graugetigerten Kater aus einer eigenwilligen Laune nach dem berühmten, chinesischen Kriegsphilosophen Sun Tzu benannt. Sun Tzu lebte vor mehr als 2 000 Jahren und war der Verfasser des Buches „Die Kunst des Krieges", das bis in die heutige Zeit eine lehrreiche Lektüre für alle Militärstrategen und Businessmanager der ganzen Welt war. Ein Grund für die ungewöhnliche Namensgebung war wohl auch der Umstand ihrer ersten Begegnung. Li hatte den getigerten Winzling vor etwa einem Jahr in seinem Garten hinter dem Wohnhaus gefunden. Abgemagert und verletzt hatte sich das junge Tier unter einem Sanddornbusch verkrochen und es gab wenig Hoffnung für ein Überleben. Doch der kleine Kater entwickelte eine ungeahnte Kämpfernatur und erholte sich durch Lis medizinisch-fürsorgliche Pflege doch relativ schnell. Nach seiner Genesung wich der kleine Kater kaum noch von Lis Seite, auf Schritt und Tritt begleitete er dankbar seinen Retter. Li hatte sich schnell an die liebevolle Anhänglichkeit seines neuen Mitbewohners gewöhnt. Er liebte die eigensinnigen Verhaltensweisen seines kleinen Freundes und vor allem die Zuneigung, die ihm das Tier entgegenbrachte. Sun Tzu hatte in kürzester Zeit von allem Besitz ergriffen. Li, das geräumige Wohnhaus, das Gewächshaus sowie der Garten gehörten jetzt ihm, es war sein Katzenreich. Wenn der Kater nicht gerade an einem seiner unzähligen Schlafplätze den Tag verschlief, befand er sich fast immer in Lis Nähe, leistete ihm mit seiner Anwesenheit Gesellschaft.

„He, he, du kleiner Räuber, warum störst du mich in meinen Träumen? Hast du wieder einmal Hunger?", fragte Li seinen Stubentiger.

Der konnte ihm natürlich keine Antwort geben, aber stupste ihn immer wieder mit der Nase an, was in der Katzensprache bedeutet, dass er ihn gern hatte. Dann begann er abwechselnd mit den Vorderpfoten auf Lis Schoß zu treteln und sich langsam im Kreis zu drehen, bevor er sich dann endgültig, wohlig schnurrend, niederließ.

„So ist es richtig, das könnte dir so passen, mich erst wach machen und dann selber schlafen wollen", grummelte Li vorwurfsvoll.

Er hob das Tier vorsichtig von seinem Schoß, setzte es auf den Boden ab und begab sich langsam zum Ausgang des Glashauses. Sun Tzu miaute laut und rannte freudig zur Tür des Gewächshauses. Das schlaue Tier wusste genau, das mit dem Schlafen auf Lis Schoß hatte nicht geklappt, aber dafür war sein Futter nicht mehr in weiter Ferne. Mit einem letzten zufriedenen Blick über seine überall im Gewächshaus blühenden Orchideen öffnete Li die Tür zum luftversiegelten, gläsernen Eingangsbereich, der die warme Innentemperatur des Pflanzenatriums vor der kühleren Außenluft schützte. Er schnippte kurz mit den Fingern und schon rannte Sun Tzu hinaus ins Freie. Anschließend verbrachte das ungleiche Paar noch eine Weile zusammen im immer noch blühenden Außengarten. Der Garten zeigte aber schon erste Spuren eines beginnenden Herbstes. Hier und da zupfte Li verwelkte Blumen aus ihren nassen Beeten, nahm loses Laub auf und betrachtete argwöhnisch den stetig dunkler werdenden Horizont über dem Meer. Der an den bald laublosen Bäumen rüttelnde Wind nahm hörbar, durch das stetig lauter werdende Rauschen im letzten Blätterwerk, zu. Die sonst immer über ihm am Himmel laut kreischenden Möwen waren in großen Scharen hinter den Dünen am Boden, im Sand, auszumachen. Li beobachtete die Anzeichen nicht zum ersten Mal, er wusste, was das seltsame Verhalten der Vögel bedeutete. Deshalb achtete er bei seiner weiteren Runde ums Haus darauf, dass keine Gerätschaften mehr herumlagen und er unbefestigte Dinge noch vorzeitig in den Schuppen verstaute. Sun Tzu, sonst immer abenteuerlich streunend, blieb die ganze Zeit willig bei seinem Herrn und strich ihm ständig um seine Beine. Er merkte wohl auch die Veränderung der Atmosphäre und den kommenden Wetterumschwung. Als alles im Garten gesichert war, ging Li zum nahe gelegenen Wohnhaus mit dem traditionell ostfriesisch reetgedeckten Dach.

„Es wird bald einen richtig heftigen Sturm geben", murmelte Li während der wenigen Schritte mehr zu sich selber als zu seinem Begleiter.

Mit einem letzten zufriedenen Blick über sein imposantes Anwesen und mit der Gewissheit, gegen den Sturm ausreichend gewappnet zu sein, öffnete er die Hintertür zum Wohnhaus. Sun Tzu war jetzt nicht mehr zu halten, in freudiger Erregung sprintete er mauzend voraus in die Küche, zu seinem Fressnapf. Li füllte den bereitstehenden, natürlich wie immer leergefressenen Napf mit Katzenfutter und sah seinem Kater zu, wie er gierig begann, sein Fressen zu verschlingen. Anschließend setzte er sich selber an seinen Küchentisch und aß etwas von dem am gleichen Morgen übrig gebliebenen Frühstücksporridge. Dazu trank Li sein Lieblingsgetränk, ein Glas kalte Milch aus dem Kühlschrank.

„Sie müssen aber besser essen, Herr Li", ermahnte ihn seine Haushaltshilfe, Anna Wolders, die plötzlich mit einem Eimer Putzwasser und einem bunten Aufnehmer bewaffnet aus dem Hausflur in die Küche kam.

Anna Wolders war ständig um das Wohlergehen ihres Arbeitgebers, ihren Herrn Li, wie sie ihn respektvoll nannte, bemüht. Sie hatte den alten Chinesen in ihr Herz geschlossen und bemutterte ihn nach allen Regeln der Kunst. Ob er ihre überschwängliche Fürsorge nun wollte oder auch nicht, spielte dabei keine große Rolle. Seit Annas eigene Kinder Borkum schon vor vielen Jahren verlassen hatten, lebte sie allein in einer kleinen Wohnung im Ort. Sie war früh Witwe geworden, ihr Mann war bei einem Schiffsuntergang auf hoher See geblieben. Es lag in ihrer freundlichen Natur, jemandem ihre Fürsorge angedeihen zu lassen, Li konnte sich glücklich schätzen. Mit fast 60 Jahren auf dem Buckel war Anna zwar immer noch fit und rüstig, doch die harten Zeiten in ihrem Leben hatten ihre Spuren hinterlassen. Ihre früher schönen Hände waren durch die vielen Jahre des Putzens, zu ihrem eigenen Unmut, leider faltig und sehnig geworden. Dazu ging sie in einer leicht gebückten Haltung und klagte oft über Rückenschmerzen. Der Lack war ab, pflegte sie dazu zu sagen, sie machte sich nichts vor. Ihr nach außen jedoch immer freundliches, rundes Gesicht, mit den kleinen wachen Augen, ließ sie als nettes Muttchen von nebenan erscheinen. Doch viele Menschen täuschten sich über die innere, klare Härte der Frau. Anna Wolders gehörte weder zu den Einfältigen, noch zählte sie sich zum alten Eisen. Sie war lebensfroh, lustig, scharfsinnig, manchmal auch sarkastisch, aber, was Li am meisten an ihr mochte, Anna war eine ehrliche Frau.

„Ja, Frau Wolders, ich weiß, es ist ja auch nur ein kleiner Snack. Heute Abend werde ich mir Ihre vorzügliche Erbsensuppe warm machen, die Sie mir so liebenswerterweise mitgebracht haben, großes Ehrenwort."

„Ist ein guter Erbseneintopf, alles frisch, mit Rauchspeck", kam es aus der offenen Abstellkammer zurück, in der Anna gerade ihre Arbeitsgeräte verstaute.

„Ganz ohne Frage und einfach köstlich, ich kann mich noch an den Eintopf vom letzten Mal erinnern. Noch einmal herzlichen Dank, Sie sind immer so gut zu mir, Frau Wolders", erwiderte Li und half ihr dabei, die letzten Sachen wegzuräumen.

„Ach, papperlapapp, das bisschen Suppe ist doch nun wirklich nicht der Rede wert, Hauptsache, es schmeckt Ihnen", strahlte Anna über Lis Kompliment, mit einer wegwischenden Handbewegung.

„Das steht außer Frage, ich habe noch keinen köstlicheren Eintopf gegessen. Es ist zweifellos der beste der Welt und Sie die beste Köchin!"

„Jetzt übertreiben Sie aber, Herr Li", antwortete sie stolz, etwas verlegen und knallrot werdend. „Wo ist denn meine olle Jacke, ach, hier ist sie ja. So, ik mut mi nu abet sputen, dat sücht heel verdächtig na nem fetten Sturm ut", fiel sie, wie es manchmal ihre Art war, ins Plattdeutsche. „Machen Sie bloß alles zu, Herr Li, heute schlägt der ‚Blanke Hans' zu und mit dem ist nicht zu spaßen."

Mit den Worten eilte sie auch schon aus der Tür, schwang sich auf ihr schwarzes Hollandrad und fuhr in großer Hast davon. Die Zeit war schon weit vorangeschritten, es würde nicht mehr lange brauchen, bevor es dunkel werden würde. Die fast schwarz wirkenden Wolken hingen am Himmel über der ostfriesischen Küste wie die Vorboten eines drohenden Unheils. Das wird sehr ungemütlich werden, dachte Li, und was hatte Anna Wolders vorhin noch gesagt, mit dem „Blanken Hans", wie die Einheimischen bildhaft die tobende Nordsee und die orkanartigen Stürme oft bezeichneten, war nicht zu spaßen.

„Na, dann wird es heute auch nicht mehr ganz so lustig werden und du bleibst besser im Haus, Sun Tzu", ermahnte er seinen Kater.

Li ging aus der Küche in seinen großzügig angelegten Hausflur und hielt für einen kurzen Moment inne, als er sein Spiegelbild betrachtete.

Aus dem alten, mit wunderschönen Drachenschnitzereien verzierten Wandspiegel blickte ein alter Mann zurück. Li befühlte seine so typisch chinesischen, hochwangigen Gesichtszüge und fuhr mit seinen Fingern durch seine schulterlangen, schneeweißen, aber immer noch sehr vollen Haare. Besonders stolz war er auf seinen ebenso weißen, langen, gepflegten Bart, der am Ende auf seiner Brust spitz zulief. Er ließ Lis Gesicht etwas runder wirken, gab ihm eine extra chinesische Note. Hinter einer runden Nickelbrille blickten zwei dunkle, fast schwarze Augen, etwas traurig aussehend, dennoch relativ freundlich wirkend, zurück. Die fortgeschrittenen Lebensjahre sowie die zahlreichen, unerfreulichen Erlebnisse hatten doch ihre Spuren hinterlassen. Dessen ungeachtet empfand Li, sich wohlwollend betrachtend, verschmitzt dabei lächelnd, dass er doch noch immer sehr respektabel aussah, fast etwas seinem großen Vorbild Konfuzius ähnelnd. Li war nicht eitel, dennoch legte er, trotz seines hohen Alters, immer noch viel Wert auf seine äußere Erscheinung. Passend zu seinen chinesischen Gesichtszügen war auch sein etwas eigensinniger, ungewöhnlicher Modegeschmack. Er hatte es sich schon seit etlichen Jahren zur Angewohnheit gemacht, sich ausschließlich in bequeme „Changshan" aus schwarzer Baumwolle oder Seide zu kleiden. Ein „Changshan" war die traditionelle chinesische Kleidung für den Mann im traditionellen China. Für Li war aber dabei wichtiger, dass er sich darin wohlfühlte. Angemessen zu den chinesischen Anzügen, trug er ausschließlich typische schwarze Baumwollschuhe mit einer weißen Sohle. Oft genug war er deshalb auf Borkum und anderswo auch mit leicht spöttischen Bemerkungen konfrontiert worden. Denn in Deutschland war dieser exotische Kleidungsstil mehr unter dem Namen Kung-Fu-Anzug bekannt geworden. Es störte Li aber nicht weiter, denn schließlich hatten die Spötter ja nicht so ganz unrecht. Li praktizierte jeden Tag, ab sechs Uhr morgens, am Strand sein geliebtes chinesisches Tai Chi. Laien sahen keinen großen Unterschied zum Kung-Fu, beides waren jahrtausendealte chinesische Kampfkünste. Doch während beim Tai

Chi langsame und anmutende Bewegungsabläufe praktiziert wurden, waren im Gegensatz die Abfolgen beim Kung Fu schnell und hart.

Es kam relativ häufig vor, dass ihn sehr früh aufstehende Strandspaziergänger dabei beobachteten, wie er, in unendlichen, elegant erscheinenden Schattenkämpfen, mühelos kraftvoll, seine studierten Bewegungsabläufe vollzog. Über seine kleinen Eitelkeiten schmunzelnd, lief er weiter bis zum Ende des langen Korridors, wo sich ein Alkoven befand. Dort stand sein privater Hausaltar, eine kostbare chinesische Antiquität, aus Hongkong importiert. Auf dem Boden vor dem Hausaltar befanden sich kunstvolle Opferschalen mit Obst oder mit gekochtem Reis und ein schweres, mit Sand gefülltes Bronzegefäß, das für Räucherstäbchen diente. Der Altarschrank selber war aus einem seltenen, edlen Holz, mit kunstvollen, detailreichen Verzierungen, geschnitzt. Der Schrank war, wie traditionell üblich, mit roter sowie goldener Farbe bemalt. Er hatte an der Vorderseite zwei zuziehbare Flügeltüren, die geschlossen das Innere des Altars verborgen hielten. Im Inneren seines Hausaltars standen drei wunderschöne, leider zerbrochene, jedoch äußerst professionell wieder zusammengeklebte Porzellanfiguren. Außerdem beinhaltete der Schrein drei kleine Rahmen mit Schwarz-Weiß-Fotos seiner Familie. Sie waren für Li die kostbarsten Erinnerungstücke an sein Leben in China. Er hatte sie bei seiner Flucht aus China retten können. Eines der Bilder zeigte seine Eltern zusammen mit seiner kleinen Schwester, ein anderes seinen Großvater und dessen Sohn, seinen Onkel. Das dritte Foto, sein liebstes Foto, war aber das von seiner geliebten Yan Yi. Es war stark abgegriffen, vergilbt und hatte an den Ecken Brüche im Papier. Man konnte es dem alten Foto gut ansehen, dass es sehr viel mitgemacht hatte. Dennoch konnten alle Makel am Papier des Fotos nicht die Schönheit des abgelichteten Mädchens auf dem Bild in irgendeiner Weise mindern. Ihr wunderbares Antlitz erstrahlte aus dem Foto wie zu ihren Lebzeiten. Li konnte beim Betrachten des Fotos noch immer in seiner Seele Yan Yis herrliches Lachen hören. Bei dem Gedanken füllten sich seine Augen mit

Tränen, er begann leise zu weinen. Warum hatte ihnen das Schicksal nur so böse mitgespielt, fragte er sich. Warum konnte Yan Yi nicht hier und heute bei ihm sein? Er glaubte zu wissen, sie hätte die schöne Insel mit ihren langen Sandstränden geliebt. Li wischte sich mit dem Ärmel die Tränen, die jetzt frei herunterliefen und die er nicht mehr zurückhalten konnte, von den Wangen. Gebrochen vom untröstlichen Seelenschmerz und mit einer tiefen Trauer in seinem Herzen, zündete er ein paar der bereitliegenden Räucherstäbchen an. Er hielt sie dann zwischen seinen gefalteten Händen und schwang diese leicht vor und zurück. Li betete lautlos für Yan Yi und das Seelenheil seiner Familie, bevor er die glühenden Stäbchen anschließend tief in den Sand des Bronzegefäßes steckte. Er klappte die Flügeltüren des Holzschreins zu und ging in sein angrenzendes Zimmer. Dort legte er sich auf sein Bett und schloss die Augen. Der aufsteigende leichte Rauch der Räucherstäbchen zog vom Flur in sein Schlafzimmer, verbreitete sofort einen angenehmen Duft von Sandelholz im Raum. Li segelte erneut sanft in eine Traumwelt, die in ihm die Erinnerung an den Hausaltar seines Großvaters in Guangzhou weckte.

Kapitel 6

1966, China, Guangzhou, in der Stadt

Als Li den Garten seines Elternhauses betrat, sah er als Erstes den schönen, alten, reich verzierten Holzaltar seines Großvaters in viele Tausend Einzelteile zerschlagen, zwischen den Töpfen von umgestoßenen Pflanzen.

„Li Xue, was hast du nur gemacht?", rief Li mit entsetztem Gesichtsausdruck, als er die Zerstörung von seines Großvaters Hausschrein sah.

Mit trotziger Haltung stand seine kleine Schwester Li Xue über dem zerstörten Altar. Der unsinnige, brutale Vandalismus seiner kleinen Schwester hatte auch nicht vor den wunderschönen drei unsterblichen Götterfiguren, Fu, Lu und Shou, aus feinstem chinesischem Porzellan, haltgemacht. Aus vielen Erzählungen seines Großvaters wusste Li, dass Fu, der immer in der Mitte stand, der Gott des Reichtums und der Fröhlichkeit war. Lu, der rechts stand, war der Gott des Status und Wohlstands. Die dritte Götterfigur, Shou, die links stand, war der Gott der Gesundheit und der Langlebigkeit. Jetzt jedoch lagen die Porzellanskulpturen, die nach Großvaters Überlieferungen mehr als 400 Jahre alt waren und aus der berühmten Ming-Dynastie stammten, zerbrochen in Scherben auf dem Boden.

„Mao Zedong hat uns befohlen, alles Alte, ausbeuterisches Gedankengut, alte Kultur, Gebräuche und Gewohnheiten, muss vernichtet werden. Widersprichst du etwa unserem geliebten Führer und stellst dich seinen Anordnungen entgegen?", fauchte seine fünfzehnjährige Schwester Li Xue, in ihrer grünen Mao-Uniform mit einer roten Armbinde, trotzig den Kopf zurückwerfend.

In der Hand hielt sie dabei ihre ideologische Waffe, die ihr die moralische Rechtfertigung für ihr Zerstörungswerk zu geben schien. Es war ein kleines rotes Buch mit Worten des Vorsitzenden Mao Zedong. Fast alle Chinesen trugen neuerdings ständig ein solches Buch mit sich, ein jeder kannte die aufrüttelnden Passagen darin auswendig. Um ihrer unsinnigen Tat noch mehr Nachdruck zu verleihen, rezitierte Li Xue Mao mit lauter Stimme aus dem Buch:

„Der Kommunismus ist nicht Liebe, sondern der Hammer, mit dem wir die Feinde zerschlagen."

Li kannte das kleine rote Buch oder die Mao-Bibel, wie es von den Chinesen auch genannt wurde, nur zu gut. Lin Bao, Maos treuer Gefolgsmann, hatte 472 Zitate aus Reden und Schriften des Vorsitzenden zusammengestellt und millionenfach drucken lassen. Das kleine Format war ganz bewusst so ausgewählt worden, damit das Büchlein in die Brusttasche einer jeden Armeeuniform passte. In China trugen fast alle nur noch diese Uniform, um äußere Gleichheit zu demonstrieren. Die Partei müsse das Banner von Mao Zedongs Ideen hochhalten, forderte Lin Bao im Vorwort des Buches. Arbeiter, Bauern, Soldaten, Studenten sowie Schüler, alle sollten Maos Schriften studieren, seinen Anweisungen folgen, sie auswendig lernen und Maos gute Kämpfer werden. Ganz China folgte der Aufforderung. In extra angesetzten Propagandakursen in den Schulen oder auf den Dorfplätzen studierten die Chinesen unentwegt Maos Texte. Man konnte sich persönlich sicher fühlen, wenn man für jede Gelegenheit ein passend ideologisches Zitat des großen Vorsitzenden parat hatte. Maos Worte hatten so viel Bedeutung, dass sie in den Tagen sogar die üblichen chinesischen Begrüßungsformeln ersetzten.

Li bückte sich und sammelte die zerbrochenen Teile des alten Holzschreins zusammen. Vorsichtig trennte er die Porzellanscherben der

Götterfiguren von denen des Schreins und legte sie in eine kleine Kiste. Er kannte Maos Worte, den Aufruf, alte Kultur zu zerstören, aber zum ersten Mal erfuhr er die direkte Auswirkung solchen Wahnsinns.

„Meimei", adressierte er mit der gebräuchlichen chinesischen Bezeichnung für die kleine Schwester, kopfschüttelnd, ratlos Li Xue. „Warum hast du das nur getan? Was bringt dir die Zerstörung von ‚Gung Gungs' altem Altar?"

Starrsinnig, wie Mädchen in ihrem Alter so sind, aber mehr noch durch die Worte Mao Zedongs unbeirrbar vergiftet, wischte sie mit einer abweisenden Handbewegung Lis Einwand zur Seite. Ihre Augen versprühten einen ihm bis dahin unbekannten fanatischen Hass.

„Pah, was scheren mich dieser geflohene kapitalistische Ausbeuter und seine Götzenbilder? Ich rate dir, du solltest dich auch lieber mehr mit den Lehren unseres großen Führers Mao Zedong befassen, als hier im Garten diesem klassenfeindlichen Göttergerümpel nachzutrauern. Ansonsten kann es schnell passieren, dass du vor unserem Studentenkomitee landest und dich dort rechtfertigen musst, Bruder."

Li war sichtlich geschockt von den harschen, ihm drohenden Worten und dem wilden Fanatismus seiner jüngeren Schwester. Vor einem Jahr war sie noch ein kleines, unschuldiges, junges Schulmädchen der „Guangzhou 25. Mittelschule" gewesen. Seit der Bekanntmachung der Schließung von Schulen und Universitäten im Juli des Jahres hatte sie sich unerwartet den aggressiven Schüler- und Studentengruppen, den sogenannten „Roten Garden", angeschlossen. Diese radikale Gefolgschaft Mao Zedongs hatte eine komplette Gehirnwäsche an seiner kleinen Schwester vollzogen.

Maos berechnende Anordnung, alle Schul- und Universitätslehreinrichtungen für zwei Jahre geschlossen zu halten, erzielte die für seinen eigenen politischen Überlebenskampf so wichtige, erhoffte Wirkung. Mao Zedong ermutigte die von ihm politisch missbrauchten, gewollt entfesselten Jugendlichen, ihren Gewaltrausch und Machtwahn frei auszuleben. Die von ihm aufgehetzten jugendlichen Schüler- und Studentenmassen organisierten sich überall in China in verschiedene, äußerst gewalttätige Gruppierungen von „Roten Garden". Rotgardisten marschierten in den nächsten zwei Jahren durch China und zerstörten alles, was mit Kultur in Verbindung gebracht werden konnte. Zu der Vernichtung von unwiederbringlichen Kulturschätzen kamen die willkürlich durchgeführten Hausdurchsuchungen bei Intellektuellen oder einfach nur mit Bildung in Verbindung gebrachten Bürgern.

Die Rotgardisten drangen nach Belieben in private Häuser ein, zerstörten sinnlos, was sie für antikommunistisch hielten. Ob es sich dabei um wertvolle Antiquitäten, klassische Literatur, westliche und traditionelle Musikinstrumente, Möbel, Stoffe, Gemälde, Schmuck, Bild- oder einzigartige Schriftrollen handelte, es war ihnen egal. Alles, was ihnen zwischen die Finger kam, wurde beschlagnahmt, gestohlen, vieles einfach nur aus purer Zerstörungswut verbrannt.

Was man einst als schön, richtig, höflich, gerecht, wertvoll, erstrebenswert betrachtet hatte, galt jetzt als feindliche Ansichten, gegen das Proletariat der Arbeiterklasse gerichtet. Die Mutter, die in traditionellem Kleid auf einer Fotografie zu sehen war, galt als kapitalistisch. Der Onkel, der in Frankreich studiert hatte, als imperialistisch. Wer für einen Staatsfeind gehalten wurde, fiel dem Mob zum Opfer, wurde in ein Lager gesteckt oder hingerichtet. Im Land herrschten anarchische Zustände. Die randalierenden Rotgardisten brachten unsägliches Leid über Hunderttausende Familien. Es wurden überall auf dem Land sowie in den Städten Chinas unschuldige Menschen beliebig als vermeintliche Konterrevolutionäre diffamiert, um dann von marodierenden Rotgardisten aufgespürt und an den Pranger gestellt zu werden. Die meist darauf folgenden Misshandlungen richteten sich nicht nur gegen die bestimmte Einzelperson, sondern erfassten regelmäßig auch die nächsten Familienangehörigen. Niemand war vor dem grausamen Terror der „Roten Garden" sicher, auch Lis eigene Familie nicht, wie er sehr bald schmerzlich erfahren musste.

Li verfolgte von Anfang an mit großem Entsetzen die Entwicklung der Gewaltbereitschaft an den Schulen und Universitäten. Es hatte alles mit der ersten Stufe einer verbalen Beschimpfung begonnen, die dann schnell zu extremen körperlichen Übergriffen transformierte. So richtig in Gang kam alles am 25. Mai 1966. Die Akademikerin Nie Yuanzi sowie sechs weitere Personen der Peking-Universität hängten eine unheilbringende Wandzeitung auf, auf der sie die Autoritäten der Peking-Universität beschuldigten, Mitglieder einer schwarzen konterrevolutionären Bande zu sein. Sie riefen anschließend dazu auf, alle Rinderdämonen und Schlangengeister, wie sie die Mitglieder der schwarzen Bande betitelten, entschlossen, gründlich, säuberlich und vollständig auszuschalten. Am Abend des 1. Juni verbreitete der zentrale staatliche Rundfunk, das chinesische Volksradio, den Text dieser Wandzeitung über alle seine Sender. Der Text dieser Wandzeitung bewirkte eine Schockwelle in ganz China. Schüler und Studenten nahmen die Peking-Universität als ihr Vorbild. Sie begannen, die Autoritäten ihrer Schulen mit demselben Vokabular anzugreifen. In vielen Schulen erhielten diejenigen, die ihr Lehrpersonal als Erste verbal angegriffen hatten, Unterstützung von den radikalen Arbeitsgruppen und wurden Mitglieder der neu gegründeten Revolutionskomitees. Ab dem Tag wurden die Erzieher ganz allgemein zur Zielscheibe der Kulturrevolution. Wenn Schüler ihren Lehrern begegneten, dann grüßten sie diese nicht mehr. Wenn sie sich an einen Lehrer wandten, dann nannten sie ihn rüde mit ganzem Namen, nicht mehr Lehrer Wang oder Lehrer Liu, wie es die traditionelle Form war. Die Schüler wurden von den Arbeitsgruppen ermutigt, immer neue Wandzeitungen zu verfassen, um ihre Lehrer anzuprangern. Zusätzlich zu anfeindenden politischen

Begriffen wie Konterrevolutionär, gegen die Partei, gegen den Sozialismus, gegen Mao Zedong gerichtet und so weiter benutzten sie Schimpfwörter wie zum Beispiel Schwein oder Giftschlange, um ihre Lehrer zu verurteilen. Nahezu alle Lehrer wurden auf den ständig neu erscheinenden Wandzeitungen oder während sogenannter Enthüllungs- und Anprangerungstreffen verbal angegriffen. Den angegriffenen Lehrern war es nicht gestattet, sich in irgendeiner Weise zu verteidigen. Die studentischen Arbeitsgruppen organisierten gezielt Sitzungen, um die Lehrer zu attackieren und zu kritisieren. Dabei teilten sie alle Lehrer in vier Gruppen ein: gute, annehmbare, solche mit ernsten Fehlern und sogenannte rechte Elemente, die gegen die Partei und den Sozialismus gerichtet waren. Viele Lehrer, die den Druck und die unentwegten Beleidigungen nicht aushielten, begingen anschließend Selbstmord.

Die gewalttätigeren, körperlichen Übergriffe auf die Lehrerschaft begannen dann später im Juni 1966. An der Qinghua-Universität organisierten zum Beispiel einige Studenten am zwölften Juni eine Gruppe zum Prügeln von Hunden. Sie nutzten ihre Rhetorik, um gegen jene Lehrer vorzugehen, die man als Mitglieder der schwarzen Bande oder in anderer Form als Feinde bezeichnet hatte. Sie bestanden darauf, dass es sich bei diesen Lehrern nicht mehr um Menschen, sondern schlichtweg gesagt um Hunde handele.

Am 18. Juni kam es an der Peking-Universität zu gewalttätigen Übergriffen von Studenten gegen die Personen, die man zuvor nur verbal angegriffen hatte. An den vielen Gymnasien in der Stadt liefen ganz ähnliche Dinge ab.

Im Gymnasium, das an die Peking-Universität angegliedert war, schlugen am 18. Juni drei Schülerinnen die Vizedirektorin, Liu Meide, in ihrem Chemiesaal mit einem Knüppel von zwei fast Zoll Durchmesser. Dieser Knüppel zerbrach nach drei Stunden rücksichtslosen Schlagens. Nachdem sie halbwegs wieder genesen war, ging am 31.

Juli eine weitere Gruppe von Schülerinnen mit äußerster Gewalt gegen sie vor. Sie rissen ihr das Haar aus, steckten ihr Dreck in den Mund und schlugen sie. Frau Liu wurde gezwungen, auf dem Boden des Schulhofes zu kriechen und wiederholt zu sagen: „Mein Name ist Liu Meide. Ich bin ein Schlangendämon." Etwas später, an einem Tag im August, wurde sie von den Schülerinnen gezwungen, auf einen Tisch zu klettern und sich dort hinzuknien. Eine Schülerin stellte ihren Fuß auf ihren Rücken und posierte entsprechend der Anweisung Mao Zedongs für den Kampf gegen die Großgrundbesitzer:

„Zwingt sie auf den Boden und dann stellt einen Fuß auf sie."

Nachdem ein Fotograf der Zeitung „Pekinger Tageblatt" ein Foto geschossen hatte, stieß die Schülerin Frau Liu vom Tisch herunter. Frau Liu war zu dieser Zeit schwanger. Ihr Baby starb an den pränatalen Verletzungen kurz nach der Geburt.

Die zweite Stufe vom Prügeln zur mörderischen Gewaltanwendung folgte unmittelbar. Am 28. Juli veröffentliche das Pekinger Stadtparteikomitee der KP Chinas, entsprechend Mao Zedongs Anweisungen, eine Resolution über den Rückzug der Arbeitsgruppen aus den Gymnasien. Die Folge war, dass sich in dem durch den Rückzug der Arbeitsgruppen entstehenden Machtvakuum Studentenorganisationen breitmachten, die sich selbst „Rote Garden" nannten. Genau in dieser Zeit ereigneten sich die gewalttätigen Übergriffe auf Lehrer in großem Maßstab. Offensichtlich war jedenfalls, dass von den höchsten Parteikreisen keinerlei Maßnahmen getroffen wurden, um dem Morden Einhalt zu gebieten. Im Gegenteil, sie lobten die sich rasch ausbreitende Bewegung der „Roten Garden" in den höchsten Tönen.

Mao Zedong traf mit einer Million Rotgardisten am 18. August auf dem Tiananmen-Platz zusammen. Bei diesem Treffen überreichte die

Schülerin Song Binbin Mao Zedong eine Armbinde der „Roten Garden". Bestärkt durch ihren verehrten Führer, eskalierte in den darauffolgenden Tagen die Gewalt. Das Ergebnis war, dass mehr und mehr Lehrer geschlagen wurden und viele von ihnen an den Folgen starben. Nach Gerüchten über die Vorgänge an den Gymnasien und Grundschulen kamen während zweier Wochen im August 1966 allein im Bezirk Xicheng, im Zentrum Pekings, annähernd 100 Lehrer, leitende Verwaltungsangestellte und Stabsmitglieder gewaltsam zu Tode. Unzählige andere wurden verletzt oder zu Krüppeln geschlagen. Man vermied es, genaue Zahlen oder gar die Namen von Opfern zu nennen. Auch wurde nicht mitgeteilt, wie viele der Toten zu Tode geprügelt wurden und wie viele anschließend Selbstmord begingen, nachdem sie misshandelt worden waren.

Die dritte Stufe des Wahnsinns folgte aus den Schulen auf die Straße, von Peking in alle Provinzen. Am 22. August bestätigte das Zentralkomitee der KP Chinas die vom Ministerium für öffentliche Sicherheit erlassenen Weisungen über die strikte Vermeidung des Einsatzes der Polizei gegen die revolutionäre Schüler- und Studentenbewegung. Zu diesem Zeitpunkt waren die gewalttätigen Aktionen der Schüler und Studenten im großen Maßstab von den Schulen auf die Straße übergesprungen. Die Opfer waren fortan nicht mehr, wie noch in den Kampagnen von 1957, nur die alten Feinde, wie die früheren Fabrik- und Ladenbesitzer und andere rechte Elemente, sondern jetzt auch berühmte Künstler, Schriftsteller und Intellektuelle.

Am 24. August zum Beispiel beging ein von Li sehr verehrter Schriftsteller, Lao She, Selbstmord, nachdem er und zwanzig andere von Rotgardisten aus Gymnasien schwer misshandelt worden waren.

Am Pekinger Gymnasium Nummer 1 verwandelten die „Roten Garden" das Gemüsedepot der Schule in einen Folterkeller, in dem dreizehn Personen zu Tode geprügelt wurden.

Ein Mitstudent erzählte Li, dass die Rotgardisten die Lehrer ihrer Schule nicht nur prügelten, sondern liquidierten, und sie hatten auch viele Leute aus den umliegenden Dörfern, die als Feinde eingestuft worden waren, zu Tode geprügelt.

Im Bezirk Daxing bei Peking wurden vom 27. August bis zum 1. September 325 Menschen ermordet, die zu den sogenannten vier Kategorien von Feinden gehörten oder Kinder solcher Feinde waren. Das jüngste dieser Opfer war ein achtunddreißig Tage altes Baby.

Allein in Pekinger Stadtbezirken wurden in den Monaten August und September 1772 Menschen umgebracht. All diese Menschen waren nicht standrechtlich erschossen worden, sondern von jugendlichen Rotgardisten zu Tode gequält worden.

Auf dem Höhepunkt der Gewalt, Ende August, kursierte an den Gymnasien eine Parole, die lautete: „Es kostet gerade einmal 28 Yuan, um eine Person zu Tode zu prügeln." 28 Yuan waren der gängige Preis für die Einäscherung eines Leichnams. Die Gebühren für die Einäscherung derer, die zu Tode geprügelt worden waren, mussten von den Familien entrichtet werden, die es nicht wagten, auch nur ein Wort des Protestes zu äußern.

Ab August 1966 erhielten die Rotgardisten Freifahrtscheine für die Eisenbahn, um überall hinzufahren und die Revolution zu entfalten. Die „Roten Garden" aus Peking brachten die Gewalt in die Provinzen.

In einem Randbezirk Schanghais zum Beispiel entfalteten drei Rotgardisten vom Pekinger Gymnasium Nr. 28 ihre revolutionäre Tätigkeit am 27. August, indem sie den Rotgardisten eines Schanghaier Gymnasiums beibrachten, wie man den Kampf gegen die Großgrundbesitzer und ihre Kinder in der Zhuxing-Produktionsbrigade der Meilong-Volkskommune führte. Als Ergebnis dieser Aktion wurde ein ehemaliger Großgrundbesitzer getötet.

An der Schanghaier Fremdsprachenschule folgten die Schüler dem Beispiel der Rotgardisten, die aus Peking angereist waren und Prügeleien angezettelt hatten. Sie verprügelten ihre Lehrer. Nachdem einige Lehrer blutig geschlagen worden waren, zwangen sie diese, ihr Blut vom Boden aufzulecken.

Die gewalttätigen Angriffe erfolgten nun überall. Und überall gab es Tote.

Die Studenten in Guangzhou standen ihren Genossen in anderen Städten an Grausamkeit in nichts nach. Li war nicht blind gegenüber der brutalen Gewalt, manchmal wünschte er sich, er wäre es. Er hielt sich, soweit er konnte, fern von der Universität. Er verabscheute alle Attacken gegen Unschuldige, hauptsächlich Lehrpersonal, doch sie passierten überall und überboten sich nur durch ihre barbarische Herzlosigkeit. Wenn immer er zur Universität kam, vernahm er die wildesten Geschichten der Studenten.

Einer erzählte, dass in Peking am 17. August an der 101. Mittelschule Studenten mehr als zehn Lehrer gefoltert hatten. Sie ließen sie auf Händen und Knien über heiße Kohlen kriechen. Währenddessen schlugen sie gnadenlos mit ihren kupfernen Gürtelschnallen auf sie ein. Einigen wurde die Hälfte der Haare geschoren, andere wurden angemalt. Ein Lehrer wurde erst halb totgeschlagen, dann in einem Brunnen auf dem Schulgelände ertränkt.

Eine andere Studentin wusste zu berichten, dass am 22. August die Direktorin der 8. Mittelschule in dem Raum, wo sie gefangen und gefoltert wurde, starb. Ihre Stellvertreterin erkrankte durch die Schläge, die sie erlitt, an einer Blutvergiftung, die sie für immer behindert ließ. Eine weitere ältere Lehrerin erhängte sich, nachdem sie wiederholt brutal geschlagen worden war.

Auf Lis letzter Studentenversammlung, an der er teilgenommen hatte, wurde damit geprahlt, dass in Schanghai die Studenten der Huadong-Lehrer-Universität mehr als 150 Professoren und Angestellte in ihren Häusern verhaftet hatten. Sie setzten ihnen große konische Hüte auf, hängten ihnen Schilder um die Hälse mit Worten wie „Anhänger der schwarzen Bande, reaktionäre akademische Autorität". Danach trieben sie die Gepeinigten durch die Straßen und zwangen sie auf dem kommunistischen Jugendplatz zu einer Kampf- und Kritiksitzung. Sie beschuldigten die Männer und Frauen so lange, bis die gedemütigten Opfer ihre Schuld bekannten und öffentlich Selbstkritik übten.

Die Liste ließ sich beliebig lang fortsetzen. Es kursierten Gerüchte, dass in jener Zeit vom 26. August bis zum 1. September 1966 allein in Peking täglich mehrere Hundert Menschen totgeschlagen wurden: am 26. August:126; am 27. August: 228; am 28. August: 184; am 29. August: 200; am 30. August: 224; am 31. August: 145; am 1. September: 228. Allein im Bezirk Xicheng, dem zentralsten und am weitesten entwickelten Teil der Stadt Peking, wurden im Sommer 333 Menschen zu Tode geprügelt.

Durch das Wissen um die unverständlichen Taten der „Roten Garden" hatte Li schon seit geraumer Zeit den Glauben an Maos proletarische Kulturrevolution verloren. Er sah keinen Sinn darin, jahrtausendealte Kultur zu zerstören, Lehrer zu demütigen und zu erschlagen. Endgültig ausschlaggebend war aber für ihn gewesen, wie er selbst mit ansehen musste, wie eine Horde Rotgardisten seinen geliebten Professor Gao Benjiang erst eine Flasche Tinte trinken ließ, dann so lang mit Knüppeln auf seinen Magen einschlugen, bis er erst die Tinte und dann Blut erbrechen musste. Der Professor starb noch am selben Abend im Krankenhaus. Li war außer sich vor Wut und Trauer. Niemand konnte ihn täuschen, er wusste, bei der Aktion gegen Gao Benjiang handelte es sich um gezielte persönliche Rache, denn sein von ihm so verehrter Professor war niemals ein Konterrevolutionär gewesen. Ein ehemaliger Student, dem der Professor schlechte Noten erteilt hatte, hatte ihn beim roten Mob diffamiert. Der Student war es dann auch gewesen, der zugleich als Hauptankläger sowie Richter aufgetreten war. Er war es auch, der am Ende am härtesten zuge-schlagen hatte. Damit hatte sich für Li bestätigt, dass die Rotgar-disten nicht allein politisch motiviert waren, sondern unter politischem Vorwand auch schnell mal ihre ganz eigenen persönlichen Probleme lösten. Die „Roten Garden" wurden missbraucht, um Personen, die zu viel über politisch interne Konflikte wussten, zum Schweigen zu bringen, um missliebige Nachbarn loswerden, um Konkurrenten im Machtkampf in Politkomitees auszuschalten. Es war alles eine Frage der Diffamierung an der richtigen Stelle. Die vorherrschende Gewalt des Schreckens ging aber nicht nur von Rotgardisten aus, sondern auch von weiten Teilen des Militärs, von Revolutionskomitees oder anderen Gruppierungen, die sich angesichts des Machtvakuums des Staates im ganzen Land organisiert hatten.

Das komplette öffentliche Leben in China wurde ausschließlich nur noch von der allgegenwärtigen Kulturrevolution bestimmt. Es gab kein Entrinnen oder eigene Individualität, die unmündige, stille Anpassung an das System war überlebenswichtig. An jeder Straßenkreuzung und in den Parks in Guangzhou waren Lautsprecher angebracht worden, über die fortwährend Maos Zitate propagiert wurden. In jeder Straße hing mindestens ein Plakat mit seinen Leitsprüchen. Buchhandlungen durften keine klassische Literatur mehr verkaufen, sondern mussten die Mao-Bibel verbreiten. Wer als vermeintlicher Rechtsabweichler oder Kapitalist gebrandmarkt wurde, musste eine Plakette um den Hals tragen. Kinder wurden aufgefordert, öffentlich ihre Eltern zu kritisieren, sogar zu denunzieren. Schüler sollten Kritik an ihren Leh-rern üben. Hunde, Katzen oder Fische durften nicht als Haustiere gehalten werden, sie galten als Statussymbole der Oberschicht. Jeder Wohnraum musste von mindestens drei Menschen bewohnt werden. Rauchen oder das Trinken von Alkohol war niemandem gestattet, der jünger als 35 war. Außerdem war es verboten, Parfüms, Lippenstift oder Kosmetika zu benutzen. Ausgefallene sowie modische Kleidung oder Schuhe waren verpönt, Jeans und T-Shirts strengstens untersagt. Die Menschen sollten, wie es sich für gute Kommunisten gehört, blaue oder grüne Mao-Anzüge tragen.

Die Denunzianten hatten Hochkonjunktur, das Chaos war perfekt. Li fühlte sich hilflos, nicht einmal seiner kleinen Schwester konnte er mehr trauen. Mit seinen Eltern redete er nur noch heimlich über die Vorkommnisse in China, wenn Li Xue nicht im Haus war. Sie sorgten sich alle sehr über ihre zunehmend blindwütigen verbalen Ausbrüche gegen die Familie. Wenn sie nicht zu Hause war, zog sie tagsüber mit ihren roten Freunden durch die Schulen und suchte, wie sie es nannte, nach Konterrevolutionären. Lis Mutter, selbst eine Lehrerin an der 17. Mittelschule in Guangzhou, hatte schon die ersten Anfeindungen am eigenen Leib verspürt. Man hatte sie stundenlang im Plenarsaal ihrer Schule auf einen Tisch stehen lassen und sie zur Selbstkritik gezwungen. Die Position, in der sie stehen musste, war aber nicht irgendeine, sondern man nannte es den Flugzeugstil. Lis Mutter musste dabei ihren Kopf nach unten senken, den Oberkörper zum Boden nach vorne beugen und die Arme hoch nach hinten ausstrecken, die Form eines Flugzeugs simulierend. In dieser schmerzhaften Haltung ließen die Schülerinnen sie für mehrere Stunden verharren. Glücklicherweise konnte sie, bevor ihr Schlimmeres angetan wurde, aus der Schule fliehen. Die Wut der Schüler war von ihr abgelenkt worden, als ein anderer, wütender Mob Rotgardisten fünf weitere Lehrer über den Schulhof trieb und auf sie einprügelte, bis sie reglos am Boden liegen blieben. Seit diesem Tag war Lis Mutter, aus Furcht vor weiteren Repressalien, nicht mehr aus dem Haus gegangen. Sie schreckte jedes Mal, wenn es an der Tür klopfte, angstvoll auf. Ihre Hände zitterten ständig unkontrolliert und sie hatte Angst vor den Blicken ihrer eigenen Tochter. Sie hatte Li und ihrem Vater mit Entsetzen davon berichtet, dass sie sicher war, aus den Augenwinkeln Li Xue weiter hinten in den Reihen ihrer Peiniger gesehen zu haben. Lis Vater, ein studierter Ingenieur, der auch einige Semester in Amerika verbracht hatte, versuchte immer noch, irgendeinen Sinn in den absurden Ereignissen zu sehen. Er war leidenschaftlicher Kommunist der ersten Stunde gewesen und selber aktiv im Arbeiterkomitee seines Arbeitsplatzes, einer Schiffbauwerft. Doch auch er hatte aufgegeben, er erreichte seine Tochter, Li Xue, nicht mehr. Er konnte ihr noch nicht einmal die Fahrt nach Peking verbieten, als sie Mitte August zum Tiananmen-Platz, wörtlich „Das Tor des himmlischen Friedens", reiste, um mit einer Million anderer Rotgardisten die Kulturrevolution zu feiern. Nach ihrer Rückkehr aus Peking prahlte Li Xue, dass sie den großen Vorsitzenden Mao aus nächster Nähe gesehen hatte und ihm mit allen anderen auf dem Platz Versammelten Treue bis in den Tod geschworen hatte. Dann forderte sie ihre Eltern und ihren Bruder auf, sich schnellstens von altem kapitalistischem Gedankengut zu trennen, materialistische konterrevolutionäre Dinge aus dem Haus zu schaffen. Es blieb der Familie nichts anderes übrig als ihrer Warnung nachzukommen. Li vergrub mithilfe seines Vaters, in Abwesenheit seiner Schwester, alle Bücher, Familienfotos, die wenigen Andenken seines Vaters an Amerika und andere verbotene Gegenstände im Garten des Hauses. Wie enorm lebenswichtig diese Entscheidung gewesen war, sollte sich später noch beweisen. Es war mittlerweile für Li auch extrem schwer geworden, sich heimlich mit Yan Yi zu treffen. Ihr aufdringlicher Verehrer, Wong, hatte sich zum Führer einer berüchtigten Rotgardistenhorde ernannt. Er brüstete sich damit, keine Gnade gegen die Feinde der proletarischen Kulturrevolution walten zu lassen. Gerüchten zufolge hatte er schon mehrere Menschen auf brutalste Art und Weise eigenhändig erschlagen. Li wurde mehr und mehr klar, er musste unbedingt einen Ausweg für sie finden. Er machte sich keine Illusionen, denn was konnte er allein schon ausrichten gegen eine ganze Nation von verblendeten, irregeführten jungen Menschen?

Kapitel 7

2017, September, nachts, unweit der Küste Borkums

Der Herbststurm über der Nordsee war ein Inferno der Naturgewalten und nahm seit der letzten Stunde noch an Intensität zu. Durch die Dunkelheit zuckten gleißende Blitze im Sekundentakt. Das ständig darauf folgende dumpfe Grollen und die ohrenbetäubenden, peitschenden Donnerschläge ließen eine Art von Weltuntergangsstimmung aufkommen. Poseidon, der Gott der Meere, muss heute extrem schlechte Laune haben, dachte sich Jens Haldermark. Schwer kämpfte sich seine kleine Segeljacht durch die wild aufschäumende See. Sie warf das Segelschiff wie einen Spielball zwischen den riesigen Brechern hin und her. Tief tauchte der Bug des kleinen Schiffes in die endlosen Wellentäler, um jedes Mal, wenn er wieder auftauchte, eine kalte Wasserwand aus Gischt in Jens' Gesicht zu werfen. Er hatte das Empfinden, das Meer um ihn herum würde regelrecht kochen. Die brachialen Naturgewalten ließen es ihm fast unmöglich erscheinen, das Boot noch zu halten, eine ihm unbekannte Angst ergriff ihn. Immer heftiger peitschte jetzt der starke Wind das Wasser auf und Jens versuchte verzweifelt, das Boot so zu steuern, dass die Wellen nicht von der Seite kamen.

Laura schrie in der Kabine der Segeljacht laut auf, als sie durch den Aufprall einer großen Welle, die plötzlich gegen die Bordwand schlug, aus der Koje fiel. Sie prallte mit dem Kopf zuerst auf den Boden und verlor für wenige Sekunden die Besinnung. Nach einem kurzen Augenblick rappelte sie sich etwas benommen wieder auf. Immer noch leicht unter den Nachwirkungen ihres Drogenrausches, konnte das Mädchen nicht verstehen, was gerade um sie herum geschah. Wieder wurde das Boot von einer Welle getroffen und Laura flog ein weiteres

Mal durch die Kabine. Instinktiv konnte sie sich diesmal im letzten Moment gerade noch am festgeschraubten Tisch in der Kabine festhalten. Grenzenlose Furcht und Panik krochen in ihr hoch und sie fühlte plötzlich eine klebrige Masse ihre Wangen herunterlaufen. Aus einer leichten Platzwunde an ihrer Stirn lief Blut über ihr ganzes Gesicht, das sie vergebens versuchte mit dem Handrücken wegzuwischen. Als sie auf ihre blutverschmierten Hände starrte, realisierte sie, dass hier gerade ein Kampf auf Leben und Tod stattfand. Sie wurde auf einmal ruhig und cool, wusste, ihre Chance auf eigenes Überleben hing jetzt auch von ihrem Verhalten ab.

Jens kamen die ersten Zweifel, ob es eine gute Idee gewesen war, dem Sturm trotzen zu wollen. Einige Stunden zuvor war er noch zuversichtlich gewesen, doch angesichts dieses ihm so heftig entgegenprallenden Zorns Poseidons war er sich plötzlich nicht mehr so sicher, ob er ihm allein gewachsen war. Er hätte vielleicht doch besser, als noch Zeit gewesen war, einen holländischen Hafen anlaufen sollen.

„Nordsee ist Mordsee", schrie er verächtlich in die tosende, dunkle Nacht.

Doch niemand hörte seinen Verzweiflungsruf, er wurde vom brausenden Sturmwind übertönt. Vor Beginn des Sturmes hatte Jens, nach allen seemännischen Regeln, die Seeventile und Luken des Bootes vorsichtshalber verschlossen und lose Gegenstände in der Kombüse zuverlässig verstaut. Danach hatte er das Großsegel gerefft und es gegen ein Trysegel, ein wesentlich kleineres, widerstandsfähiges Sturmsegel, ausgetauscht. Das Trysegel hatte eine weit sichtbare, knallrote Farbe und war aus einem festen schweren Segeltuch gewebt. Es war eine Sicherheitsvorkehrung, damit bei Starkwind segelnde Jachten für andere Schiffe besser erkennbar waren. Sicherheitshalber hatte er auch noch einige Extrahalteleinen angebracht und einen Treibanker, der die Fahrt aus dem Boot nehmen sowie das Heck in den Wind halten sollte, gesetzt. Es war nicht Jens' erster Sturm auf hoher See, er wusste, was zu tun war. Die raue See war sein Element, er mochte es sogar, bei Starkwind zu segeln. Er hatte mehrfach die raue Biskaya bezwungen und die berüchtigten Felsen des Kap Hoorn am Nordstrand der Drake-Straße zwischen Feuerland und der Antarktis umsegelt. An der Südspitze Afrikas war er einmal in sogenannte Freak-Waves geraten, Monsterwellen, so hoch, dass sie ohne Weiteres eine kleine Segeljacht verschlucken konnten. Er war ein Segeljunkie, der den Adrenalinkick suchte, die grenzgängige, herausfordernde Auseinandersetzung mit der See.

Jens hatte, als der Sturm sich vor einigen Stunden zusammenbraute, überlegt, ob er das Mädchen, Laura, aus seinem Schlaf wecken sollte. Er verzichtete aber darauf, stattdessen hatte er ihr eine orange Rettungsweste auf die Koje gelegt. Trotz all seiner Erfahrung und Vorsichtsmaßnahmen beschlich Jens eine innere Unruhe, dass etwas Unvorhergesehenes passieren würde. Aus Nordwest nahm die Windstärke immer noch stetig zu und seiner Schätzung nach erreichten die Windböen mindestens 8 bis 10 Beaufort. Seine Voyager, wie er sein Boot getauft hatte, bockte unaufhörlich im Seegang. Jeder Wellenkamm ließ sie erneut weit aus dem Wasser schießen, bis sie wieder mit einem lauten Klatscher zurück ins Wasser eintauchte und das ganze Vordeck im nächsten Wellental begrub. Jens hatte viel Vertrauen in sein Boot, sie hatten schon manchen Sturm zusammen gemeistert. Fast gutmütig hob die Voyager ihren Bug aus dem Wasser, um sich die nächste Welle hinaufzuarbeiten und das Spiel von Neuem zu beginnen. Er hatte schwer am Ruder zu kämpfen, Jens musste trotz fast 40 Grad Schräglage die nächste Welle immer richtig ansteuern, damit das Boot jedes Mal heil darüber hinwegkam. Der Lärm des heulenden Windes, gemischt mit dem Getöse der unaufhörlich heranrollenden Wassermassen, das Krachen und Rollen des Schiffes und die klatschenden Geräusche der Wellen, die über dem Deck zusammenschlugen, waren fast ohrenbetäubend. Als Jens endlich die verängstigten Schreie des Mädchens aus der Kabine hörte, rief er ihr zu, die Rettungsweste anzulegen und sich zu ihm auf den Steuerstand zu begeben. Laura tat ihm leid, nichts war schlimmer, wusste er aus eigener Erfahrung, als bei einem Sturm unter Deck herumgeschleudert zu werden. Es war immer besser, sich auf dem Deck einzuhaken und dort die tobenden Elemente auszusegeln. Laura erschien kurze Zeit danach, blass und ängstlich, auf dem Steuerstand. Jens half ihr, sich zu sichern, als nur einen Bruchteil eines Augenblicks später die Segeljacht mit voller Wucht gegen ein im Wasser treibendes, großes Objekt schmetterte. Jens wusste wegen der Heftigkeit des Aufpralls und des zusätzlichen, hässlich knirschenden Geräuschs sofort, dass das Boot ernsthaft beschädigt sein musste. Während sich das Schiff wie ein verletztes Tier im Wellental wand, flossen von einer Sekunde zur anderen Hunderte Liter Wasser in das Boot. Aus den Augenwinkeln sah er noch, wie ein treibender Container hinter dem letzten Wellenkamm verschwand. Treibende Container, die oft bei Stürmen von großen Containerschiffen fielen, waren eine stetige Gefahr für kleinere Segelschiffe. Es war einfach alles schiefgelaufen, nichts ging glatt bei dieser Tour, dachte Jens und inspizierte die Kajüte. Beim überprüfenden Blick ins Innere des Schiffes entdeckte er sofort ein riesiges, längliches Loch in der Bordwand. Er sah, wie durch das Leck im Schiffsrumpf unaufhaltsam das Nordseewasser eindrang, stetig steigend, die Kajüte flutete. Voll Entsetzen wurde ihm sofort klar, dass seine Voyager nicht mehr zu retten war, sie war dem Untergang geweiht. Kalter Schweiß drang aus allen seinen Poren, er musste jetzt unbedingt Ruhe bewahren.

Fluchend drehte er sich zu dem Mädchen um und schrie ihr durch das Getöse des Sturmes zu: „Wir sind leckgeschlagen, verdammte Scheiße, es ist aus, wir sind geliefert. Komm jetzt, schnell, ich brauche deine Hilfe, wir müssen die Rettungsinsel bereit machen und von Bord gehen, das Schiff wird in Kürze sinken.“

Laura, die wie gelähmt, mit einer Sicherheitsleine festgehakt, am Steuerstand stand, machte keinerlei Anstalten sich zu bewegen. Erst als Jens an der Reißleine ihrer Rettungsweste riss, diese sich plötzlich mit Luft füllte und sie heftig schüttelte, schnappte sie aus ihrer Erstarrung. Ihr Überlebensinstinkt setzte urplötzlich ein, sie wollte nicht mit dem leckgeschlagenen Schiff untergehen. Der grausame Gedanke, elend ertrinken zu müssen, löste ihre momentane lähmende Starre. Ohne eine weitere Sekunde zu zögern, entfernte sie den Haken der vorher noch so lebenswichtigen Sicherungsleine. Doch anstatt die Rettungsinsel zu wassern, wurde sie unmittelbar durch einen erneuten Brecher, der plötzlich über das Deck hereinbrach, in den Eingang zur Kajüte zurückgeworfen. Ihr Hinterkopf knallte dabei äußerst unsanft gegen den Türrahmen. Etwas benommen beobachtete sie, dass Jens sich in der Zwischenzeit am Motorraum zu schaffen machte, drei gelbe, wasserdichte Aquapaktaschen hervorzog und mit aufblasbaren Schwimmern versah. Er grinste gerade noch teuflisch triumphierend zu ihr hinüber, als im gleichen Augenblick eine riesige Welle das Boot erneut erfasste. Was dann geschah, spielte sich für Laura wie in einem Katastrophenfilm in einer Art Zeitraffer ab. Bestürzt verfolgte sie, wie Jens vom unkontrolliert herumschleudernden Mastbaum am Kopf getroffen wurde und lautlos ins Wasser kippte. Das kleine Sturmsegel flatterte danach kurz im peitschenden Wind, bevor es sich urplötzlich durch eine Sturmbö wieder mit Wind füllte und der Mastbaum zurückgeschleudert wurde. Diesmal traf er Laura mit voller Wucht im Rücken. Der Schlag war so heftig und schmerzvoll, er raubte ihr fast die Besinnung. Total orientierungslos stand sie für einen Moment an der Reling, bevor eine weitere Welle sie über Bord spülte. Mit letzter Kraft klammerte sie sich an eine der Taschen, die neben ihr im Wasser trieben, dann wurde ihr schwarz vor Augen.

Kapitel 8

2017, September, Borkum, am Morgen nach dem Sturm

Die stürmische Nacht hatte Li schlecht schlafen lassen. Gleichzeitig hatte ihn ein Albtraum über die tragischen Zeiten während der Kulturrevolution geplagt. Schweißüberströmt war er immer wieder durch den tosenden Sturm, der über der Nordsee tobte, aufgeweckt worden. Sun Tzu schien das alles wenig gestört zu haben, wenn er einmal schlief, konnte ihn so gut wie gar nichts wecken. Li sah, wie sich der Kater ausgiebig streckte, dann ein paar Mal gähnte und zu guter Letzt aufgeregt miauend in die Küche rannte. Frühstück stand auf seiner Tagesordnung und er forderte es lauthals ein. Erst als er seinen kleinen Stubentiger ausreichend versorgt hatte, machte Li sich selbst einen Tee und etwas zu essen.

Die Morgendämmerung brach herein, als Li sich zum nahe gelegenen Strand begab, um seine allmorgendlichen Tai-Chi-Übungen abzuhalten. Für den kurzen Weg von seinem Haus durch die Dünen zum Strand benötigte er weniger als fünf Minuten. Der Nordwestwind hatte abgeflaut, doch es wehte nach wie vor eine frische Brise. Im Osten ging langsam die Sonne auf und der jetzt fast wolkenlose, leicht blaue Himmel versprach einen sonnigen Tag zu spenden. Gedankenverloren schaute Li auf das Meer hinaus, kreischende Möwen flogen wieder über die Brandung der See und das vom Sturm angespülte Strandgut. Wo er auch hinsah, der endlose, menschenleere Strand war übersät mit angeschwemmten Dingen. Überall verunreinigten altes Holz, Seemüll von Schiffen, haufenweise Seetang und jegliche Art von Plastikmüll den Strand. Es gab kaum noch unberührte Flecken Sand.

Unversehens erregte ein an der Wasserlinie liegendes dunkles Bündel Lis Aufmerksamkeit. Beim näheren Hinsehen glaubte er seinen Augen nicht trauen zu wollen. Lag dort etwa ein Mensch, fragte er sich. Mit kräftigen Schritten eilte er zu der jetzt klar auszumachenden, leblosen Gestalt. Li erkannte, dass es sich bei der ertrunkenen Person um ein junges Mädchen handelte. Es erschien ihm, als ob sie sich in ihrem Todeskampf an eine gelbschwarze Tasche geklammert hatte. Er drehte das Mädchen vorsichtig auf den Rücken und dann wurde ihm schlagartig klar, das Mädchen lebte noch. Erschrocken realisierte er, wie sich ihr Brustkorb leicht hob und senkte, die Augenlider flatterten. Tausend Dinge schossen ihm gleichzeitig durch den Kopf. Er wusste, er durfte keine Zeit verlieren, das arme Ding war vom kalten Nordseewasser total unterkühlt. Li überlegte krampfhaft, was er tun konnte. Sollte er zum Haus laufen und die Rettungsmannschaft alarmieren? Er verwarf den Gedanken sofort wieder, bis diese endlich eintrafen, konnte es schon lange zu spät sein. Li wusste instinktiv, er musste sofort handeln. Er nahm das Mädchen auf seine Arme und war froh, dass sie nicht allzu schwer war. Die gelbschwarze Tasche, die sie weiterhin krampfhaft in ihren Armen hielt und um keinen Preis losließ, komplizierte seine Bemühungen erheblich. Er wusste im Nachhinein nicht mehr, wie er es geschafft hatte, die junge Frau samt Tasche zu seinem Haus zu tragen, aber irgendwie war es ihm dennoch gelungen. Erschöpft und völlig außer Atem von der Anstrengung legte er das Mädchen vorsichtig auf sein Bett. Erst als er sie dort niederlegte, löste sich ihre Verkrampfung und sie ließ die Tasche los. Mit lautem Poltern fiel das Behältnis neben Sun Tzu, der erschrocken zur Seite sprang, auf den Boden. Li schenkte der Tasche keine weitere Beachtung und schob sie mit seinem Fuß unters Bett. Aus einem Schrank entnahm er mehrere warme Decken, hüllte das jetzt unkontrolliert schlotternde Mädchen darin ein.

Er fühlte ihre Temperatur und flüsterte leise zu ihr: „Es ist alles gut, meine Kleine, du bist hier in Sicherheit. Ich werde jetzt die Behörden verständigen, die werden sich dann um dich kümmern."

In dem Augenblick öffnete das Mädchen kurz die Augen und flehte ihn mit schwacher Stimme an. Die Worte kamen leise, aber bestimmend über ihre fast blauen Lippen: „Bitte nicht, keine Polizei!" Dann senkten sich ihre Augenlider wieder und sie versank zurück in Bewusstlosigkeit.

Li schaute nachdenklich auf das junge Mädchen. „Was soll ich denn davon halten, Sun Tzu? Sie will keine Polizei, ich kann sie doch nicht einfach in meinem Haus behalten, was ist, wenn sie mir hier stirbt?"

Als ob der kleine Kater genau verstanden hatte, was sein Herr andeutete, gab er einen kurzen purrenden Ton von sich, hüpfte auf das Bett und kuschelte sich zu dem Mädchen. Li hatte solch ein Verhalten seines Stubentigers gegenüber einem Fremden noch nie erlebt. Das sonst eher sehr scheue Tier war bisher, ohne jegliche Ausnahme, jedem anderen Menschen instinktiv ausgewichen. Erstaunt über Sun Tzus seltsames Benehmen überlegte Li, was er jetzt machen sollte.

„Was willst du kleiner Racker mir denn damit sagen, wir sollen sie nicht den Behörden ausliefern? Du hast wohl recht, aber ist es weise, so zu handeln? Ich bin mir da nicht so sicher, Sun Tzu."

Li musste unweigerlich an einen Spruch seines Meisters Konfuzius denken:

„Der Mensch hat dreierlei Wege klug zu handeln: erstens durch Nachdenken, das ist der Edelste, zweitens durch Nachahmen, das ist der Leichteste, und drittens durch Erfahrung, das ist der Bitterste."

Sun Tzu begann daraufhin, als ob er den Worten zustimmen wollte, mit seiner rauen Zunge das Gesicht des Mädchens abzuschlecken und wohlig dabei zu schnurren.

Tief in seinem Inneren hatte Li seine Entscheidung getroffen. Mit einem Blick auf seinen Kater sagte er: „Es ist zwar nicht legal, was ich hier tue, aber es bleibt uns nicht viel Zeit nachzudenken. Wenn du der Meinung bist, wir sollten durch Erfahrung klug werden, so lass uns hoffen, es wird nicht allzu bitter für uns. Außerdem, was die mit ihr im Krankenhaus anstellen, das können wir zwei doch schon lange, oder?"

Damit war die Angelegenheit für ihn entschieden. Li besann sich auf seine Jahre als Medizinstudent der traditionellen chinesischen Medizin, holte seine seit vielen Jahren unberührten Utensilien aus dem Schrank und begann mit seinen Vorbereitungen. Zuerst mixte er verschiedene Kräuter, Beeren sowie andere undefinierbare natürliche Zutaten, dann mörserte er sie in einem Steingefäß zu Pulver, um sie anschließend teilweise in heißem Wasser aufzubrühen oder in kleinen Dosierungen in abgeschnittene Strohalme zu füllen. Als Nächstes sterilisierte er in einem Topf mit kochendem Wasser seine Akupunkturnadeln. Nachdem er damit fertig war, entfernte er die Decken von dem Mädchen und begann die Nadeln zu setzen. Er praktizierte „Zheng Jiu", was im Chinesischen soviel wie „stechen und erwärmen" bedeutet. Li hatte diese Technik der Akupunktur an der Universität für traditionelle chinesische Medizin in Guangzhou erlernt. Er kannte mit schlafwandlerischer Sicherheit alle 361 Akupunkturpunkte, die auf den 14 Meridianen des menschlichen Körpers liegen, sowie alle Extrapunkte für spezielle Therapien. Er wusste, dass durch gezieltes Setzen der Akupunkturnadeln in auserwählte Punkte der Energiefluss, das Qi, in den Meridianen aktiviert wurde. Stockungen oder Blockaden des Qi-Flusses wurden beseitigt, der Körper erwärmte sich. Lis feste Überzeugung war, das Qi durchdrang und begleitete alles, was existierte und geschah. Es war die Auffassung der alten Kultur Chinas, des Glaubens des Daoismus, seines Glaubens. Während der Behandlung wach geworden und mit fiebernden Augen, ohne sich zu bewegen, verfolgte das Mädchen Lis unermüdliches Werk an ihr. Derweil brummelte er unentwegt auf Chinesisch leise Gebete vor sich hin. Im Anschluss hob er den Kopf des Mädchens leicht an, öffnete ihren Mund, nahm einen der gefüllten Strohalme und blies dessen Inhalt in ihren Rachen. Danach versank die Welt um das junge Geschöpf wieder im unendlichen Nichts.

„So, Sun Tzu, jetzt müssen wir erst einmal abwarten und hoffen, dass wir alles richtig gemacht haben", sagte er zu seinem Kater, der während der ganzen Behandlung nicht von der Seite des Mädchens gewichen war. „Die nächsten 24 Stunden sind die kritischsten, pass also gut auf sie auf."

Ausgelaugt und müde durch die Konzentration der Behandlung erhob sich Li von der Bettkante, kramte die vorher achtlos darunter geschobene Tasche unter dem Bett hervor und begab sich in seine Küche. Es war schon Mittag geworden und Li fühlte plötzlich ein unbändiges Hungergefühl aufsteigen. Er kochte sich eine kräftige Gemüsesuppe mit Nudeln, die er mit Heißhunger verschlang.

Na, dann wollen wir mal sehen, was denn so wichtig für unseren jungen Gast war, dachte er sich. Li nahm die Tasche, die er zuvor auf dem Küchenstuhl abgesetzt hatte, und öffnete sie. Ungläubig starrte er auf die vielen Bündel Geldscheine, die zusammengerechnet mehrere Hunderttausende Euro ausmachen mussten. Weiterhin befanden sich in der Tasche die Ausweise von einem gewissen Jens Haldermark, 32 Jahre alt, wohnhaft in Hamburg, und einer Laura Wagner, gerade einmal 20 Jahre alt, ebenfalls wohnhaft in Hamburg. Laura war ohne Zweifel das Mädchen, das mit hohem Fieber nebenan auf seinem Bett lag. Beim weiteren Stöbern fielen ihm zusätzlich noch zwei iPhone-Handys, ein

Schlüsselbund sowie diverse Schiffspapiere in die Hände. Li beschlich ein unsicheres Gefühl, dass er im Zusammenhang mit seiner Patientin auf etwas Unrechtmäßiges gestoßen war. Darum wollte sie auch unbedingt verhindern, dass er die Behörden verständigt, dachte er weiter bei sich im Stillen. Li plagten plötzlich unzählige Fragen. Was hatte es auf sich mit dieser Laura, warum lag sie dort am Strand? War sie beim Sturm über Bord gegangen oder gar das ganze Schiff gesunken? Woher kam das viele Geld? Wer war dieser Jens Haldermark und wo war er jetzt? Wie er es immer tat, wenn ihn schwerwiegende Probleme beschäftigten, suchte er Rat bei einem seiner geliebten Philosophen.

„Nenne keinen weise, ehe er nicht bewiesen hat, dass er eine Sache von wenigstens acht Seiten her beurteilen kann."

Dass ihm gerade dieser Spruch des Konfuzius dazu einfiel, verwunderte Li zuerst. Doch bei seiner Auslegung bestärkte es ihn, der Sache selber auf den Grund zu gehen. Was hatte er schon groß zu verlieren, er fand auf einmal Gefallen an der Herausforderung, das Geheimnis um seine Patientin zu lösen. Er wollte auf der Insel in Erfahrung bringen, ob etwas über einen Schiffsuntergang bekannt war. Es lag ihm auch daran, das Mädchen gesund zu pflegen und ihre ganz eigene Geschichte zu den Ereignissen zu erfahren. Danach konnte er immer noch entscheiden, was er mit dem gewonnenen Wissen im Anschluss tun würde. Er hatte auch genügend Zeit, seinem Mysterium nachzugehen. Frau Wolders, seine Haushälterin, würde ihn nicht dabei stören. Sie war erst gestern da gewesen und würde die nächsten drei Tage nicht bei ihm auftauchen. Damit war die Sache besiegelt.

Li ging zurück zu seiner fiebrigen Patientin, entfernte die Akupunkturnadeln und flößte ihr ein paar Löffel seiner selbst gemachten Medizin ein. Sun Tzu lag immer noch angeschmiegt, friedlich schnurrend, neben dem Mädchen. Mit sorgenvoller Miene betrachte er die von heftigen Fieberanfällen geschüttelte junge Frau. Mit einem weichen Schwamm und warmem Wasser begann er sie zu waschen. Als er vorsichtig ihre Beine vom Salzwasser und Sand säuberte, fiel sein Augenmerk auf die kleinen, roten Einstichmale zwischen ihren Zehen. Schlagartig wurde ihm klar, dass es sich dabei um Injektionseinstiche handelte. Das arme Ding ist drogenabhängig, schoss es ihm sofort durch den Kopf. Li hatte einmal darüber gelesen, dass sich Heroinjunkies zwischen die Zehen injizierten, um keine sichtbaren Spuren ihrer Sucht erkennen zu lassen. Kein Wunder, dass das Mädchen eine so hohe Temperatur hatte, sie war auf Entzug. Sie ist noch so jung und hat ihr ganzes Leben doch noch vor sich, dachte er, als er sie so hilflos fiebernd auf seinem Bett liegend sah. Es machte ihn endlos traurig, ihre feinen, bleichen Gesichtszüge, das kräftige schwarze Haar, ihre zierlich wirkende Figur, alles erinnerte ihn an seine geliebte Yan Yi.

Kapitel 9

1967, China, Guangzhou, in der Stadt

In den letzten Wochen hatten sich Li und Yan Yi heimlich am Fluss, hinter ein paar an Land aufgebockten Fischerbooten, getroffen. Dort gab es einen kleinen Holzschuppen mit einer alten Lagerstätte, den sie als ihr geheimes Liebesnest nutzten. Der Fischer, dem der Schuppen einst gehört hatte, lebte schon lange nicht mehr in Guangzhou. Sie hatten den verlassenen Holzbau bei einem Spaziergang am Fluss durch puren Zufall entdeckt. Seither trafen sie sich immer dort und fühlten sich sehr glücklich in ihrer armseligen Hütte. Li und Yan Yi verbrachten dort ihre schönsten gemeinsamen Stunden, verloren beide ihre Unschuld. Es war an einem der Abende einfach so passiert. Erst waren sie sehr verschämt darüber gewesen, ihrer Lust freien Lauf gelassen zu haben, doch dann mussten sie über ihre eigene falsche Moral lachen. Von da an liebten sie sich jedes Mal mit inniger Hingabe, wenn sie sich in ihrem kleinen Zufluchtsort, ihrem Paradies der Liebe, trafen. Anfangs erkundeten sie stets nur vorsichtig gegenseitig ihre Körper, bis dann ihre gegenseitige unbändige Lust zweier Frischverliebter die Oberhand gewann. Anschließend lagen sie nach befreiendem, leidenschaftlichem Liebesspiel schweißgebadet nebeneinander und wollten einander einfach nie mehr loslassen. Doch die äußeren Umstände zwangen sie dazu, Yan Yi und Li hatten keine andere Wahl.

„Wo ai ni, ich liebe dich", flüsterte Yan Yi leise in Lis Ohr und spielte mit ihren Fingern in seinem dichten schwarzen Haar.

„Wo yeshi, ich dich auch", erwiderte er und küsste sie zärtlich auf den Mund.

Erschöpft und ermattet vom Sex, fühlte sich Li in dem Augenblick wie der einsamste Mensch auf Erden. Es begleitete ihn ständig eine innerliche Furcht, in diesen so unsicheren Zeiten Yan Yi auch noch verlieren zu können. Es war für sie durch die andauernde direkte und indirekte Bespitzelung nicht gerade einfacher geworden, sich unbemerkt zu treffen. Ganz davon zu schweigen, sich ihrer unerlaubten, körperlichen Liebe hinzugeben. Die Entdeckung ihrer verbotenen Liebe hätte für beide und ihre Familien fatale Konsequenzen, das Risiko war zu hoch.

Es war früher Abend, die Sonne war zwar schon fast untergegangen, aber die Temperaturen hielten sich immer noch im warmen Bereich. Li betrachtete nachdenklich die alten, an der Decke der Hütte hängenden Fischernetze, die durch das Abendrot wundersame Schatten auf die Wände warfen. Der Geruch ihres leidenschaftlichen Liebesspiels hing noch immer in der Luft und er sog ihn tief in sich hinein. Er konnte nie genug von dem betörenden Duft bekommen, es war für ihn das Parfüm der Liebe. Doch das verbotene Glück ihrer süßen Zweisamkeit war in großer Gefahr. Ihre geheimen Treffen waren in den letzten Wochen stetig schwieriger geworden. Yan Yi fühlte sich ständig durch ihre eigene Familie überwacht. Der Stiefsohn ihres Onkels, Wong Yat Wah, hatte ihr hinter vorgehaltener Hand gedroht, er würde jeden, der ihr zu nahe käme, wie einen räudigen Hund erschlagen. Er hatte, ohne ihre Zustimmung zu erhalten, Besitzansprüche auf sie geltend gemacht. Es war ihm egal, ob sie ihn wollte oder nicht, was für ihn einzig und allein zählte, war, dass er sie wollte. Seine unverhohlenen, sexuellen Avancen wurden auch von Tag zu Tag zudringlicher. Yan Yi wüsste bald keinen Ausweg mehr ihn zurückzuhalten, berichtete sie Li mit angstvoller Stimme.

„Wenn er noch einmal versucht, dich anzufassen, bringe ich ihn um, diesen räudigen Schweinehund", fluchte Li, eben noch auf Wolke sieben, jetzt auf einmal außer sich vor Wut.

„Nein, er ist viel zu mächtig mit seinen Kumpanen von den ‚Roten Garden'. Er wird dich töten und das könnte ich niemals ertragen, eher wollte ich sterben. Versprich mir, dass du nichts gegen ihn unternehmen wirst, schwöre es mir", bat sie ihn flehend.

Ihre panische Angst um ihn spürend, lenkte Li ein und versuchte seine Wut zu unterdrücken. „Ich verspreche es dir, aber falls er dir jemals etwas antut, kann ich für nichts mehr garantieren", stieß er resolut zwischen gepressten Zähnen hervor. „Ich hasse diese Kulturrevolution und alle Rotgardisten."

Li warf Yan Yi einen gequälten Blick zu. Er musste sich Luft verschaffen, ihr von den Ereignissen in seinem Elternhaus, von den Dingen, die seine Seele zerrissen, erzählen.

„Vor einer Woche", begann er zögernd, „stand plötzlich abends unerwartet eine Gruppe von zehn Rotgardisten vor der Tür und verschaffte sich brutal Einlass in unser Haus. Sie klagten meine Eltern an, Konterrevolutionäre zu sein, attackierten sie weiter als Feinde der proletarischen Kulturrevolution und nannten sie Reaktionäre akademischer Autorität. Während meine Mutter und mein Vater auf dem Boden knien mussten, wurde ich gezwungen, in einer Zimmerecke zu stehen und dem grausamen Spektakel beizuwohnen. Ich konnte nichts dagegen tun, wenn ich versucht hätte einzugreifen, wäre mir das gleiche Schicksal widerfahren", versuchte er seine Untätigkeit vor Yan Yi zu rechtfertigen.

„Meine Schwester Li Xue war an dem Abend nicht zu Hause", fuhr er mit seiner Erzählung fort. „Ich habe mich gefragt, ob es ein Zufall war oder sie von dem Übergriff vorzeitig gewusst hat. Vielleicht hat sie sogar, wie es so oft in diesen Monaten vorkommt, unsere eigenen Eltern diffamiert. Ich weiß es nicht, aber ganz ausschließen möchte ich es auch nicht. Ohne Rücksicht auf die Privatsphäre meiner Familie durchsuchten die Eindringlinge die Einrichtung und schmissen alles, was ihnen gerade in die Finger kam, aus den Schränken und Schubladen auf den Boden. Unentwegt brüllten sie Beschimpfungen wie ‚ausländischer Abfall der Bourgeoisie, Klassenfeinde, Verräter, gesteht eure Verbrechen'. Als mein Vater protestieren wollte, mussten ich und Mutter hilflos mit ansehen, wie sie mit ihren kupfernen Gürtelschnallen so lange auf ihn einschlugen, bis er blutig zusammenbrach. Dann hielt einer von ihnen triumphierend das Hochzeitsfoto meiner Eltern hoch, auf dem Vater in einem westlichen Anzug und Mutter in einem modernen, modischen Kleid abgelichtet waren. Das war für sie der Beweis, dass meine Eltern damit ihre Bourgeoisie, den ausländischen Lebensstil verherrlichten. Hämisch lachend schwenkte dann einer der Rotgardisten Mutters hellblaues, seidenes Nachtgewand herum, das ihr Vater ihr vor vielen Jahren aus Amerika mitgebracht hatte. Vor ihren Augen zerriss er dann das Gewand. ‚Gesteht eure Schuld', schrien sie Mutter, die weinend ihre Hände vor den Augen hielt, ins Gesicht. Sie schütteten kaltes Wasser über Vater, rissen ihn an den Haaren hoch und hielten ihm das Hochzeitsfoto unter die Nase. ‚Jetzt protestierst du nicht mehr, du imperialistischer Verräter', warf ihm einer der Rädelsführer vor. Mein Vater grinste ihn dabei nur an, was den jungen Mann so wütend machte, dass er einen Holzstuhl zerbrach und ein Stuhlbein als Holzknüppel missbrauchte, womit er gnadenlos auf meinen Vater einschlug. Gott sei Dank hörten einige Nachbarn das Geschrei und kamen vom Krach angezogen ins Haus. Sie stoppten den Rädelsführer in seiner Wut und beschwichtigten die aufgebrachten Rotgardisten. Einer der Nachbarn, Huang Zubin, war im Revolutionskomitee der Arbeiterschaft und stadtbekannt als einer ihrer mächtigsten Führer. Er übernahm auch sofort das Wort und erklärte, er kenne meinen Vater aus den frühen Anfängen der revolutionären Bewegung unter Mao Zedong. Er bezeichnete ihn als einen bekennenden Kommunisten, der persönlich zusammen mit Mao Zedong die Kuomintang bekämpft hatte. Falls er sich konterrevolutionäre Ansichten zuschulden hätte kommen lassen, würde dies vom Revolutionskomitee geklärt werden. Damit schmiss er die verwirrten jungen Wilden aus dem Haus und kümmerte sich sorgenvoll um meinen Vater. Er warnte uns anschließend, dass er nicht wüsste, wie ernst es den ‚Roten Garden' war, meine Eltern anzuklagen und ihnen Schaden zuzufügen. Auf jeden Fall sollten sie sich dafür wappnen, dass es noch schlimmer kommen könnte. Huang Zubin versprach uns aber auch, sich persönlich um die Angelegenheit zu kümmern und zu helfen."

Li erzählte Yan Yi, dass er große Angst um das Leben seiner Eltern hatte und nicht wusste, was er tun würde, wenn ihnen etwas zustoßen sollte. Er war verzweifelt und berichtete ihr weiter, was er dann am nächsten Tag, als er mit dem Fahrrad durch die Straßen der Stadt fuhr, erlebt hatte. Auf dem Rückweg vom Besuch eines Freundes hatte er überall an den eisernen Laternenpfählen und Straßenampeln die Körper aufgehängter Menschen entdeckt. Auf seiner Route von der Dongshua-Oststraße zur Wenming-Straße und der Taiking-Straße sah er allein drei Körper in der Abendsonne hängen. Blutrünstige Mobs aufgebrachter „Roter Garden" hatten überall Straßensperren errichtet, hielten jeden an. Bevor er zu seinem Viertel durchgelassen wurde, musste er zuerst an einer der Straßensperren der „Roten Garden" ein Zitat Mao Zedongs rezitieren. Zufrieden mit seinem Zitat ließen sie ihn wohlwollend danach passieren. Nachdem er letztendlich sein Elternhaus erreicht hatte, erzählte ihm ein Nachbar, dass er auch in der Zhenan-Straße drei weitere männliche Leichen, zusammengebunden an einem elektrischen Pfosten, hatte hängen sehen. Einwohner organisierten zum Schutz eigene Verteidigungsgruppen, die Stadt war in Angst gehüllt. Mehr als 150 Leichen wurden am nächsten Tag in der ganzen Stadt geborgen, es herrschte totales Chaos.

„Meine Hoffnung, dass die nicht mehr kontrollierbaren ‚Roten Garden' in diesem Blutrausch meine Eltern vergessen hatten, sollte sich leider als ein Trugschluss herausstellen. Schon am nächsten Abend waren sie in doppelter Stärke zurück und wenn auch etwas gemäßigter zu Anfang, wiederholte sich das Prozedere mit unverminderter Grausamkeit", schilderte er Yan Yi. „Sie brüllten immer wieder im Chor, meine Eltern sollten endlich ihre Verfehlungen gestehen, dabei schlugen sie unbeirrbar mit ihren Gürtelschnallen auf sie ein. Auch meine Mutter wurde diesmal von den Schlägen nicht verschont und bekam immer wieder die Kupferschnallen zu spüren. Mich hielten dabei drei Rotgardisten fest. Diesmal war auch meine Schwester Li Xue anwesend und beschwor meine Eltern eindringlich, sie sollten doch endlich Selbstkritik üben. Ich spürte, dass ihr Wort Gewicht unter den anwesenden Rotgardisten hatte. Zeitweise erschien es mir fast so, als ob sie eine Art Führungsrolle innehatte. Niemals werde ich ihr dafür vergeben, was sie unseren Eltern in der Nacht angetan hat. Wie aus heiterem Himmel begann mein Vater plötzlich mit seiner Selbstkritik und bezichtigte sich, ein schlechter Kommunist zu sein, der vom revolutionären Weg abgekommen war. Unentwegt sah er dabei seiner Tochter in die Augen, bis diese seinem Blick nicht länger standhalten konnte und den Raum verließ. Es war den anderen Rotgardisten natürlich nicht entgangen, dass sich vor ihren Augen ein Vater-Tochter-Drama abspielte. Den Rückzug Li Xues empfanden sie dabei als eine verlorene Schlacht und es entfachte nur noch mehr ihre Wut. Ich musste hilflos mit ansehen, wie sie meine Eltern daraufhin brutal besinnungslos schlugen. Anschließend, wohl zufrieden mit ihrem Werk, verließ der Mob wortlos das Haus."

Yan Yi war geschockt über das Leid, das ihrem Geliebten und seiner Familie widerfahren war. Sie weinte während seiner Erzählung unentwegt, fand einfach keine tröstenden Worte für die dramatische Familientragödie. Es entging Li natürlich nicht, wie sehr Yan Yi seine Geschichte zu Herzen nahm und wie traurig er sie damit gemacht hatte. Aber was sollte er tun, er hatte sonst niemanden, mit dem er darüber reden konnte. Es musste alles aus ihm raus, er explodierte innerlich förmlich, also fuhr er mit seiner Erzählung fort.

„Nach zwei weiteren Tagen, meine Eltern hatten sich gerade etwas von den Schlägen erholt, fuhr ein Pritschenwagen vor und holte sie ab. Alles, was mir anschließend mitgeteilt wurde, war, dass meine Eltern für ihre Verbrechen gegen die Kulturrevolution zur Umerziehung in ein Lager aufs Land gebracht würden. Nicht wohin, nicht für wie lange, rein gar nichts wurde mir gesagt, außer: Ich sollte doch froh sein, dass ich nicht auch noch abgeholt worden war. Auch in den folgenden Tagen stieß ich bei den Behörden überall, wenn ich nach dem Verbleib meiner Eltern fragte, auf eine Mauer des Schweigens. Niemand konnte oder wollte mir Auskunft geben. Auch über den Aufenthaltsort meiner Schwester konnte ich nichts in Erfahrung bringen, sie war von dem Tage an genau wie meine Eltern vom Erdboden verschlungen."

Bei seinen letzten Worten versagte ihm die Stimme, mit vom vielen Weinen geröteten Augen beendete er seine Ausführungen.

„Mein armer Liebling, was haben die nur mit dir gemacht? Wie kann ich dir nur helfen?", flüsterte Yan Yi voll Mitgefühl. Sie nahm Li in ihre Arme und küsste ihn zärtlich. Zaghaft erwiderte er ihre Küsse. Für den Augenblick vergaßen sie die schrecklichen Umstände, in denen sie leben mussten. Sie hielten sich zärtlich, Zuflucht suchend, umschlungen in den Armen.

Kapitel 10

2017, September, Borkum, am zweiten Tag nach dem Sturm

Die ganze Nacht über hatte Li am Bett des Mädchens gewacht. In ihrem Fieberwahn hatte sie immer wieder laut den Namen Jens gerufen. Durch den Pass, den Li in der Tasche gefunden hatte, wusste er, dass es sich dabei um ihren Gefährten an Bord des in den Sturm geratenen Schiffes handelte. Was genau mit dem Schiff in der Sturmnacht geschehen war, konnte er nur vage vermuten. Er hatte jedoch arge Zweifel daran, dass auch er überlebt hatte. Li nahm sich vor, der Sache auf den Grund zu gehen. Vielleicht gab es ja doch einen weiteren Überlebenden, er wusste es nicht.

Übermüdet saß Li in seiner Küche und trank frisch aufgebrühten, grünen Jasmintee, der seine Lebensgeister wieder weckte. Anschließend fütterte er Sun Tzu, bevor er sich wieder seiner Patientin widmete. Er flößte ihr eine Schale voll mit heißer Gemüsebrühe sowie ein paar Löffel seiner am Vortag selber gemachten Kräutermedizin ein. Li überlegte, wie er dem Mädchen am besten helfen konnte, seinen Erschöpfungszustand zu verringern. Gleichzeitig war ihm jedoch bewusst, dass der mehr und mehr einsetzende Drogenentzug eine schmerzhafte, aufwühlende Gegenwirkung erzeugte. Er brauchte also eine Therapie, die gleichzeitig die Ruhe förderte und die Erschöpfung beseitigte. Nach dem Studium einiger medizinischer Berichte entschied sich Li dafür, eine ganz bestimmte Akupunkturtechnik anzuwenden, die speziell auf die Psyche des Patienten wirkte. Schlafstörungen durch Drogenentzug waren in der traditionellen chinesischen Medizin nicht unbekannt. Sie wurden aber mehr als eine körperliche Ursache eingestuft. Deshalb verabreichte er ihr zusätzlich zur Akupunktur ein leichtes Schlafmittel mit natürlichen Benzodiazepinen, welche er aus heimischen Kartoffeln und Weizenkernen gewonnen hatte. Sie kühlten die Hitze im Herzen, sodass ihr „Shen", ihr Geist, zur Ruhe käme, sagte man in China.

Zufrieden mit seinem Therapieansatz wusste er, dass das Mädchen jetzt für einige Stunden ruhig und entspannt schlafen würde. Genügend Zeit also für Li, sich auf den Weg nach Borkum-Stadt zu machen, um etwas über einen eventuellen Schiffsuntergang zu erfahren. Vielleicht hatte ja schon jemand das Mädchen als vermisst gemeldet, hoffte er insgeheim. Ein Spaziergang zum Ort am Strand entlang würde ihm außerdem selber guttun. Er freute sich auf die kühle Seeluft, sie würde seine kleinen Gehirnzellen erfrischen und ihm zusätzlich beim Nachdenken helfen. Seine erste Anlaufadresse würde sein alter Freund und Anwalt Johann Klever sein.

Aus seinem Vorrat für besondere Anlässe entnahm Li eine Flasche Reiswein. Sie war von besonderer Qualität und ihm erst kürzlich zugeschickt worden. Er zog sich eine warme Jacke über seinen Anzug und lief die paar Meter von seinem Haus durch die Dünen zum Strand. Ihm fiel sofort auf, als er mit kräftigen Schritten den langen Sandstrand zum Ort entlanglief, dass für diese Jahreszeit das Meeresufer mit ungewöhnlich vielen jungen Menschen überlaufen war. Dann entdeckte er zu seinem weiteren Erstaunen auch noch einen langsam die Küste entlangfahrenden Streifenwagen der Inselpolizei. Argwöhnisch beobachtete er das eigenartige Spektakel der vielen Menschen, blickte angestrengt hinaus aufs Meer, den Strand entlang, konnte aber sonst nichts Außergewöhnliches entdecken. Was hatte diese enorme Menschenmenge nur veranlasst, in solchen Scharen herauszukommen, fragte er sich.

Li ging auf eine nahestehende Gruppe junger Frauen zu und fragte: „Was ist denn hier los, wird hier irgendwo ein Strandfest gefeiert?"

Verblüfft durch seine unerwartet in perfektem Deutsch gestellte Frage, schauten die erstaunten Teenager den alten Chinesen skeptisch an. Nach kurzem Erstaunen antwortete eine von ihnen spöttisch:

„Nee, Opa, keine Fete, die suchen hier alle nur nach Koks, Schnee. Das Zeug ist hier nach dem gestrigen Sturm kiloweise angespült worden. Jetzt will hier jeder den großen Jackpot finden, verstehste, Alter?"

Li verstand eigentlich immer nur Bahnhof von dem kichernden Gebabbel des Teenagers. Koks, Schnee, Jackpot, was meinten sie damit? Für Li wurde die ganze Angelegenheit noch unklarer, er hatte jetzt mehr Fragen als vorher. Ihm war aber auch klar geworden, dass ihm hier am Strand niemand diese Fragen beantworten konnte. Mit wachsender Neugier legte Li die knapp vier Kilometer bis zum Ort in weniger als einer Stunde zurück. In Borkum-Stadt angekommen, suchte er dann sofort ohne Umschweife seinen Freund, den Anwalt Johann Klever, auf. Wenn ihm einer erzählen konnte, was hier auf der Insel gerade geschah, dann war es der gute alte Jo, wie er ihn mittlerweile freundschaftlich nannte. Li wusste nur zu gut, Jo hörte auf der Insel das Gras wachsen. Durch seine mehr als guten Verbindungen zur Polizei und den Behörden war er immer auf dem neuesten Stand des Inselgeschehens. Gab es einen Streit unter den Inselbewohnern, hatte ein Insulaner finanzielle Schwierigkeiten, Ehestreit oder irgendwelche anderen Probleme, Jo wusste davon. Wurde bei irgendjemandem eingebrochen, wusste Jo nicht nur, was gestohlen worden war, sondern auch, wer den Einbruch begangen hatte. Hatte einer wegen Alkohol den Führerschein verloren, kannte Jo die Kneipe, wo und wieviel er oder sie getrunken hatte. Gab es illegale Prostitution auf der Insel, kannte Jo die Mädchen und ihre Preise. War jemand verstrickt in illegalen Tabak- oder Alkoholschmuggel, verfügte Jo über die extra gute Flasche Rum oder kubanische Zigarren. Musste sich ein Insulaner wegen Körperverletzung oder Drogenhandel verantworten, hatte er es oft vorher lange kommen sehen. Nichts blieb vor Jo verborgen, niemand konnte etwas vor ihm verheimlichen. Li hatte keinerlei Zweifel, gab es vor Borkum einen Schiffsuntergang, war er bei Jo goldrichtig, um etwas über seinen ungebetenen Gast zu erfahren. Dabei musste er aber vorsichtig agieren, er durfte nicht zu direkt nach den Ereignissen am Strand fragen. Jo war ein sehr misstrauischer Mann, der, bildlich gesprochen, auf hundert Meter Entfernung jeden Braten roch, sogar, wenn dieser noch hinter einer geschlossenen Tür war. Zurückhaltung war angebracht. Li wollte, um seine kleine Patientin nicht zu gefährden, nicht Gefahr laufen, sich zu verraten. Warum er so beschützend dachte, wusste er selber nicht so recht, aber eine innere Stimme sagte ihm, er musste die Anwesenheit seines Gastes unbedingt geheim halten.

Weil er Jo außerhalb eines vorher verabredeten Termins besuchte, brachte er als Alibi für seinen Besuch eine Flasche Reiswein mit. Li hatte seinen Freund Jo vor vielen Jahren auf den Geschmack von Reiswein gebracht. Seitdem tranken sie immer ein paar Gläschen der erlesenen Weine, die er speziell von einem für seine äußerst gute Qualität bekannten Internethändler aus Hongkong importierte. Dieses Mal hatte er für Jo einen edlen „Zhuangyuanhong" ausgesucht. Der oberste Gelehrte oder rote Lehrer, wofür die Bezeichnung „Zhuangyuanhong" stand, war ein lange gelagerter, trockener Shaoxing-Reiswein mit wenig Süße.

Johann Klever lebte auf Borkum in einem gemütlichen Penthouse über seiner Praxis in Strandnähe. Seine teure Wohnungseinrichtung war maritim geschmackvoll, aber nicht kitschig. Wenn sie sich trafen, saßen er und Li am liebsten in den beiden ledernen Klubsesseln vor dem einladenden, offenen Kamin im Wohnzimmer. Über dessen Kaminsims hing ein Haifischgebiss, dessen riesige Ausmaße auf einen mindestens sieben Meter großen Hai schließen ließen. Li hatte Jo einmal während eines ihrer Trinkgelage von seiner Flucht aus China erzählt. Wie er bei Nacht und Sturm durch die Mirs Bay nach Hongkong geschwommen war, dass Haie in solcher Größe dort keine Seltenheit waren. Jo wusste viel über Li, über seine Jahre in China und

Hongkong, aber nicht alles. Jo war der einzige Freund, dem er jemals etwas über seine Vergangenheit berichtet hatte.

„Ich freue mich sehr, dich zu sehen, Li", begrüßte ihn Johann Klever herzlichst. „Nimm Platz, was verschafft mir die Ehre deines Besuches an einem so fürchterlich aufregenden Tag wie heute? Hast du auch ein Paket am Strand gefunden?", kam es sofort, ohne weitere Umschweife, direkt mit einem leicht neugierigen Tonfall hinterher.

Li war im ersten Moment verblüfft über Jos Frage. Woher? Nein, es konnte nicht sein, niemand wusste von seiner Patientin. Jo hatte wohl nur so ins Blaue gefragt, dachte sich Li. Dann fiel ihm aber ein, was der Teenager über Pakete von Koks, Schnee, gesagt hatte und er bezog Jos Frage erleichtert darauf.

„Nichts Besonderes, Jo, ich habe nur eine neue Lieferung dieses exzellenten Reisweins bekommen, und als ich die vielen Menschen am Strand sah, dachte ich, es gibt in der Stadt etwas zu feiern, und bin dann los. Ich habe aber sehr schnell festgestellt, es gibt gar kein Fest in der Stadt. Schade eigentlich, aber wieso sagst du, es sei ein fürchterlicher Tag?", antwortete Li mit gespielt unschuldiger Miene.

Johann Klever schaute seinen Besucher jetzt etwas eindringlicher an, als ob er seine Gedanken lesen könnte. Dann begutachtete er wohlwollend das Gefäß mit dem kostbaren Reiswein, ein mit roten Drachensymbolen aufwendig verzierter chinesischer Steinkrug. Jo leckte sich in Vorfreude auf den edlen Tropfen seine Lippen.

„Na, wenn das so ist, dann lass uns mal deinen Wein probieren", erwiderte er mit jovialer Miene, ohne weiter auf Lis Frage einzugehen, der sich schwer davor hütete nachzuhaken.

Jo entnahm einem Glasschrank zwei Schalen aus feinstem chinesischem Porzellan, die Li ihm einmal zu seinem sechzigsten Geburtstag geschenkt hatte. Mit tiefer Genugtuung betrachtete Li seinen alten Freund, wie er ehrfürchtig den Reiswein in die zwei Schalen eingoss und Li eine davon feierlich überreichte.

„Hier, mein alter Freund, lass uns auf dein Wohl anstoßen, ‚Ganbei‘", sagte Jo in freudiger Erwartung auf den kostbaren Tropfen.

„Ganbei", erwiderte Li den chinesischen Trinkspruch, der gleichermaßen für das deutsche Prost galt.

In chinesischer Tradition hielten sie dabei die Schalen mit dem Reiswein mit beiden Händen hoch. Die erste Schale tranken beide in einem Zug leer und Jo schnalzte danach vergnüglich mit der Zunge.

„Was für ein herrlicher Tropfen, Li", sagte Johann Klever zu seinem Freund, lehnte sich dabei gemütlich zurück in seinen Sessel und schaute ihn mit einem breiten Grinsen an.

„Li, ich merke dir doch an, du führst doch etwas im Schilde, wenn du mich schon am frühen Nachmittag mit solch einem Gottesnektar verwöhnst. Also raus mit der Sprache, was liegt dir auf der Seele?"

Jo hatte ihn mal wieder richtig eingeschätzt. Ich werde langsam alt, wenn ich so leicht zu durchschauen bin, dachte Li amüsiert bei sich. Trotzdem wollte er zum jetzigen Zeitpunkt um keinen Preis die Katze aus dem Sack lassen und antwortete etwas ablenkend:

„Wie kommst du darauf, dass mir etwas auf der Seele liegt, alter Freund? Keine Sorge, Jo, es ist alles in Ordnung, wie gesagt, ich dachte, es gibt ein Fest in der Stadt, und wollte dir bei der Gelegenheit nur einen kleinen Höflichkeitsbesuch abstatten. Doch wenn es keine Feierlichkeiten gibt, was machen dann die vielen Menschen, die ich auf meinem Weg hierher sah, am Strand? Du kennst mich, Menschenansammlungen machen mich immer nervös. Natürlich stellt sich mir jetzt unweigerlich die Frage, was ist los hier auf Borkum, und wen kann ich besser dazu befragen als meinen alten Freund Jo?"

Johann Klever beäugte Li misstrauisch. Irgendwie war es ungewöhnlich für Li, schon mittags bei ihm aufzukreuzen und Reiswein zu trinken. Sein Freund aus China führte etwas im Schilde oder hatte etwas zu verbergen. Er kannte ihn lange genug, um nicht auf ihn hereinzufallen.

„Nun gut, lassen wir es dabei, ich finde schon noch raus, wo dich der Schuh drückt. Also, am gestrigen Morgen, nach dem heftigen Sturm in der Nacht, haben ein paar Spaziergänger acht braune Pakete mit Drogen am Strand gefunden. Es handelt sich bei jedem der Pakete um jeweils ein ganzes Kilo Kokain. Danach ist hier auf Borkum die absolute Hölle ausgebrochen, jeder Drogenfuzzie Ostfrieslands ist mit der Fähre rübergekommen und alle hoffen auf den großen Fund. Die Polizei ist völlig ratlos, woher das Kokain stammen könnte. Die Vermutung liegt nahe, dass ein Schiff mit Drogen während des Sturms vor Borkum gesunken ist und die Nordsee das jetzt, so peu à peu, die Ladung ausspuckt."

Damit waren für Li die Menschenmassen erklärt, aber er wusste immer noch nichts über ein gesunkenes Boot.

„Ach, hat man irgendwelche Hinweise auf ein vermisstes Frachtschiff oder dessen Crew?", fragte Li wie beiläufig.

„Nein, kein Frachtschiff, aber ein Segelboot wird seit dem Sturm vermisst. Es soll von Holland aus in Richtung Hamburg unterwegs gewesen sein. Noch gibt es aber keine genauen Informationen über den Verbleib des Seglers. Die Küstenwache sowie der Seenotrettungsdienst sind seit gestern pausenlos vor Borkum auf dem Meer unterwegs und suchen nach dem Boot, Wrackteilen oder Schlimmerem."

„Oh, das ist keine schöne Nachricht. Weiß man denn etwas über die armen Segler selber, wie viele an Bord waren und woher sie stammen?"

„Ja, nach dem Seenotrettungsbericht sollen sich mindestens zwei Personen auf der Jacht befunden haben, ein Mann und eine Frau. Die Personalien hält die Polizei aber, aus welchen Gründen auch immer, noch zurück. Soweit ich informiert bin, fehlt jegliche Spur von ihnen. Ich glaube, die sind mit dem Schiff untergegangen. Ihre Leichen werden eines Tages an Land angespült werden, wenn das Meer sie überhaupt jemals wieder hergibt."

Li wusste es besser, zumindest von einem der zwei Besatzungsmitglieder. Er war auch im Besitz der Information beider Personalien, hütete sich aber, diese mit Jo zu teilen. Er wollte abwarten und das Mädchen, sobald sie denn wieder ansprechbar war, selber befragen. Er konnte sich einfach nicht vorstellen, dass dieses junge Ding als eine ganz gewöhnliche Kriminelle im Drogenschmuggel tätig war. Sein Gefühl sagte ihm, es gab mehr zu der Geschichte zu erzählen, und er wollte es von ihr selber hören. Anschließend konnte er immer noch entscheiden, ob er sie der Polizei übergeben würde oder auch nicht. Erst wollte er abwarten, keine überhasteten Schlüsse ziehen. Dazu fiel ihm eine Weisheit Konfuzius' ein:

„Wer das Ziel kennt, kann entscheiden. Wer entscheidet, findet Ruhe. Wer Ruhe findet, ist sicher. Wer sicher ist, kann überlegen. Wer überlegt, kann verbessern."

Er musste überlegen, und er verabschiedete sich von Jo, der protestierend auf den halb vollen Weinkrug zeigte, aber Li gut genug kannte, ihn nicht aufhalten zu können, wenn der sich einmal zum Gehen entschieden hatte. Li erledigte noch schnell ein paar Einkäufe im Ort und begab sich, wieder den Strand entlanggehend, auf seinen Rückweg zu seinem Haus. Er betrachtete mit gemischten Emotionen die vielen suchenden Menschen, empfand fast so etwas wie Mitleid mit ihnen. Er wusste, was Suchen bedeutete, wenn auch in einem ganz anderen Zusammenhang.

Erinnerungen wurden in ihm wach.

Kapitel 11

1968, China, Guangzhou, in der Stadt

Schon seit Wochen war Li auf der Suche nach seinen verschleppten Eltern und seiner verschwundenen Schwester. Ständig unterwegs, von Behörde zu Behörde, traf er nur auf eine für ihn unverständliche Mauer des Schweigens. Niemand wollte ihm etwas sagen oder wollte etwas über ihr Verschwinden wissen, alle Nachforschungen blieben erfolglos. Es war fast so, als ob seine Familie nie existiert hatte. Sogar von ihm angebotene Geldsummen halfen nicht, auch nur einen Hauch von Licht in das dunkle Mysterium ihrer plötzlichen Deportation zu bringen. In seiner Verzweiflung, dem Wissen über die unendlichen Gräueltaten der „Roten Garden", überkam ihn die grausame Annahme, dass sie alle tot sein mussten. Was sonst gab es an Erklärung für das unauffindbare Verschwinden seiner geliebten Eltern und Schwester? Die langsam einsetzende Erkenntnis ließ ihn in eine Art Schockzustand sinken. Leer und ausgebrannt vegetierte er danach allein, tagelang, ohne zu essen oder sich zu waschen, abgeschieden in dem kleinen Haus seiner Eltern vor sich hin. Ab und zu kam er am Abend zum Vorschein, saß dann apathisch im Garten seines Großvaters und weinte unkontrolliert. Nur durch die gut gemeinte Aufmerksamkeit einiger Nachbarn, die ihm ab und zu etwas Essen vor die Tür stellten, blieb er vorm Verhungern verschont. Wenn sie aber an seine Tür klopften, antwortete er ihnen nicht. Li sprach mit niemand mehr. Das einzige Lebenszeichen von ihm war, dass die Lebensmittel, die sie an der Tür zurückließen, immer am nächsten Tag verschwunden waren. Abgemagert und verwahrlost fand ihn dann Yan Yi, zwei Wochen später, in dem Haus. Sie hatte sich große Sorgen gemacht, konnte Li aber nicht kontaktieren. Sie stand unter ständiger Beobachtung durch Wong Yat Wahs Freunde. Der Stiefsohn ihres Onkels hatte von ihrer geheimen Freundschaft mit Li erfahren und wollte ihn erst töten, aber sie hatte, mit dem Versprechen, ihn nach dem Studium zu heiraten, Wong gerade noch davon abhalten können. Mit der Drohung, sein mörderisches Vorhaben dennoch durchzuführen, wenn sie Li auch nur ein einziges Mal wiedersehen würde, war ihr jeglicher Kontakt versperrt worden. Ihre Hoffnung ruhte auf den Studententreffen. Wenngleich die Schulen und die Universitäten offiziell den Lehrbetrieb eingestellt hatten, begaben sich dennoch viele Schüler und Studenten täglich in die Einrichtungen. Dort fanden nach wie vor Treffen der studentischen Arbeitsgruppen statt. Sich den Sitzungen zu entziehen, wurde als konterrevolutionär eingestuft und war unter gewissen Umständen auch lebensgefährlich. Bei einem der Treffen in der Universitätskantine wurde ihr dann ein anonymer Hinweis, in Form eines beschriebenen Zettels in ihrer Reisschale, zugesteckt. Auf dem Papier stand geschrieben, dass Li sterben würde, wenn er nicht bald Hilfe von Freunden bekäme. Yan Yi war bleich geworden, als sie die Nachricht las, und eine nie gekannte Angst begann sie zu quälen. Sie durfte ihren Geliebten nicht allein lassen, sie musste zu ihm. Heimlich schlich sie sich am gleichen Abend noch aus dem Haus und fuhr mit dem Fahrrad durch die nächtlichen Straßen Guangzhous, zum Elternhaus der Li-Familie. Nachdem niemand aus dem Inneren des Hauses auf ihr Klopfen antwortete, brach sie, gemeinsam mit einigen Nachbarn, die Haustür auf. Das Erste, was ihnen entgegenschlug, war ein erbärmlicher Gestank. Es roch nach Kot, verfaultem Essen, Abfall, Moder und allem, was sonst noch so stank, wenn jemand wochenlang kein Fenster öffnete. Sie fanden Li, abgemagert bis auf die Knochen, fiebernd auf seinem Bett liegend. Sein Anblick schockierte alle, er war hohlwangig, verdreckt und total verlaust. Das von den Nachbarn freundlich hinterlassene Essen lag, unangerührt, verfaulend auf dem Boden, Ratten sprangen in alle Richtungen davon, als sie eintraten. Der üble Geruch, der von Li selber ausging, war genauso fürchterlich wie der in der Wohnung, vielleicht sogar noch etwas extremer. Yan

Yi stieß einen spitzen Schrei aus und rannte zum Bett ihres Liebsten. Aus tief in den Höhlen liegenden Augen erkannte Li seine geliebte Yan Yi und wandte sich beschämt über seinen Zustand von ihr ab. Daraufhin bat Yan Yi die Nachbarn, die allesamt mit offenem Mund in der Türöffnung standen, zu gehen. Nachdem die Nachbarn unter Protest und fluchend über die Verwahrlosung Lis, aber wohl mehr wegen der so verkommenen Räumlichkeiten, das Haus verlassen hatten, nahm sie Lis Hand und redete leise weinend auf ihn ein. Sie erzählte ihm unter Tränen von Wongs Drohung, aber dass sie immer nur ihn lieben würde. Sie könnte Wong niemals heiraten, aber dafür musste Li wieder zu ihr ins Leben zurückkehren. Er musste es ihr zuliebe tun, es war seine Pflicht, sie vor diesem brutalen Wüstling zu beschützen. Sie würde lieber sterben wollen als dieser Bestie auch nur einen Tag ihres Lebens zu schenken, ganz davon zu schweigen, diesen verrohten Barbaren zu heiraten. Als er Yan Yis flehende Worte hörte, erwachte Li wie aus einem bösen Traum. Er schämte sich jetzt noch umso mehr über seinen desolaten Zustand und sein ihr gegenüber egoistisches Verhalten in den letzten Wochen. Er versprach ihr, nein, schwor hoch und heilig, wieder am Leben teilzunehmen, zu essen, aber viel wichtiger noch, sie für immer zu beschützen. Beweisen wollte er es ihr, dass er sich erst einmal sofort waschen würde, um wieder wie ein normaler Mensch zu riechen. Darüber mussten beide herzlichst lachen, dann versprach er ihr weiter, so schnell wie möglich wieder zu Kräften zu kommen. Nachdem Yan Yi eine Stunde später das Haus verlassen hatte, nahm Li ein Bad. Anschließend öffnete er alle Fenster, lüftete die Räume, säuberte das Haus, brachte den Müll hinaus und machte sich auf den Weg, ein paar frische Lebensmittel einzukaufen.

Li war nur noch ein Schatten seiner selbst, seine ganze Kleidung schlotterte an seinem Körper. Die Menschen, denen er in den Straßen Guangzhous begegnete, würdigten ihn aber keines zweiten Blickes. Sein Anblick war nichts Besonderes, es gab in China heutzutage viele so wie ihn. Wie er so durch die Straßen der Nachbarschaft lief, merkte er die Anstrengung, die es ihn kostete, denn er hatte viel Gewicht und Kraft verloren. Die Verkäufer in den Läden schauten den hageren jungen Mann, der alle möglichen Kräuter und Gemüsesorten verlangte, argwöhnisch an. Li ignorierte ihre Blicke und legte wortlos ein Bündel Geldscheine auf den Ladentisch; der Argwohn war sofort verflogen. Zurück in seinem Elternhaus kochte er sich eine kräftige Gemüsesuppe mit aufbauenden Kräutern, dazu aß er Nudeln. Gestärkt durch die reichliche Nahrung, besann er sich auf seine Kenntnisse der traditionellen chinesischen Medizin. Im Garten, unter hellem Vollmondlicht, setzte er sich einige Akupunkturnadel und begann dabei zu meditieren. Er wiederholte die Prozedur mehrmals, und nach wenigen Tagen hatte er schon wieder einige Kilo an Gewicht zugenommen und seine Kräfte kehrten langsam zurück. Li konzentrierte sich voll und ganz auf seine neue Aufgabe. Er hatte sich fest geschworen, er musste einen Weg für sich und Yan Yi finden, um aus dieser unglücklichen Situation, die sie trennte, zu entfliehen. Er schmiedete viele verschiedene Pläne, doch die meisten verwarf er so schnell, wie sie ihm einfielen. Im Peoples Park, im alten Teil der Stadt, traf er zufällig einen guten Freund seines Großvaters wieder, Meister Yang Lufeng, der in Ghuangzhou ein berühmter Taijiquan-Lehrer war. Taijiquan, oder auch einfach Tai Chi genannt, war eine chinesische innere Kampfkunst und wurde allgemein als die höchste oder ultimative Hand-/Faustbeziehungsweise Kampfkunst gesehen. Meister Yang Lufeng erzählte Li, dass die meisten Taijiquan-Meister mittlerweile aus China geflohen waren. Er beklagte bitterlich, dass im Rahmen der Machtübernahme der Kommunisten, speziell aber während der Kulturrevolution, auch die Unterdrückung der traditionellen Künste begonnen hatte. Nur im privaten Kreis konnte Meister Yang Lufeng noch seine Schüler unterrichten. Li, der schon als Jugendlicher gerne bei ihm Unterricht genommen hatte, war froh, seinen alten Meister wiedergetroffen zu haben, und bat ihn, sich seiner kleinen Gruppe privater Schüler anschließen zu dürfen. Meister Yang Lufeng hieß Li willkommen, und von dem Tag an trainierte Li täglich mit seinem Lehrer und ein paar anderen Studenten.

Li erinnerte sich, dass er Meister Yang Lufeng einmal die Frage gestellt hatte, was die inneren und äußeren Kampfkünste unterscheide. Daraufhin erklärte ihm sein Lehrer, dass es schlicht zur Abgrenzung diente. Die inneren Kampfkünste stammen der Legende nach aus den chinesischen Wudang-Bergen, im Nordwesten der Provinz Hubei, während die äußeren Kampfkünste vom Shaolin-Kung-Fu am Berg Songsham, im Ort Dengfeng, in der Provinz Henan im Herzen Chinas abstammen sollten. Meister Yang Lufeng erzählte weiter, dass die Legende die Erschaffung des Taijiquan einem Mönch namens Zhang Sanfeng zuschrieb. Zhang Sanfeng sei 1274 geboren, sollte während der Yuan- und der Ming-Dynastie gelebt haben und im Alter von 110 Jahren gestorben sein. Die Geschichte wurde wie folgt überliefert:

„In jungen Jahren war Zhang Sanfeng ein konfuzianischer Gelehrter, aber nach dem Tode seiner Eltern wurde er daoistischer Mönch. Nach vielen Jahren der Wanderschaft, während der er Hunger und Kälte trotzte, zog er sich als Eremit in die Wudang-Berge zurück. Dort vertiefte er sich in Studien des Daoismus, der Astrologie und der Alchimie. Vor seiner Hütte soll Zhang Sanfeng eines Tages einen Kampf zwischen einer Schlange und einer Elster beobachtet haben. Die Schlange wich den Angriffen des Vogels mit kreisförmigen Bewegungen aus und die Attacken gingen immer ins Leere. Nach einiger Zeit zog sich der erschöpfte Vogel zurück. Beeindruckt vom Sieg der Schlange durch ihre Weichheit und Geschmeidigkeit soll Zhang Sanfeng dann das Taijiquan nach dem Prinzip des Wechsels von Yin und Yang erschaffen haben."

Li übte jeden Tag für mehrere Stunden und wurde von Tag zu Tag besser. Auf die Frage seines Meisters, warum er so hart übte, antwortete Li, dass er einen Fluchtplan für sich und seine Geliebte hatte. Er müsste sich wappnen, um sich gegen seine Feinde wehren zu können. Daraufhin zitierte sein Meister eine Lehre Sun Tzus:

„Wenn du etwas vorhast, tue, als ob du es nicht vorhättest. Wenn du etwas willst, tue, als ob du es nicht benutzen wolltest."

Und vergiss dabei niemals:

„Der klügste Krieger ist der, der niemals kämpfen muss."

Die weisen Worte seines „Shifu", die chinesische Bezeichnung für Meister, hinterließen einen starken Eindruck bei Li. Er nahm sich noch am gleichen Abend vor, die Bücher seines Großvaters auszugraben und die Lehren des Sun Tzu zu studieren.

Trotz der beispiellosen unmenschlichen Ausmaße, welche die Kulturrevolution in dem Jahr 1968 annahm, vergingen die nächsten Monate relativ sorglos für Li. Die Verhältnisse blieben dennoch sehr brachial im ganzen Land. Allein in Guangzhou wurden von Rotgardisten in dem Jahr 300 Geschäfte, die vor 1949 gegründet worden waren, attackiert. Der alleinige Grund waren ihre antikommunistischen Namensschilder. Diese wurden zerschlagen, ausradiert und weitere 600 Läden wurden dazu gezwungen, ihre Namen zu ändern, wie auch der „Central Park" konsequent in „Peoples Park" umbenannt wurde. Die Verhältnisse wurden zunehmend grotesker in der Stadt, doch die Bevölkerung begann sich langsam zu wehren. Zwei Rotgardisten wurden kurzerhand in einem Haarsalon erschlagen, weil sie den Barbier beschuldigt hatten, ihnen einen amerikanischen Teddy-Boy-Haarschnitt geschnitten und außerdem dazu kapitalistisch riechende Pomade und Brillantine verwendet zu haben. Es waren äußerst bizarre Zeiten, jegliche Vernunft war abhandengekommen.

Ungeachtet Wongs Drohung, Li umzubringen, falls sie sich doch heimlich mit ihm treffen würde, sahen sie und er sich regelmäßig. Sie mussten bei ihren geheimen Treffen jedoch sehr vorsichtig sein, sie schwebten ständig in Gefahr, entdeckt zu werden. Dennoch, ihre Liebe zueinander war stärker als jegliche Angst. Der Glaube, dass sich alles doch noch eines Tages zum Guten wenden würde, beflügelte ihre gemeinsamen Zukunftspläne. Sie planten ihre Flucht nach Hongkong, wollte dort ein neues gemeinsames Leben beginnen. Eines Tages hörten sie von massiven Gefechten in der benachbarten Provinz Guangxi. Rivalisierende Gruppierungen bekämpften sich bis aufs Blut untereinander. Jede der Gruppen war überzeugt, sie zähle zu den einzig wahren Getreuen Mao Zedongs. Es gipfelte schließlich in einer brutalen Schlacht mit der Volksarmee. Die Stadt Wuzhou wurde von der Armee ausradiert und es fanden vor den Toren Massenerschießungen statt. Wong erzählte stolz zu Hause, dass er jeden Feind Maos bis auf den letzten Blutstropfen bekämpfen würde. Von ihm erfuhr Yan Yi auch, dass die Straßenkämpfe überall im Land andauerten, aber durch Einsetzung neuer, wahrer revolutionärer Komitees in den chinesischen Provinzen allmählich wieder halbwegs normale Zustände zurückkehrten. Es gab Li und Yan Yi Hoffnung, dass sich die Zeiten vielleicht bessern, sie eventuell sogar in China eine Zukunft haben könnten.

Doch nachdem im Spätsommer 1968 die Gewalt erneut zu eskalieren drohte, zog Mao Zedong im Dezember endgültig einen Schlussstrich unter den Eskapaden der „Roten Garden". Die Volksarmee übernahm de facto das Kommando. Die Volksrepublik China glich jetzt mehr einer Militärdiktatur als einer Republik. Nach langem für ihn nützlichem Zusehen hatte sogar Mao Zedong endlich erkannt, dass das Land gänzlich außer Kontrolle geraten war. Chinas Wirtschaft war schon durch seine Kampagne „Der große Sprung vorwärts" stark geschwächt. Jetzt war sie wegen seiner von ihm bewusst angefachten

Hysterie der „Roten Garden" total ins Stocken gekommen. Die industrielle Produktion Chinas hatte ihren Ausstoß allein in den letzten zwei Jahren um 12 % reduziert. In einer rettenden Reaktion rief Mao zu einer neuen Bewegung auf. Diesmal hieß die Kampagne „Zurück aufs Land", was nichts anderes bedeutete als die in Ungnade gefallenen „Roten Garden" zur Umerziehung aufs Land zu schicken. Mao war innenpolitisch gezwungen den blutrünstigen Terror einzudämmen und schickte dabei fast vierzehn Millionen Schüler und Studenten auf das Land. Sie sollten dort arbeiten und von den Bauern lernen, wie er es formulierte.

Li, war niemals ein Rotgardist gewesen, doch das interessierte die Führung wenig. Er war ein Student, das allein zählte. Danach lebte Li in ständiger Furcht, wie viele seiner Kommilitonen, auch auf das Land geschickt zu werden und eventuell Yan Yi nie wiederzusehen. Sie besprachen die Möglichkeit einer Trennung wieder und wieder und wollten, vorbeugend, ihren Entschluss zu fliehen so schnell wie möglich in die Tat umsetzten. Sie begannen ihre letzten Vorbereitungen zu treffen und der Termin für ihr Entkommen stand schon fest.

Doch dann kam der unselige Tag im Januar 1969, drei Tage vor dem Stichtag ihrer Flucht, an dem plötzlich eines Morgens ein grauer Lastwagen vor Lis Haustür hielt. Auf der Pritsche des Wagens saßen Wong und einige andere Mitglieder seiner Rotgardistengruppe. Sie sprangen von der Pritsche, traten seine Haustür ein, rissen ihn von seinem Bett hoch und ließen ihm gerade noch so viel Zeit, sich anzukleiden. Li konnte im letzten Moment seine für die geplante Flucht vorbereitete Tasche schnappen. Draußen musste er dann auf die überfüllte Ladefläche des Lastwagens klettern, wo sich schon mehr als zwanzig andere junge Menschen beiden Geschlechts befanden. Wong setzte sich hämisch grinsend neben Li und blickte ihm hasserfüllt in die Augen.

„Jetzt bist du endlich dran, Li. Ich habe auf diesen Tag lange warten müssen. Du denkst, ich weiß nichts von deinen heimlichen Treffen mit Yan Yi, aber da hast du dich geirrt. Ich bin sehr wohl im Bilde über euer Techtelmechtel und du hast es nur ihr zu verdanken, dass ich dich nicht schon vor ein paar Monaten umgebracht habe. Aber jetzt sind wir ja alle glücklich hier vereint und wir werden bald sehen, aus was für einem Holz du geschnitzt bist."

Was hatte Wong gerade gesagt? Sie wären jetzt alle glücklich vereint? Li musste die Situation und Worte erst verdauen. Verwirrt schaute er herum und dann entdeckte er Yan Yi unter den anderen Personen auf der Pritsche. Beim ersten Blick hatte er sie gar nicht erkannt, denn ihr sonst so hübsches Antlitz war von Schlägen zugeschwollen. Sie lag apathisch, ohne ihre Umwelt weiter wahrzunehmen, auf dem hinteren Boden der Ladefläche. Eine unbändige, aufgestaute Wut, hervorgerufen durch monatelange Unterdrückung durch ein tyrannisches System und Wongs Joch, brach aus ihm hervor. Er schrie wie ein waidwundes Tier wild auf und wollte auf Wong einschlagen, doch dessen Kameraden waren gut vorbereitet. Nach mehreren gezielten Knüppelschlägen auf Kopf und Körper lag Li neben Yan Yi auf dem Boden und rührte sich nicht mehr. Das Letzte, was er noch vernahm, bevor er sein Bewusstsein verlor, war die erste Strophe des Lobliedes auf Mao:

„Der Osten ist Rot, die Sonne geht auf, China hat Mao Zedong hervorgebracht."

Kapitel 12

2017, September, Borkum, am dritten Tag nach dem Sturm

Der Sand war schwer unter seinen Füßen, als Li die letzte Düne hinauflief. Er summte leise die Melodie der Lobeshymne auf Mao Zedong. Er kannte den Text und hasste ihn, dennoch liebte Li die chinesische Melodie des Liedes. Was konnte die Musik letztendlich dafür, dass sie einem schrecklichen Diktator gewidmet worden war, entschuldigte er sein Gefallen an der Melodie. Gedankenverloren stampfte er durch die Dünenlandschaft. Nach einer weiteren von unruhigen Träumen gestörten Nacht und der ermüdenden morgendlichen Arbeit im Gewächshaus hatte Li sich spontan für einen längeren Spaziergang zum Strand entschlossen. Er musste seine Gedanken sortieren, suchte Inspiration, wobei ihm die frische Seeluft hoffentlich helfen würde, hatte er sich überlegt. Zum anderen war er auch neugierig gewesen, ob immer noch so viele junge Leute am Strand nach Drogen suchten. Li musste feststellen, dass sie zwar weniger geworden waren, der große Run verflogen war, doch einige Optimisten hatten die Zuversicht, doch noch fündig zu werden, nicht aufgegeben. Von den hohen Sanddünen aus konnte er jetzt schon sein Haus sehen, das umgeben von mehreren Bäumen, geschützt in ihrem Windschatten, hinter den Dünen lag. Nur noch ein paar Hundert Meter mehr und er würde wieder zu Hause sein. Einige wenige Schritte noch, dann hatte er es geschafft, freute er sich. „Home sweet Home", las er die verblichenen Buchstaben auf der grauen, abgetretenen Fußmatte vor seiner Haustür. Er schüttelte noch grob den Sand von seinen Schuhen ab, öffnete die Tür und trat ein.

Die frische Seeluft hatte ihm gutgetan, Li fühlte sich wohlauf, mental erholt und regeneriert. Nach dem ereignisreichen gestrigen Tag bei seinem Freund Johann Klever im Ort hatte er die gesammelten Informationen in Ruhe, bei einem längeren Spaziergang, verarbeiten müssen. Mit sehr gemischten Gefühlen war er gestern Abend noch an das Lager seiner Patientin getreten, die sich im Entzugsfieber mit Schmerzen schwitzend im Bett hin und her warf. Fragen über Fragen hatten ihn gequält. War das Mädchen in den Drogenschmuggel verstrickt und eine Kriminelle, oder nur ein unschuldiger junger Junkie? Sollte er sie nicht doch besser, ungeachtet ihrer körperlichen Verfassung, den Behörden übergeben? Li hatte seine Zweifel, aber als er sie in ihrem kalten Entzug vor sich hatte liegen sehen, war es seine Fürsorge, die Oberhand gewann. Er wollte ihr helfen, er musste es einfach tun.

Mit einem Blick zurück über die Dünen stellte Li fest, dass der Wind wieder etwas zugenommen hatte, Sand wirbelte verstärkt durch die Luft. Es würde bald einen weiteren Sturm geben, wusste er die Anzeichen zu deuten. Alle Vorzeichen sprachen dafür, der Himmel hatte sich wieder mit dunklen Wolken zugezogen, das Meer wirkte aufgepeitschter als zuvor am Morgen noch, Möwen flogen kreischend landeinwärts und es war deutlich kühler geworden. Li freute sich auf die mollige Wärme seiner Küche nach dem doch längeren, kräftezehrenden Spaziergang.

„Meine alten Knochen sind auch nicht mehr das, was sie früher einmal waren, Sun Tzu", sagte er zu seinem Kater, der ihn freudig miauend im Korridor begrüßte. „Na, was macht unsere kleine Patientin, schläft sie noch?", fragte er seinen Kumpanen, der wiederum laut miauend um seine Beine strich. „Ja, ist ja schon gut, ich weiß, das alles interessiert dich im Moment nicht. Was du willst, ist nur dein Futter, und das sollst du haben. Habe bitte etwas Geduld, ich bereite dir doch gleich dein Fressen, du kleiner Egoist."

Li öffnete eine Dose Thunfisch, Sun Tzus Lieblingsfressen, und füllte den Inhalt in seinen Fressnapf. In erwartungsvoller Aufregung belauerte das ewig hungrig scheinende Tier dabei die ganze Zeit seinen Herrn. Als er endlich den Napf auf dem Boden abstellte, war der Kater auch schon nicht mehr zu halten. Gierig wie ein ausgehungertes Raubtier schlang Sun Tzu in einer absolut neuen Rekordzeit seine Mahlzeit hinunter. Anschließend putzte er mit der Zunge seine Pfoten, seine Schnauze, warf Li einen dankbaren Blick zu und entschwand in Eile aus der Küche in das anliegende Gästezimmer. In meinem nächsten Leben werde ich eine Katze, dachte sich Li und sah dabei schmunzelnd seinem Stubentiger hinterher.

Der Wasserkessel auf dem Herd signalisierte durch ein Pfeifen, dass sein Inhalt kochte, was Li aus seinen Gedanken riss. Er brühte sich einen Tee auf und aß dazu ein paar von Frau Wolders selbst gebackene Kekse. Dann folgte er seinem Kater, ging in das Gästezimmer und untersuchte das fiebernde Mädchen auf dem Bett. Er registrierte, wie das üble Gift der Drogen ihren rastlosen Körper systematisch quälte. Li entschloss sich, sie sofort einer weiteren Akupunkturbehandlung zu unterziehen. Mit den ersten gesetzten Nadeln hatte er sie schon wieder ruhiggestellt, um dann mit einer speziellen Ohrakupunktur, die meist intensiver und schneller wirkte als herkömmliche Akupunktur, eine gezielte, akute Schmerz- und Suchttherapie vorzunehmen. Da die mehr als 100 Akupunkturpunkte am Ohr sehr nah beieinanderlagen und äußerst empfindlich waren, war ein punktgenaues Stechen mit extradünnen Nadeln notwendig. Li beherrschte diese schwierige Technik, die ihm sein Professor, Gao Benjiang, beigebracht hatte, wie im Schlaf. Anschließend, nach der ihm eine hohe Konzentration abverlangenden Behandlung, wusch er das Mädchen mit einer kühlenden Kräuterflüssigkeit. Er flößte ihr abschließend etwas von der selbst gebrauten Medizin ein, bevor er, noch einmal zufrieden auf seine Patientin schauend, den Raum verließ.

Zurück in der mollig warmen Küche angekommen, schweifte sein Blick durch den Raum und fiel auf die Tasche mit dem Geld, die immer noch neben dem Stuhl beim Küchentisch lag. Li nahm sie verächtlich vom Boden auf und trug sie in sein Gewächshaus. Er vergrub sie einfach in einem frisch angelegten Beet für eine neue Orchideensorte. Hier war sie aus dem Weg, hier würde keiner sie vermuten, beurteilte er mit Zufriedenheit sein Versteck. Er konnte sie jederzeit, wenn nötig, wieder hervorholen, aber erst einmal musste sie verschwinden. Li hatte, bevor er die Tasche vergrub, die Dokumente noch mal durchgesehen und sich ein paar Notizen dazu gemacht. Wer war dieser Jens Haldermark und wer war seine Patientin Laura Wagner wirklich? Wie passten die beiden zusammen und was war ihr Geheimnis? Das wollte er mit Hilfe seines Computers jetzt herausfinden. Trotz seines leicht fortgeschrittenen Alters hatte Li sich vor ein paar Jahren einen Apple-Laptop gekauft, einen Computerkurs besucht und viel Gefallen an der Technologie des Internets gefunden. Das Internet war für Li ein hilfreiches Tor zur Welt geworden. Er erledigte mit dem Computer seine sämtlichen Geschäfte, verwaltete seine Finanzen, war ständiger Leser einiger Gärtnerwebseiten, verfolgte die wichtigsten, neuesten Nachrichten online und war Mitglied verschiedener sozialer Netzwerke. Mit einer Fertigkeit, die man ihm niemals zugetraut hätte, durchkämmte er das Internet nach Spuren von Jens Haldermark und wurde auch recht schnell fündig. Der Mann war in der Seglergemeinschaft kein Unbekannter. Er tauchte sogar gleich in mehreren Berichten über spektakuläre Segeltörns namentlich auf. Haldermark unterhielt eine eigene Facebook-Seite mit vielen Fotos seiner Segelreisen. Li fand im Internet auch einige brauchbare persönliche Informationen über den Mann. Danach stammte Jens Haldermark aus gutem Hause, war wohnhaft in Hamburg, unverheiratet und führte das glückliche Leben eines Aussteigers. Sein Lebenslauf war fast musterhaft, Li fand weder etwas über Skandale noch irgendeine Verbindung zu Drogen. Nur in der Klatschspalte eines Hamburger Magazins war vor Monaten sein Name und Foto einmal negativ aufgetaucht. Auf dem Bild war Jens Haldermark Arm in Arm zusammen mit einer bekannten Unterweltgröße namens Frank Martens abgebildet. Die Überschrift lautete „Hamburger Kiez veranstaltet Party im Jachthafen". Es konnte sich dabei natürlich um einen reinen Zufall handeln, aber unter den Umständen glaubte Li weniger an einen Zufall. Er prägte sich auf jeden Fall das Gesicht und den Namen des Zuhälters und Drogenbosses genau ein – ohne direkt zu wissen, warum, aber der Mann auf dem Foto neben Jens Haldermark hatte für ihn eine böse Ausstrahlung. Li hatte schon immer ein gutes Gespür für Menschen entwickelt und sein Gefühl trog ihn selten. Es war durch das Foto offensichtlich, dass eine engere Verbindung zwischen den beiden bestand. Li glaubte auch, dass die Verbindung auf keiner legalen Basis beruhte, wenn man den Untergang der Segeljacht und die darauffolgend gestrandeten Drogen dazu in Betracht zog. Die Frage stellte sich für ihn, warum ein berühmter Segler wie Jens Haldermark mit einer Unterweltgröße wie Frank Martens am selben Tisch sitzen sollte.

Über seine junge Patientin, das Mädchen Laura Wagner, fand Li absolut gar nichts im Internet. Es war fast so, als ob sie überhaupt nicht existieren würde. Es gab keine Facebook-Seite, kein Twitter, nicht einmal im Hamburger Melderegister oder bei Vermisstenmeldungen konnte er sie irgendwo finden. Li empfand das als äußerst seltsam, denn gerade junge Menschen waren doch überall in den sozialen Netzwerken unterwegs. Dennoch, es gab keinerlei Informationen über eine Laura Wagner, auch wenn er noch so sehr danach suchte. Für Li bedeutete es ein weiteres Rätsel, welches er zu lösen hatte. Leider war seine Patientin nicht ansprechbar. Deshalb brauchte er mehr Zeit dafür und wollte auch dabei ungestört bleiben. Morgen war Freitag und Frau Wolders würde kommen, und das kam Li im Moment sehr ungelegen. Er entschloss sich kurzerhand, sie anzurufen, um ihr abzusagen. Er hatte sich tausend verschiedene Ausreden überlegt, doch keine einzige schien ihm richtig glaubhaft zu sein. Li wusste, er war ein schlechter Lügner. Als er sie trotzdem anrief und ihr eine fadenscheinige Ausrede auftischen wollte, stellte er zu seinem Glück fest, dass Frau Wolders schon mehrfach versucht hatte, ihn anzurufen. Sie lag mit einer fetten Grippe im Bett, erzählte sie ihm, und entschuldigte sich dafür, die nächsten Tage nicht kommen zu können. Sie schlug vor, ihre Nichte zu schicken, aber Li lehnte erleichtert ihren gut gemeinten Vorschlag dankbar ab. Er wünschte ihr gute Besserung und sagte ihr, sie sollte sich bloß keine Gedanken um ihn machen, er würde schon zurechtkommen. Es wäre viel wichtiger, dass sie sich erholte, wieder gesund wurde, und alles andere würde sich finden.

Sehr zufrieden darüber, dass er in den nächsten Tagen nicht gestört werden würde, lehnte sich Li auf seinem Küchenstuhl zurück. Der Tag war wie im Flug vergangen, stellte er anhand der eintretenden Dämmerung fest, und es wurde für ihn Zeit, wieder nach seiner Patientin zu sehen. Li betrachtete von der Tür aus das junge Mädchen, wie es schlafend, aber immer noch leicht von Fieberanfällen geschüttelt in seinem Bett lag. Du armes Ding, was ist wohl deine Geschichte, wer bist du wirklich und was ist mit dir in deinem jungen Leben passiert, fragte er sich im Stillen, nahm ein nasses, kühles Tuch und wischte ihr sanft den Schweiß von der Stirn. Dann begann er leise das liebliche, chinesische Wiegenlied vom kleinen silbernen Boot, „Xiao yin chuan", zu singen. Er erinnerte sich, dass ihm seine Mutter es immer, wenn er einmal krank war, vorgesungen hatte:

„Der Mond, gebogen wie ein Boot, hängt am Himmel, hängt in den Sternen, er schwebt so leicht, segelt dem Westen entgegen, dieses kleine silberne Boot ist sehr friedlich."

Kapitel 13

1969, China, Dachangba, Sichuan-Provinz

Die Kolonne der Lastwagen, die langsam über die unbefestigten Bergstraßen rumpelte, hatte eine traurige Fracht. Auf den Pritschen der Wagen befanden sich Hunderte junger Studenten und Schüler. Sie waren ausnahmslos von ihrem so verehrten, geliebten Führer Mao Zedong ins Exil aufs Land geschickt worden. Die mühsame Fahrt über die Passstraßen wurde des Öfteren durch massive, für die Kolonne nicht ungefährliche Steinschläge, die plötzlich von den Berghängen herabfielen, unterbrochen. Den jungen Studenten blieb keine Wahl, trotz ihrer Erschöpfung durch die Strapazen der ewig langen Stunden auf den Pritschen mussten sie wiederholt die Fahrbahn wieder freiräumen. Es kostete sie zigmal übermenschliche Anstrengung, die oftmals schweren Steine aus dem Weg schaffen. Ihre beschwerliche, riskante Route führte sie entlang der östlichen Grenze des Himalaja-Gebirges, wo vom Winter übrig gebliebener Schnee auf den Pässen die Reise zusätzlich erschwerte.

Li hatte sich in einer Ecke auf der Ladefläche des Lastwagens auf eine alte, stinkende Schlafrolle gekauert und vermied dabei jeglichen Blickkontakt mit seinem Widersacher Wong. Sein Kopf und Körper schmerzten, wo ihn die erbarmungslosen Knüppelschläge von Wongs Kumpanen getroffen hatten. Ein heftiger Durst quälte ihn und sein Mund war ausgetrocknet durch den aufgewirbelten Staub der kriechenden Lastwagenkolonne. Immer wieder schaute er verstohlen hinüber zu Yan Yi, die wie eine Preistrophäe zu Wongs Füßen saß. Sie erwiderte keinen seiner Blickkontaktversuche, sie starrte die ganze Zeit nur apathisch auf den Boden, wirkte allen weltlichen Einflüssen entrückt. Li zerriss es das Herz bei ihrem Anblick, denn ihre weichen

Lippen waren aufgesprungen und beide Augen von Schlägen stark zugeschwollen. Eine erneute, innere Wut stieg in ihm auf. Er fragte sich unentwegt, was Wong, das Ekel, mit ihr angestellt hatte. Egal aber was er ihr angetan hatte, er würde dafür büßen, versprach er sich insgeheim. Im Moment jedoch war er hilflos, aber der Tag würde kommen, an dem er Wong für all seine Schandtaten zur Rechenschaft ziehen würde. Lis Zeitgefühl war abhandengekommen, er wusste weder, wie spät es war, noch hatte er eine Ahnung davon, wie lange sie schon unterwegs waren. Es mussten mehrere Tage vergangen sein, seit sie aus Guangzhou aufgebrochen waren. Li fehlten Stunden, eventuell sogar Tage, er konnte sich nur noch vage daran erinnern, wie sie ihn aus dem Haus geholt und brutal besinnungslos geschlagen hatten. Erst dachte er, nachdem er wieder zu sich gekommen war, sie würden ihn einfach außerhalb der Stadt exekutieren. Doch dann realisierte er sehr schnell, er war nicht allein unfreiwillig hier, sie waren alle Mao Zedongs Gefangene. Die Schüler sowie die Studenten, die er aufs Land schickte, damit sie in den Städten ihren blutigen Wahnsinn beendeten. Das bedeutete gleichzeitig aber auch, dass Wong nicht mehr der allmächtige Rotgardist mit seiner Horde von Schlägern war. Allein gegen ihn hatte er vielleicht eine Chance, schoss es ihm durch den Sinn. Obwohl er immer noch einen ungewissen Angstzustand verspürte, musste er jetzt erst einmal ruhig Blut bewahren und sich ja keine weitere Blöße geben. Dabei hatte er weniger Angst um sich selbst, er fürchtete mehr um das Wohlergehen seiner geliebten Yan Yi. In seiner Beklemmung besann er sich einer Weisheit Sun Tzus:

„Furcht ist der Gegner, der einzige Gegner.“

Wie so oft gaben ihm sein Wissen und der Glaube an die Weisheiten der alten Philosophen Stärke. Er durfte keinerlei Furcht haben, er musste um ihretwillen mentale Kraft aufbauen, sich der unausweichlichen Konfrontation mit Wong stellen, überleben.

Zweimal am Tag hielt der Konvoi, sodass die Studenten zur Toilette gehen konnten, aber jedes Mal würgte es Li, wenn er die horrenden Zustände der verdreckten und mit Fäkalien beschmutzten runden Löcher im Boden, die als Toilette dienten, sah. Keiner der anderen Studenten schien sich groß darum zu kümmern, im Gegenteil, die meisten trugen dazu bei, die Toiletten nur noch mehr zu beschmutzen. Es war trotz der menschenunwürdigen Verhältnisse zwecklos zu protestieren, die begleitenden Soldaten ignorierten jede Kritik. Ein junger Student aus Xangxi, der es trotzdem öfter versuchte, wurde einmal kopfüber in eine der Gruben gesteckt, und erst kurz vor der Weiterfahrt durfte er sich an einer eiskalten Bergquelle die Fäkalien abwaschen. Dann, nach vielen weiteren endlos erscheinenden Tagen der Strapazen, erreichte die kleine Kolonne zu guter Letzt eines Abends ihren vorläufigen Zielort, die Stadt Liangshan in der Provinz Sichuan.

Die jungen Menschen auf den Lastwagen waren zermürbt, verdreckt, und das fröhliche Singen von Revolutionsliedern war ihnen schon lange vergangen. Das Stadtkomitee wies ihnen für die Nacht eine leere Lagerhalle zu und es gab sogar eine warme Mahlzeit, die erste seit mehreren Tagen. Li hielt sich absichtlich weit abseits von Wong. Dieser schien ihn erstaunlicherweise auch kaum zu beachten, dafür gab er aber umso mehr darauf acht, dass Yan Yi immer schön in seiner Nähe blieb. Er platzierte ihre Nachtlager in der Halle so, dass sie seinen Fängen nicht entgleiten konnte.

Die wenigen verbliebenen Nachtstunden verbrachte der armselige Haufen ausgezehrter Menschen erholungsbedürftig und in totaler Ermattung. Sie schliefen alle felsenfest, die ausgemergelten jungen Studenten waren am Rande ihrer Kräfte. Am nächsten Morgen wurde die klägliche Truppe der Schüler und Studenten in kleinere Gruppen aufgeteilt, um dann in der Wildnis der Sichuan-Berge zu ihren endgültigen Bestimmungsorten zu gelangen. Alle Rebellenorganisationen, wie die „Roten Garden" und andere, waren offiziell aufgelöst worden. Sie waren aufs Land verbannt worden, um umerzogen zu werden, von den Bauern zu lernen, wie es so schön von Mao propagiert wurde. Sie wurden in keine Gulags oder Gefängnisse geschickt, sondern in isolierte Gegenden Chinas mit stark eingeschränkter Freiheit deportiert. Gezwungen, harte Arbeit auf den Feldern zu verrichten, oder was immer ihnen vom jeweilig ansässigen bäuerlichen Dorfkomitee aufgetragen wurde, ergaben sie sich in ihr Schicksal. Es war ihnen aufgetragen worden, ihre Revolution zu vergessen und zu lernen, für ihr eigenes Überleben und das übergeordnete Wohl Chinas Lebensmittel anzubauen.

Li hoffte insgeheim darauf, dass er und Yan Yi vielleicht etwas Glück haben und, von Wong getrennt, gemeinsam in ein Dorf entsandt werden würden. Doch schon bald verschwand alle seine Hoffnung, als er einer Gruppe zugeteilt wurde, in der Wong das Sagen zu haben schien. Wie auch immer er es angestellt hatte, Wong hatte irgendwie dafür gesorgt, dass Li und Yan Yi sich in seiner Arbeitsgruppe befanden. Neben Wong und Li befanden sich zwei weitere junge Männer im männlichen Part der Gruppe. Zhang Wei, ein Student aus Chengdu, und Wang Tao, der aus Wongs ehemaliger Gefolgschaft der „Roten Garden" in Guangzhou stammte. Den weiblichen Anteil der armseligen Runde stellten Yan Yi sowie zwei sehr junge Schülerinnen, Ying Yue und Liu Yang, beide gerade einmal sechzehn Jahre alt, die der Gruppe zugeordnet worden waren. Die kleine Schar bestand aus insgesamt sieben Studenten, ein erbärmlich wirkender Haufen Elend, musste Li feststellen. Wong, der sich sofort als der Boss des kleinen Teams aufspielte, ging hinüber zum Führer des Revolutionskomitees und rief auf dem Weg lauthals Mao-Zitate. Er beglückte ihn die Verschickung der vielen Studenten aufs Land zu organisieren und zitierte Maos Worte:

„Unsere chinesische Bildungspolitik muss es jedem, der eine Ausbildung erhält, ermöglichen, sich moralisch, intellektuell und physisch

zu entwickeln und ein Arbeiter, Bauer mit sozialistischem Bewusstsein und sozialer Kultur zu werden."

Dann ermunterte er unter Beifall die anderen Gruppen, seinem Beispiel zu folgen. Alle begannen, um nicht als schlechte Kommunisten dazustehen, euphorisch aus ihren kleinen roten Büchern in lauten Sprachchören Mao Zedongs Worte zu zitieren. Der misstrauisch dreinschauende Leiter vom örtlichen Revolutionskomitee ließ sich aber keineswegs durch Wongs private Show beeindrucken. Er rief desinteressiert Gruppe für Gruppe auf, teilte jedem etwas Proviant zu, gab allen eine gefütterte Winterjacke, passend dazu warme Hosen, eine Schlafrolle, einen Liter Kerosin, eine Wasserflasche und beim Abschied wünschte er ihnen allen im Namen Mao Zedongs, des großen Führers, eine erfolgreiche gute Ernte. Anschließend musste Lis Arbeitskollektiv mehrere Stunden warten, bis sich ihr Begleiter aus ihrer zukünftigen Heimstätte eingefunden hatte. Es war ein kalter, ungemütlicher Tag, und zusätzlich hatte leichter Regen eingesetzt, der in den höheren Lagen der Berge als Schnee herunterfiel. Li nutzte die Gelegenheit, um sich Yan Yi zu nähern und sie zu fragen, wie es ihr ginge. Wong, der nur darauf gewartet zu haben schien, stellte sich breitbeinig vor Li und sagte mit einer gehässigen Stimme:

„Das geht dich gar nichts an, du Wurm. Mein guter Rat für dich ist, bleibe weit fern von ihr. Wir haben in Zukunft viel Zeit zusammen und du wirst jeden Tag dafür bluten, anderen die Braut abspenstig zu machen."

Daraufhin schlug er Li auf die Schulter, wie es unter Freunden so üblich ist, aber Wong benutzte dafür nicht seine flache Hand, sondern seine Faust. Li wusste danach, Wongs Fäuste waren hart wie Stahl. Der nach außen hin freundlich aussehende Schlag verursachte einen stechenden Schmerz in Lis rechtem Schulterblatt. Er würde sich in Zukunft vor Wongs Fäusten vorsehen müssen, wurde ihm sofort dabei klar. Li entschied sich, vorerst einem offenen Kampf auszuweichen, er durfte die Situation nicht eskalieren lassen. Li war aber gleichzeitig davon überzeugt, dass er etwas gegen Wong unternehmen musste, und zwar schon bald, sonst würde er die Zeit in den Bergen nicht überleben. Er nahm sich vor, Wong zu beobachten, seine Schwächen zu studieren und ihn, wenn die Zeit reif war, herauszufordern. Eine physische Konfrontation würde trotzdem nicht einfach werden, Wong war ein harter Bursche, der es gewohnt war, sich brutal und körperlich gegen andere durchzusetzen.

Es dauerte dann nicht mehr lange und ihr Führer, ein Bauer aus dem Dorf Dachangba, einem weit abgelegenen Bergdorf am Jangtse-Flussufer, kam, sie abzuholen. Nachdem der Bauer mit dem Komiteevorsteher einige Worte gesprochen und seine Instruktionen erhalten hatte, winkte er Li und den anderen zu, ihm zu Fuß aus der Stadt zu folgen. Der lange Fußweg nach Dachangba war beschwerlich und führte stundenlang über einsame, steile Bergpfade durch die Wildnis. Li verschwendete keinen einzigen Blick an die schöne Natur und die beeindruckende Landschaft der Sichuan-Bergwelt. Er machte sich immer nur Sorgen um Yan Yi und ob sie die Anstrengungen in der Zukunft überstehen würde. Ihr Führer war ein wortkarger Bauer namens Fang Soon Yu, gebürtig aus Dachangba, ihrem Zielort. Auf Fragen antwortete der Mann mit kaum mehr als ein, zwei Worten, wenn überhaupt. Er war ein kleiner Wicht mit nicht mehr als 1,60 Meter Größe, aber von kräftiger Statur, und seine Haut war durch die ständige Arbeit auf den Feldern wettergegerbt und dunkelbraun. Li schätzte das Alter des Mannes auf ungefähr 50 Jahre, aber bei diesen Bauern aus den Bergen konnte man sich auch schnell einmal verschätzen. Sie sahen oft wesentlich älter aus, als sie in Wirklichkeit waren. Die andauernde harte Arbeit und die oft unzureichende Ernährung ließen sie schneller altern als Stadtmenschen. Fang Soon Yu hatte durchweg nur braune Zähne mit großen Lücken im Gebiss, welches Li sofort auf starke

Mangelerscheinungen in seiner Diät schließen ließ. Dennoch machte der Alte einen sehr agilen Eindruck, seine wachsamen Augen wiesen sie immer auf die Gefahren von lockeren Trittsteinen oder mögliche abzustürzen drohende Felsen an den Pfaden hin. Er lachte dabei immer wie eine alte Bergziege, womöglich amüsierte ihn die Unbeholfenheit der Studenten. Für Stunden wanderten sie hintereinander, in einzelner Reihe, tiefer und tiefer in die Berge, ohne Straßen, Häusern oder irgendwelchen anderen Menschen zu begegnen. Ein eiskalter Ostwind blies ihnen auf den höheren Pfaden gnadenlos um die Ohren, aber sie waren viel zu erschöpft, um sich wegen der Kälte Sorgen zu machen. Nach vier Stunden unbarmherzigen Marsches durften sie endlich in einer Senke eine kurze Pause einlegen, ihre Notdurft verrichten. Fang zeigte ihnen, wie man über einem offenen Feuer eine heiße Suppe kochte, und diese gab ihnen wieder etwas von ihrer schwindenden Lebenskraft zurück, sodass sie ihren mühseligen Weg fortsetzen konnten. In der Dunkelheit der Berge konnten sie kaum noch die Hand vor Augen sehen, geschweige denn das umliegende Terrain ausmachen. Nach drei weiteren Stunden des Wanderns über halsbrecherische Bergpfade, schier unmenschlichen Strapazen und am Ende ihrer Kräfte angelangt, erreichten sie endlich, in der Dunkelheit, ihre neue Heimat, das kleine Bergdorf Dachangba.

Viel sehen konnten sie nicht bei ihrer Ankunft im Dorf in der Dunkelheit. Nur schemenhaft zeichneten sich an den Hängen verschiedene Häuser durch Lichter in ihrem Inneren ab. An zwei kleineren Hütten, abseits vom Dorfkern, war jeweils eine Kerosinlampe angebracht, die ihnen mit ihrem schummrigen Licht den Weg zu ihrem neuen Zuhause wies. Ihr schweigsamer Führer Fang Soon Yu zeigte mit dem Finger auf die beiden Steinhütten, brabbelte ein paar unverständliche Worte und ließ die Gruppe dann einfach stehen. Im nächsten Moment hatte ihn auch schon die Dunkelheit verschluckt und die kleine Gruppe ausgelaugter junger Menschen stand ratlos vor den zwei Baracken. Ohne weitere Absprache gingen die drei Mädchen einfach wortlos in die linke und die vier jungen Männer in die rechte Behausung. Dort legten sie sich vor totaler Entkräftung einfach auf den kargen Steinboden und fielen sofort in einen tiefen Schlaf.

Am nächsten Morgen wurde Li als Erster wach und verließ vorsichtig, um die anderen nicht zu wecken, die Hütte. Die Sonne war gerade aufgegangen und hüllte den Berghang, an dem das Dorf Dachangba lag, in ein leicht rötlich gelbes Licht. Unterhalb des Hanges, zwischen den Bergen, konnte er den großen Jangtse-Fluss ausmachen, der sich wie eine Schlange durch die Weiten der Bergwelt wand. Li entfuhr ungewollt ein stiller Seufzer, er atmete tief durch, ließ die Natur eine Weile auf sich wirken. Es war ein wunderschöner, friedfertiger Anblick, der sich Li bot und ihn für einen Moment all seine Sorgen vergessen ließ. Der seicht zum Fluss abfallende Berghang erstreckte sich auf einer Länge von vier bis fünf Kilometern am Jangtse entlang. Er lag zwischen felsigen Bergen, die sich links und rechts vom Tal emporhoben. Der Dorfkern musste mindestens 500 Meter hoch über dem Flussufer liegen und es war mindestens noch einmal doppelt so weit bis zum Rand der oberen, spärlich bewaldeten Felsenleiste. Li bewunderte die kunstvoll angelegten Reisterrassen, die von Bauern, welche von der maschinellen Zivilisation der Außenwelt abgeschnitten waren, über viele Jahrhunderte von Hand in den Fels geschlagen worden waren. Er erkannte mehrere ausgetretene Fußpfade, die vom Ort zum Jangtse hinunterführten, ein paar kleine Fischerboote an einem Steg. Die teilweise noch von Schneekrusten bedeckten, für die verschiedensten Gemüsesorten angelegten Felder an den Hängen rundeten seinen guten Eindruck einer friedlich heilen Welt ab. Abseits der fünf Häuser, die den eigentlichen Dorfkern bildeten, zählten ungefähr zwanzig weitere, aus Lehm gebaute Bauernhäuser, zur Kommune. Sie waren alle mit einem ausgiebigen Abstand zum nächsten Nachbarn weitläufig über den Hang verteilt. Sie verteilten sich mit den als Vorratsräumen dienenden Nebengebäuden gleichmäßig über die von der Dorfgemeinschaft gemeinschaftlich bewirtschafteten Felder. Li schätzte die gesamte Einwohnerzahl des Dorfes auf nicht mehr als fünfzig bis siebzig Personen, Kinder miteingeschlossen. Die im aufgehenden Sonnenlicht fast anmutig wirkenden Bauernhäuser mit ihren kleineren Stallungen boten ein malerisches Idyll. Doch die trügerische Szenerie täuschte ihn nicht über die bevorstehenden, harten Zeiten hinweg. Eine unverhoffte Traurigkeit befiel ihn, er musste plötzlich an seine Eltern und seine kleine Schwester Li Xue denken. Wohin hatte das Schicksal sie wohl verschlagen und waren sie noch am Leben?

Der erste Hahnenschrei hallte über die noch leicht winterliche Landschaft und riss Li aus seiner entrückten Betrachtung, brachte ihn zurück in die graue Wirklichkeit. Er drehte sich langsam herum und begutachtete zum ersten Mal im Tageslicht ihre eigenen zwei kleinen Steinhütten. Diese standen abseits von den Feldern und dem Dorfkern auf einem winzigen Felsenplateau. Li nahm an, dass sie wohl in der Vergangenheit als Lagerraum für irgendwelche Ernteprodukte gedient haben mussten. Die Häuschen waren knapp drei Meter hoch, mit einem flachen Holzbretterdach. Um den Innenraum trocken zu halten, fielen die Dächer etwas einseitig ab und waren mit Teer versiegelt. Die Seitenwände waren aus unebenen Brettern zusammengenagelt, die groben Zwischenräume provisorisch mit Lehm und Stroh verschmiert. Sie hatten jeweils an ihrer Vorderseite zwei rechteckige Fensteröffnungen, ohne Fensterläden oder Glas, und eine behelfsmäßig billig zusammengezimmerte Holztür zierte die Mitte der Häuser. Es war ein trostloser Anblick, dabei hatte Li noch nicht einmal Zeit gehabt, das Innenleben der Häuser genauer zu inspizieren. Er mochte gar nicht daran denken, die Hütte in Zukunft für Jahre mit vier anderen Menschen zu teilen, und schon gar nicht mit seinem Erzfeind Wong. Doch welchen Ausweg hatte er? Im Moment sah er keinen, also musste er das Beste aus der aufgezwungenen Situation machen. Es gab keine Elektrizität und kein fließendes Wasser im Dorf. Die Einheimischen hatten die Häuschen für sie nur so weit hergerichtet, dass die Dächer keinen Regen durchließen. Den Rest mussten sie selbst besorgen. Innerlich machte Li sich Notizen, was zu tun sein würde, um die Behausungen wohnlicher zu gestalten. Für den ersten Tag, zu ihrer Ankunft, hatten ihnen die Bauern einmalig die neben den Hütten befindlichen Wassertanks gefüllt. Es war Li klar, dass sie das in Zukunft, neben vielzähligen anderen Aufgaben, auch selber bewerkstelligen mussten.

Li zog sein verschwitztes Hemd aus und begann sich mit dem eiskalten Bergwasser zu waschen. Dann kamen auch schon Wong, Wang Tao und Zhang Wei aus der Hütte, auch im Haus der Mädchen zeigten sich erste Anzeichen des Wachwerdens. Li sah, wie die kleine Ying Yue verschlafen aus dem Türrahmen auf ihn schaute. Wong schob Li zur Seite und wusch sich den Schlaf aus dem Gesicht. Mit einem schweifenden Blick über die Landschaft lästerte er laut:
„Was für eine trostlose Einöde, wie kann man hier nur leben?"

„Indem wir das Beste daraus machen", antwortete Li knapp, ohne sich direkt angesprochen gefühlt zu haben.

Dann ging er zurück zur Eingangstür ihrer Hütte, überprüfte deren Zustand und betrat das Innere des Hauses. Den Anblick, der sich Li bot, konnte man nicht gerade als vertrauenerweckend bezeichnen. Der zwar große, aber einzige Raum der Hütte hatte an der hinteren Wand einen aus Ziegelsteinen gemauerten Steinofen zum Kochen. Weiterhin beinhaltete der Raum zwei übereinanderstehende Betten, die sie sich zu viert teilen sollten. An der linken Wand standen ein kleiner Tisch und zwei Holzstühle, mehr Einrichtung gab es nicht. Li schwor sich, dass er lieber weiterhin auf dem harten Boden schlafen würde, als eins der klapprigen Etagenbetten mit jemandem zu teilen. Sie mussten die Bauern fragen, ob sie mehr Mobiliar bekommen konnten, oder Holz, um selber welches zu zimmern. Noch hatten sie genügend Zeit, bevor die richtige Feldarbeit beginnen würde. Sie mussten sie nutzen. Als Nächstes untersuchte er die Hütte der Mädchen, es bot sich ihm der gleiche desolate Zustand. Für ihn stand fest, sie würden die Hilfe der Männer, seine Hilfe, benötigen. Li dachte pragmatisch und konzentrierte sich auf die Aufgabe, die vor ihm lag. Yan Yi und sein eigenes Überleben hingen davon ab, dass er einen kühlen Kopf bewahrte. Es war jetzt seine oberste Priorität, ihr Leben hier so angenehm wie möglich zu gestalten, alles andere würde man später dann schon sehen.

Kapitel 14

2017, September, Borkum, am vierten Tag nach dem Sturm

Ein weiterer Sturm war in der Nacht über Borkum hergezogen. Der Sturm war weniger heftig als der letzte gewesen, aber dennoch war Li ein paar Mal durch die von lautem Donner begleiteten Blitze wach geworden. Er hatte, wie so oft in den letzten Tagen, wieder einmal unruhig geschlafen. Seine ihn fortwährend plagenden Träume führten ihn immer wieder zurück in seine schicksalhafte Vergangenheit nach China. Es kam ihm vor, als ob die Anwesenheit des jungen Mädchens in seinem Gästezimmer die Intensität seiner Träume zu verstärken schien. Vieles an ihr weckte unbewusst Erinnerungen an seine verlorene Liebe, Yan Yi. Er konnte seine Augen vor den immer stärker von ihm Besitz ergreifenden Emotionen nicht länger verschließen. Sie hatten ihn eingeholt, sich ungewollt seiner Seele bemächtigt.

Li kleidete sich an, machte sich einen Tee in der Küche und sah umgehend nach seiner Patientin. Sie war endlich aus ihrem Fieberwahn erwacht und sah ihn mit rot geränderten Augen ängstlich durch die Tür kommen.

„Wo bin ich hier?", hauchte sie leise mit vom Fieber geschwächter Stimme.

„Es ist alles gut, du bist in Sicherheit, mein Kind", antwortete Li sanft und fühlte dabei ihre Stirn. Diese glühte und die Temperatur des Mädchens war nach wie vor immer noch sehr hoch. „Du musst sehr viel schlafen und brauchst Ruhe, damit das Gift aus deinem Körper kommt. Hier, trink davon und es wird dir bald besser gehen", sprach er beruhigend auf sie ein, hob ihren Kopf etwas an und hielt ihr dabei vorsichtig die Schale mit seiner selbst gebrauten Medizin an den Mund.

Ohne weiteren Protest trank Laura das bittere Gebräu, sank zurück auf das Kopfkissen und schloss ihre Augen. Nach wenigen Minuten vernahm Li ihre gleichmäßigen Atemzüge und wusste, sie würde wieder für einige Stunden schlafen. Die chinesische Kräutertherapie, die er bei ihr anwendete, war eine kraftvolle Mischung aus entgiftenden Substanzen, die er schon vor Jahren eigens für seine Hausapotheke aus Hongkong importiert hatte. Li hatte selber Erfahrung mit Drogenentzug, denn er hatte während seiner Zeit in Hongkong „den Drachen gejagt", wie im Chinesischen die Abhängigkeit von Opium genannt wurde. Nach seiner Flucht aus China hatte er sich damals verloren gefühlt in der großen Metropole Hongkong. Er hatte zwar nach einigen Tagen im Internierungslager der Einwanderungsbehörde seinen Großvater und Onkel gefunden, aber diese konnten Li nicht über seine damaligen starken Depressionen hinweghelfen. Um seine schmerzliche Vergangenheit zu vergessen, war er dem Opium verfallen. Er wäre an seiner Drogensucht gestorben, wenn nicht sein Großvater ihn nach vielen Wochen in einer der Opiumhöhlen Kowloon Bays gefunden hätte. Sein „Gung Gung", selber ein verschworener, praktizierender Verfechter der traditionellen chinesischen Medizin, hatte ihn mit einer Behandlung von Kräutern und anderen Heilmitteln durch den Entzug gebracht. Begleitend zur körperlichen Behandlung hatte er Li, zur Heilung seiner gepeinigten Seele, immer wieder die Weisheiten der großen chinesischen Philosophen zitiert. Nach wenigen Wochen war Li sogar wieder so weit hergestellt, dass er im Garten von seines Onkels Haus mit seinem Großvater Tai Chi zu üben begann.

Bei dem Gedanken an seinen Großvater ging Li hinüber zu seinem Hausaltar, zündete ein paar Räucherstäbchen an und begann zu beten. Er versprach, seinem Großvater, der schon lange Jahre verstorben war, Ehre zu machen. Tränen liefen seine Wangen hinunter, als er daran dachte, wie glücklich sein „Gung Gung" gewesen war, ihn vom Opium abgebracht zu haben, nachdem er sich dann zusehends erholt hatte, sogar sein Studium der traditionellen Medizin an der Universität von Hongkong wieder aufnahm. Er bat seine Ahnen um Kraft und Weisheit. Den körperlichen Entzug des Mädchens konnte er heilen, aber was man ihrer Seele angetan hatte, das wusste Li nicht. Ob er ihr helfen könnte, ihre bösen Geister zu besiegen, das stand in den Sternen geschrieben. Doch er schwor sich, er würde alles dafür tun, um es zu versuchen. Denke daran, was Konfuzius uns lehrt, erinnerte er sich an seines Großvaters Worte:

„Ein Arzt, der nie selber krank war, ist kein guter Arzt."

Die Erinnerung war für Li eine Eingebung. Für ihn hatte sein „Gung Gung" ihm aus dem Jenseits den Gedanken gepflanzt, es war für ihn ein Zeichen, dass er das Mädchen heilen musste. Ja, so musste es sein, war er sich gewiss. Er hatte schließlich die besten Voraussetzungen, denn er war selber körperlich sowie seelisch krank gewesen und er war Arzt, wenn er auch nie öffentlich praktiziert hatte. Er schwor sich, nichts unversucht zu lassen, das Mädchen an Leib und Seele zu heilen. Dann fiel sein Blick auf Yan Yis vergilbtes Foto und er bat sie um Vergebung, dass er sie nicht hatte retten können. In dem Moment wurde ihm bewusst, er musste, weil es ihm unmöglich gewesen war, Yan Yi damals zu helfen, das Mädchen Laura vor weiterem Unheil bewahren. Er hoffte, dass dadurch Yan Yis Seele endlich zur Ruhe kommen konnte. Doch noch viel mehr, gestand er sich ein, brauchte seine eigene zernarbte Seele endgültige Heilung. Vielleicht war es ihm beschieden, mit seinem Wirken auch endgültig die Dämonen seiner eigenen Vergangenheit zu vertreiben. Sie waren immer noch bei ihm, hielten ihn mehr denn je in ihren Klauen, hatten ihn nie ganz losgelassen. Er betrachtete bei dem Gedanken das Foto seiner Eltern zusammen mit dem seiner kleinen Schwester und fragte sich, was aus Li Xue geworden war. Von seinen Eltern wusste er, dass sie in einem Arbeitslager im Norden Chinas an der russischen Grenze verstorben waren.

Sie waren, nach ihrer unfreiwilligen Deportation, im kalten Winter von 1977 einfach allein und heruntergekommen verhungert. Sein Großvater hatte die traurige Nachricht 1978 von einem entlassenen Mitgefangenen seiner Eltern mit einem von seiner Tochter an ihn gerichteten Brief nach Hongkong geschickt bekommen. In dem langen Brief hatte sie ausführlich die Odyssee ihrer Verbannung beschrieben. Sie schrieb über die unmenschlichen Jahre in den Arbeitslagern, von Hunger, Knechtschaft, dem Tod von Lis Vater und der Ausweglosigkeit, jemals ihre geliebten Kinder wiedersehen zu dürfen. Am Ende des Briefes bat sie darum, sie mögen ihrer Tochter, Li Xue, verzeihen. Sie war in der ganzen Tragödie doch nur ein ideologisch vergiftetes Kind gewesen. Es hatte ihnen allen das Herz gebrochen, als Großvater den Brief vorlas. Nachdem die Tränen versiegt waren, beteten alle vor dem Hausaltar für die Seelen seines Vaters und seiner Mutter. Großvater hatte, trotz der Bitte seiner Tochter, damals verboten, Li Xues Namen jemals wieder in seinem Haus zu erwähnen. Nach dem, was sie der Familie angetan hatte, war sie für die Familie als tot erklärt. Sie hatten auch nie wieder etwas von Li Xue gehört. Großvater hatte strengstens verboten, irgendwelche Nachforschungen über ihren Verbleib zu unternehmen, und alle hielten sich daran, auch Li. Er hatte Li Xue jahrelang dafür gehasst, dass sie sich den blutrünstigen „Roten Garden" angeschlossen hatte, aber heute dachte er anders darüber. Sie war gerade einmal fünfzehn Jahre alt gewesen, noch ein Teenager, als die Gehirnwäsche der Kommunisten, allen voran Mao Zedongs, ihre kindliche Jugend mit ihrer Ideologie vergiftet hatte. Der Gedanke reifte in ihm, Nachforschungen über ihren Verbleib in die Wege zu leiten. Trotz des über den Tod des Großvaters hinaus nach wie vor bestehenden Verbots nach ihr suchen zu lassen. Sein „Gung Gung" hatte diesmal unrecht, denn hatte nicht schon der von ihm selbst verehrte Meister Konfuzius gesagt:

„Es schadet nichts, wenn einem Unrecht geschieht. Man muss es nur vergessen können."

Er fasste den Beschluss, bei nächster Gelegenheit mit seinem Anwalt Johann Klever darüber zu sprechen. Sun Tzu riss ihn aus seiner Gedankenwelt, laut miauend sein Fressen fordernd strich er wieder mal um Lis Beine. Nachdem Li seinen Kater versorgt hatte, begab er sich zum nahen Strand und meditierte in seiner Tai-Chi-Routine. Der Wind war etwas abgeflaut und ein paar morgendliche Sonnenstrahlen am Himmel erwärmten ihn bei seinen Übungen. Im Tai Chi brachten die bewusst ausgeführten Bewegungsformen den Qi-Fluss im Körper in Gang. Das Qi durchdrang und begleitete nach Auffassung der Kultur des alten China und des Daoismus alles, was existierte und geschah. Es war die vitale Energie, die Lebenskraft eines alles durchdringenden, kosmischen Geistes, aus der das ganze Universum sowohl in physischer als auch in geistiger Hinsicht bestand. Erklärend im Daoismus entstand die Welt aus dem ursprünglichen Qi, in dem Yin und Yang noch vermischt waren. Nach der Trennung des einen vom anderen bildeten sich das Yin, der Himmel, und das Yang, die Erde, in gerechtem ausgewogenem Maße, der Mensch war in der Mitte. Li glaubte an die Philosophie, er fühlte jedes Mal nach seiner Tai-Chi-Meditation seine innere Energie, sein geistiges und körperliches Befinden in voller Ausgewogenheit. Der westliche Mensch war weniger offen für östliche Philosophien, mit Ausnahme der Personen, auf die sie eine Faszination ausübten. Strandspaziergänger beobachteten Li oft voller Neugier, wenn er mit flüssigen Bewegungsabläufen seine imposanten Schattenkämpfe vollführte. Es war nicht ungewöhnlich, dass einige von ihnen, wenn sie ihn am Strand seine Disziplinen durchführen sahen, ihn fragten, ob sie mitmachen dürften. Li hatte es bisher niemals jemandem verwehrt, sogar das eine oder andere Mal auch gerne eine freie Lehrstunde gegeben. Heute blieb er jedoch allein am Strand. Nachdem er seine Routine vollendet hatte, ging Li, erfrischt durch die klare Morgenluft und die Meditation, zurück durch die Dünen zu seinem Haus.

Kapitel 15

2017, September, Hamburg, zur selben Zeit

Frank Martens lief aufgeregt, wie ein Tiger in seinem Käfig, hin und her. Auch die extravagante Schönheit seines Penthouses an der Alster in Hamburg konnte ihn nicht ablenken. Er war sauer, so richtig wütend, denn er hatte ein großes Problem. Die äußerst unerfreuliche Situation, die sich aus seiner verlorenen Schiffsladung ergab, war alles andere als angenehm für ihn. Sie würde unweigerlich zu bedrohlichen Komplikationen mit seinen Geschäften führen. Die Lieferung war für die Araber des Najeb-Khaled-Clans bestimmt und die verstanden keinen Spaß, wenn es ums Geschäft ging. Sie würden ihm die Hölle heißmachen, wenn er nicht rechtzeitig liefern würde. Es war einfach nur zum Kotzen, denn zu allem Übel hatte er diesmal Jens Haldermark nicht nur die übliche Zehn-Kilo-Lieferung machen lassen, sondern ihm diesmal gleich fünfzig Kilo feinstes Kokain an Bord des Segelbootes schmuggeln lassen. Verschnitten und gestreckt hatte das Koks einen Straßenwert von fast fünf Millionen Euro. Zusätzlich hatte er Jens damit beauftragt, einen Deal mit Falschgeld, im Gegenwert von 450 000 Euro echter Kohle, abzuwickeln. Es stand finanziell Einiges für ihn auf dem Spiel. Außerdem konnte es äußerst ungesund für ihn werden, die Araber zu verprellen. Frank wusste nur zu gut, mit denen war nicht gut Kirschen essen. Er musste also schnellstens eine Lösung für sein Problem finden, ansonsten würde es Krieg geben und daran war ihm ganz und gar nicht gelegen. Frank war eigentlich froh, dass er alles bisher immer ruhig und unter Kontrolle gehabt hatte.

Doch diesmal war alles anders, er hatte die Kontrolle verloren, sein Schiff samt Ladung war wie vom Erdboden verschwunden. Er war kurz vorm Ausrasten, er musste sich irgendwie abreagieren.

„Wie, ihr habt nichts in Erfahrung bringen können? Wo ist das Boot, es kann doch nicht einfach verschwunden sein?", schrie Frank Martens seine beiden Gefolgsleute an. „Es sind jetzt schon vier Tage vergangen und die Araber werden langsam nervös. Die Scheißjacht ist am 24. September in Holland ausgelaufen und sie sollte spätestens am nächsten Tag hier im Hamburger Hafen einlaufen. Ist sie aber nicht, also wo ist sie? Und ihr Blödköpfe könnt nichts über ihren Verbleib herausfinden. Das darf doch alles nicht wahr sein."

Auf eine Erklärung wartend, starrte er seine beiden Männer, Leon Bratcke und Klaas Reimann, grimmig an. Sie waren seit Jahren seine Gefolgschaft, seine Muskeln und seine Vertrauten. Wofür bezahlte er diese hirnlosen Affen nur, musste er denn alles allein machen, dachte er sich. Seine Wut steigerte sich in Rage, er hatte plötzliche Mordgelüste.

Die beiden Gefolgsleute schauten sich ratlos an. Es war nicht ihre Schuld, dass das Boot nicht wie geplant im Hamburger Jachthafen eingelaufen war. Was konnten sie dafür, dass es womöglich abgesoffen war?

„Ja, Boss, es ist nicht so einfach. Es gab da vor vier Tagen über der Nordsee einen schweren Sturm. Laut den Nachrichten wird angenommen, dass auf dem Meer, irgendwo vor Borkum, ein Segelboot mit zwei Personen gesunken ist. Ich bin mir ziemlich sicher, dass es sich dabei um unser Boot mit Jens und Laura handelt", erwiderte Leon Bratcke mit stoischem Gesichtsausdruck.

Leon, der raffiniertere von Frank Martens' beiden muskelbepackten Schergen, sprach selten viel, aber er hatte eine Art an sich, die Dinge rational zu sehen und auf den Punkt zu bringen. Die anschließenden Entscheidungen, wie man weiter mit den Informationen verfahren würde, überließ er gerne seinem Boss. Er war Frank Martens seit Jahren immer treu ergeben und die beiden hatten ein sonst gutes Verhältnis. Leon beklagte sich nie über etwas, erledigte seine Aufgaben, und es war Verlass auf ihn. Mit zweiundvierzig Jahren konnte er sich in jedem Fitnessstudio in Hamburg immer noch gut sehen lassen. Er hatte dunkle, volle Haare in einem rasierten Kurzhaarschnitt, eine sichtlich mehrfach gebrochene Nase, stechende kleine Schweinsaugen und trug einen fetten Brilli im Ohr. Das Ganze saß auf einem stämmigen, einen Meter fünfundachtzig großen, mit Muskeln bepackten Körper. Seine äußere Erscheinung erfüllte weniger das Bild eines idealen Schwiegersohns. Im Gegenteil, sein pockennarbiges Gesicht mit den schmalen Lippen dazu vollfüllte eher den Ausdruck eines Mannes, der auch ganz gerne einmal Frauen prügelt, was auch nicht allzu weit entfernt von der Wahrheit lag.

Ganz anders verhielt es sich mit Klaas Reimann, dem Dritten im Bund der Bande. Er war normalerweise ständig am Reden, konnte selten seine Klappe halten. Trotz seines ewigen Gelabers – oder gerade deshalb – war er stets eine wichtige Informationsquelle für Frank Martens. Klaas liebte es im Internet zu surfen und las praktisch alles, was ihm aus dem Bildschirm entgegensprang, wichtig oder unwichtig. Er hielt sich selber für einen Intellektuellen und ließ keine Gelegenheit aus, vor anderen damit anzugeben. Er legte viel Wert auf sein Äußeres und trug ausschließlich Designerklamotten. Er war athletisch gebaut, mit Sixpack, hatte reichlich Muskeln am rechten Fleck, aber keine von Steroiden aufgepumpte, übertriebene Figur. Halblange, blonde Haare zierten ein freundliches, offenes Gesicht, das man als markant nordisch-männlich bezeichnen konnte. Mit seiner redseligen Art konnte man schnell Gefallen an ihm finden. Doch man sollte sich von seinem Äußeren nicht täuschen lassen. Hinter der netten Fassade steckte ein eiskalter, brutaler Killer, der ohne Gnade seine Opfer erbarmungslos tötete. Als ob er nur auf seinen Einsatz gewartet hätte, meldete er sich jetzt zu Wort:

118

„Boss, ich glaube, Leon hat recht. Im Internet habe ich heute gelesen, dass am Strand von Borkum Pakete mit Kokain angeschwemmt worden sind. Leute haben das Zeug dort gefunden, es war einfach so angeschwemmt. Alle Junkies nordwestlich von Hamburg sind auf dem Weg zu den ostfriesischen Inseln, stand in den Nachrichten. Was ist, wenn Jens Jacht wirklich während des Sturms abgesoffen ist und diese Scheißtypen sich jetzt mit unserem Stoff für lau das Hirn wegsaugen?"

„Ich will keine Fragen von euch, sondern verdammt noch mal Antworten, ihr Penner, setzt sofort alle Hebel in Bewegung und findet gefälligst raus, was mit meinem Boot ist", antwortete Frank Martens unbeherrscht.

Um seinen Worten genügend Nachdruck zu verleihen, schlug er hart mit der Faust auf die Oberfläche der Kücheninsel, sodass die Gläser, die sich darauf befanden, klirrend hochsprangen.

Frank Martens war bekannt für seine unkontrollierten Wutausbrüche. Leon Bratcke sowie Klaas Reimann hielten vorsichtigerweise einen gesunden Abstand zu ihrem Chef und begaben sich zur anderen Seite der Kücheninsel. Sie befürchteten, nicht ganz zu unrecht, ihr Boss würde seine Wut an ihnen auslassen. Frank hatte schon einmal einen ihrer Dealer krankenhausreif geschlagen, nur weil der sich seinen Wagen mit einem Kilo Stoff hatte klauen lassen. Ein anderes Mal hatte er eine der Huren krankenhausreif geschlagen, nur weil sie es einem Stammkunden einmal umsonst besorgt hatte.

Frank Martens stöhnte gequält auf, hielt sich seine leicht schmerzende Hand und öffnete wortlos die große gläserne Panoramaterrassentür. Trotz des leicht nieselnden Regens und der beißenden Nasskälte ging er barfuß auf die Dachterrasse, um frische Luft zu schnappen. Er musste seine rasende Wut abkühlen, nachdenken, und dafür brauchte er einen klaren Kopf. Frank entschloss sich, Najeb Khaled umgehend zu einem persönlichen Treffen zu bewegen. Er wollte ihm die unerfreuliche Angelegenheit persönlich und in Ruhe erklären. Auf dem Landweg aus Holland konnte er schnell ein paar Kilo Koks als Übergang beschaffen, das würde Najeb erst einmal bei der Stange halten. Alles Weitere würde man dann sehen, dachte er im Stillen bei sich. Wenn das erledigt war, wollte er selbst nach Borkum fahren, um mehr über sein Schiff und, viel wichtiger noch, über die Ladung in Erfahrung zu bringen. Ja, genauso würde er es machen, redete er sich voller neu gewonnener Zuversicht ein. Er war mit seinem gefassten Entschluss zufrieden. Es würde alles wieder in Ordnung kommen, war er sich sicher. Er würde seine Ladung, und wenn er sie persönlich vom Meeresgrund bergen musste, wiederbekommen. Bei dem Gedanken, wie er im Taucheranzug eigenhändig die Kilos vom Grund der Nordsee heraufholte, musste Frank Martens schmunzeln.

Sein Blick schweifte über die vor ihm liegende Außenalster von Hamburg. Er hatte von seiner Terrasse eine fantastische Aussicht über das berühmte Binnengewässer. Frank war erfolgreich, sein 1,5 Millionen teures Penthouse befand sich im Stadtteil Rotherbaum, in bester Lage der Stadt. Selbstgefällig dachte er, ich, Frank Martens, habe es geschafft, vom kleinen Türsteher einer Diskothek in Norderstedt zu einem der mächtigsten Drogenbarone und Zuhälter in Hamburg aufzusteigen. Seine Geschäfte liefen bisher alle gut, wer sich ihm in den Weg stellte, wurde beseitigt. Er war stolzer Besitzer mehrerer exotischer, teurer Luxusautos. Unter anderem konnte er einen Porsche 911 Turbo, einen roten Ferrari und einen Mercedes-Geländewagen sein Eigen nennen. Neben seinem Penthouse gehörten ihm noch zahlreiche andere Luxuswohnungen und ein paar große Geschäftshäuser in der Hamburger Innenstadt. Seine Mädchen liefen über verschiedene erstklassige Escort-Agenturen, sein Import-Export-Unternehmen sowie die vielen anderen kriminellen Geschäfte wurden über verschiedene Deckfirmen aus dem Ausland abgewickelt. Die Staatsanwaltschaft hatte ihm bisher nie etwas anhängen können, dafür war er einfach zu clever. Nicht, dass sie es nicht mehrfach versucht hätten, doch er schmierte einfach ein paar der korrupten Bullen, Richter sowie Staatsanwälte. Dafür ließen sie ihn größtenteils in Ruhe. Wenn einer es doch wieder einmal versuchte, ihm an den Karren zu pissen, kam es vor, dass dieser am nächsten Morgen eine Gewehrkugel mit dem Foto eines seiner Familienmitglieder im Briefkasten fand. Das wirkte bisher immer und beseitigte das Problem, ohne von der Drohung wirklich Gebrauch machen zu müssen. Nur einmal hatte er wirklich konkret werden müssen, als er durch Klaas Reimann die Frau eines Richters hatte anschießen lassen. Das hatte vollkommen ausgereicht, der Richter ließ sich, ironischerweise aus Gesundheitsgründen, nach Süddeutschland versetzen. Er verließ die Dachterrasse und befahl:

„Leon, ruf Jan in Amsterdam an und sag ihm, er soll so schnell wie möglich zwei, drei Kilo Stoff auf dem Landweg per Kurier schicken. Am besten noch heute, wenn es geht. Und du", damit zeigte er auf Klaas Reimann, „mach den Mercedes klar, buch uns ein Hotel auf Borkum, wir fahren noch heute Mittag. Dann checkst du mit deinem Computer, wer auf der Insel das große Sagen hat. Ich will alles wissen, jede Kleinigkeit ist wichtig."

Leon Bratcke und Klaas Reimann waren froh, dass ihr Boss wieder so schnell runtergekommen war, die Kontrolle übernahm, Ansagen machte. Sie nickten beide kurz und begannen die ihnen auferlegten Aufgaben zu erfüllen.

Frank Martens fühlte sich, nachdem er die Anweisungen gegeben hatte, gleich besser. Jetzt musste er selber nur noch Najeb Khaled anrufen und ein kurzfristiges Treffen arrangieren. Den Araber würde er, da war er sich sehr sicher, für ein paar Tage schon vertrösten können. Dennoch war die dumme Angelegenheit, vom finanziellen Verlust einmal ganz abgesehen, schlecht für das Geschäft. Lieferengpässe zu verschulden wurde als ein großer Fehler angesehen und nicht leicht verziehen. Es gab immer andere, die nur darauf warteten, die Kontakte der Konkurrenten zu beliefern. Da waren die Albaner, die Türken und auch die Esten, zusammen mit den Finnen, die sich alle um ein Stück des großen Kuchens rissen. Wie die Haie im Meer warteten sie nur darauf, dass sich einer verletzte, etwas Blut verlor. Dann stürzten sie sich vereint auf die Beute und zerrissen sie in Stücke. So weit wollte es Frank nicht kommen lassen, er wusste, was zu tun war.

Kapitel 16

2017, September, Borkum, am Nachmittag

Nach dem ausgiebigen morgendlichen Tai-Chi-Training verbrachte Li den Rest des Vormittags in seinem klimatisierten Gewächshaus. Er arbeitete geflissentlich an neuen Kreationen seiner Miniaturbäume und Orchideen. Die Ablenkung durch die Arbeit mit Pflanzen tat ihm wirklich gut. Außerdem hatte er eine Lieferung für einen Kunden fertigzumachen. Die Welt war nicht einfach stehengeblieben, seitdem er das Mädchen am Strand gefunden hatte. Es gab schließlich auch so etwas wie geschäftliche Verpflichtungen, denen er nachkommen musste. Zwischendurch war er aber immer mal wieder ins Haus gegangen, um nach dem Mädchen zu schauen, das sich aber unverändert im Reich der Träume befand. Das Fieber hatte sich endlich gesenkt und Li war guter Hoffnung, sie über den Berg gebracht zu haben. In ein paar Tagen würde seine Patientin wieder so weit hergestellt sein, dass sie aufstehen und ihm seine vielen Fragen beantworten könnte. Von ihren Antworten hing es für ihn ab, ob er sie der Polizei übergeben würde oder nicht. Das würde er dann entscheiden, wenn es so weit war. Er machte sich nichts vor, auch wenn ihm nicht ganz wohl bei dem Gedanken war, eventuell das junge Ding den Behörden ausliefern zu müssen.

Am frühen Nachmittag setzte sich Li auf sein Fahrrad und fuhr in den Ort. Er musste noch ein paar Besorgungen erledigen. Sun Tzu brauchte Futter, der Kater fraß schneller, als Li Nachschub heranbringen konnte. Auch wollte er ein paar Klamotten für das Mädchen einkaufen, doch dabei musste er vorsichtig sein. Es würde komisch aussehen, wenn er Damenunterwäsche kaufte. Boxershorts konnten auch Mädchen tragen, dachte er sich, und T-Shirts sowie ein paar

Baumwollhosen würden auch keine großen Fragen aufwerfen. Gott sei Dank hatte er ungefähr die gleiche Statur wie das Mädchen und somit hoffte er, die Verkäuferin würde denken, er benötigte die Kleidung für sich. Doch bevor er die Sachen einkaufte, wollte er zuvor seinen Freund und Anwalt Johann Klever besuchen. Der würde ansonsten sofort misstrauisch werden, wenn Li mit Einkaufstüten voller Klamotten bei ihm auftauchte. Es war sowieso schon problematisch, an zwei Tagen hintereinander, ohne Termin, bei ihm zu erscheinen. Doch Li hatte schließlich eine gute Ausrede, um schon wieder bei Jo aufzukreuzen, und sogar einen offiziellen Auftrag für ihn.

Johann Klever war nicht schlecht erstaunt, als er durch sein Fenster sah, wie Li auf der Straße vorm Haus sein Fahrrad abstellte. Das ist ungewöhnlich für Li, dachte er bei sich und legte einige wichtige Dokumente, an denen er gerade arbeitete, beiseite. Er freute sich, seinen Freund so schnell wiederzusehen, wunderte sich aber, was der erneute Anlass seines Besuches war. Hoffentlich war nichts Schlimmes passiert, doch schnell wischte er solche Bedenken zur Seite. Li war bestimmt nur neugierig, was den Bootsuntergang anging.

„Moin, Li, was ist denn mit dir los? Hast du endlich deine inneren Gefühle für mich entdeckt, weil du schon wieder hier bist?", frotzelte Johann Klever, als er ihn in der Tür seines Büros auftauchen sah.

„Bilde dir mal bloß nicht zu viel ein, du hässlicher alter Blutsauger. Wenn es einen zweiten Anwalt auf der Insel geben würde, wäre ich bestimmt nicht hier bei dir und würde freiwillig deine überteuerten Honorare zahlen", kalauerte Li mit einem fetten Grinsen im Gesicht zurück. „Nee, Spaß beiseite, Jo, ich habe da einen delikaten Auftrag für dich."

Johann Klevers Augenbrauen zuckten aufwärts und seine Stirn runzelte sich. Einen was? Hatte er da richtig gehört, sagte Li „delikaten

Auftrag"? Er war enorm gespannt, um was es sich bei dieser so delikaten Angelegenheit handeln könnte.

„Na, dann schieß mal los, worum geht es, dass du es nicht erwarten kannst, dein Geld loszuwerden?", stichelte Jo weiter.

„Es geht um meine Familie, Jo. Um ganz genau zu sein, um meine kleine Schwester Li Xue", antwortete Li in jetzt in ernsterem Tonfall. „Ich möchte dir dazu aber erst eine kleine Geschichte erzählen."

Jo kannte Lis tragische Familiengeschichte, aber Li hatte ihm nie alle Details über seine Schwester erzählt. Heute hörte er zum ersten Mal davon, wie Mao Zedongs „Rote Garden" Lis kleine Schwester mit ihrer vergiftenden Doktrin einer Gehirnwäsche unterzogen hatten. Dass Li ihr Verhalten, sich gegen die Familie zu wenden, nie verziehen hatte. Er berichtete Jo von seiner Mutter, die Angst vor der eigenen Tochter gehabt hatte. Wie seine Ma während des Angriffs der „Roten Garden" auf sie im Hintergrund Li Xue stehen gesehen hatte. Er erzählte von den Anschuldigungen der Tochter zu Hause, von den Besuchen der Rotgardisten, den vielen Schlägen. Er fuhr fort mit seiner traurigen Geschichte, erzählte von dem Abtransport seiner Eltern, wie er nach ihnen vergeblich gesucht hatte. Er endete mit dem Brief an seinen Großvater, in dem sie Jahre später erfuhren, dass seine Eltern in einem chinesischen Umerziehungslager am Ende verhungert waren. Von dem Verbot seines Großvaters, jemals Kontakt mit seiner Enkelin Li Xue aufzunehmen.

Für all diese grausamen Vorkommnisse in seiner Familie hatte er immer Li Xue die Hauptschuld gegeben. Li erklärte Jo, dass er in Erwägung zog, ihr eventuell zu vergeben. Er war zur Erkenntnis gekommen, dass sie damals schließlich noch ein Kind gewesen war, rechtfertigte er seine Entscheidung. Darum hatte er sich auch entschlossen, sie ausfindig zu machen, ihrer gemeinsamen Vergangenheit gegenüberzutreten. Li war sich jedoch immer noch nicht im Klaren darüber, ob er seiner Schwester wirklich gänzlich verzeihen konnte.

Es war schwer für ihn, zu lange hatte er sie stellvertretend für alle barbarischen Taten der „Roten Garden" gehasst, sie für das Böse, das seiner Familie widerfahren war, verantwortlich gemacht. Li war nicht allein wegen des Suchauftrags bei seinem Freund, sondern er suchte auch Rat bei Jo und fragte ihn, ob es ungerechtfertigt war, ihr allein die Schuld zu geben.

Johann Klever, der die ganze Zeit nur zugehört hatte, war tief betroffen von dem unsagbaren Leid, das seinem Freund widerfahren war. Er teilte seinen Schmerz und war betrübt durch Lis Kummer. Er wusste, was Li bewegte, hatte das Leben ihm und seiner eigenen Familie doch auf ähnliche Weise übel mitgespielt. Es war jedoch in einer anderen Epoche gewesen, in seinem eigenen Land, in Deutschland.

„Die Frage nach der Schuld ist niemals einfach, Li", begann er vorsichtig und bedacht.

„Für ein Leben unter einem grausamen Regime sind fast immer alle auf irgendeiner Weise mitschuldig. Weil sie es einfach zugelassen oder auch nicht verhindert haben, dass mörderische Diktatoren an die Macht kommen, die Jugend missbrauchen. Mein älterer Bruder musste es mit seinem Leben bezahlen, mein Vater kam nicht zurück aus dem Krieg und meine Mutter starb vor lauter Gram darüber Jahre später."

Es war das erste Mal, dass Li seinen Freund über seine Familie reden hörte. Jo war sonst immer total verschlossen über die eigene Privatsphäre. Er realisierte aber in dem Moment, dass er nicht allein war mit seinen Dämonen, dass auch Jo Geister der Vergangenheit plagten.

„Es war Anfang 1944", fuhr sein Freund mit seiner eigenen Geschichte fort. „Der Krieg war so gut wie verloren und die Nazis unter Adolf Hitlers Führung hatten Deutschland in den Abgrund geführt. Mein älterer Bruder, Hans, war zu der Zeit gerade einmal 14 Jahre alt, als er im letzten Kriegsjahr euphorisch der Hitlerjugend beitrat. Verblendet durch ihre verlogene, arische Ideologie der Herrenrasse, missbilligte er die kritische Haltung meiner Eltern dem Führer gegenüber. Er berichtete seinem Lehrer und Gruppenführer von der unpatriotischen Meinung meiner Eltern. Die wurden daraufhin kurzerhand von der Gestapo verhaftet, und meinen Vater schickte man an die russische Front. Meine Mutter musste in einem Lager Arbeitsdienst verrichten. Mein Vater ist bei der Schlacht um die Krim gefallen. Meine Mutter wähnte meinen Vater immer als russischen Kriegsgefangenen. Nie verließ sie die Hoffnung, ihren Gatten eines Tages lebend wiederzusehen. Doch als dann, Jahre später nach Kriegsende, die endgültige Bestätigung seines Todes erfolgte, kam sie nicht über den Verlust hinweg und starb aus Gram.

Hans, mein Bruder, wurde in den letzten Kriegstagen von der Waffen-SS als Deserteur standrechtlich erschossen. Desillusioniert von den verlogenen Phrasen der Führung, wollte er sich den anrückenden Amerikanern ergeben. Ich habe ihm lange allein die Schuld an der Tragödie meiner Familie gegeben, bis ich zu der Einsicht gelangte, dass alle, ganz Deutschland, dazu beigetragen hatten, dass es so weit gekommen war, auch meine Eltern. Keiner hatte Hitler in seinen Anfängen gestoppt. Ich weiß nicht, ob es dir helfen kann, aber es hat mir geholfen, meine Ansicht über Schuld zu ändern."

Bewegt durch Jos eigene Familientragödie schämte sich Li dafür, immer nur sein Schicksal gesehen zu haben. Jos Worte waren für Li eine Erleichterung und wie so oft, wenn er mit seinen Gedankengängen haderte, sprang ihm ein Zitat Konfuzius' in den Sinn:

„Nur die Weisesten und die Dümmsten können sich nicht ändern."

Das ihm gerade diese Weisheit in den Sinn kam, gab ihm weitere Zuversicht, eine Richtung. Das Zitat sagte ihm, dass er es war, der seine

Gefühle ändern musste, seiner Schwester verzeihen zu können. Nachdem er diese Erkenntnis in seinem Inneren vollzogen hatte, fühlte er eine weitere Bestätigung, mit dem Auftrag an Jo, das Richtige zu tun.

„Du bist ein sehr weiser Mann, Jo, ich bin stolz, dich als meinen Freund zu haben. Es tut mir sehr leid, was dir und deiner Familie zugestoßen ist. Es ist, glaube ich, kein Zufall, sondern höhere Bestimmung, dass wir beide ein ähnliches Schicksal teilen."

Nach Lis letzten Worten herrschte eine bedächtige Stille im Raum. Johann Klever empfand, dass es an der Zeit war, die Atmosphäre etwas aufzulockern.

„Was hältst du von einem schönen Glas Reiswein, Li? Wir haben schließlich noch die halb volle Flasche von gestern."

„Das ist eine vorzügliche Idee, Jo, die hätte auch von mir sein können", antworte Li, erlöst.

Auf Lis Antwort lachten beide und Johann Klever holte die Flasche und zwei Schalen für den Reiswein. Li versorgte Jo anschließend noch mit den notwendigen Informationen über seine Schwester, wie ihren vollen Namen, ihr Geburtsdatum, den Namen der Eltern und die letzte bekannte Adresse in Guangzhou, China. Falls Li Xue wirklich noch lebte, war sich Li sicher, würde Jo sie finden. Und dann konnte er immer noch entscheiden, was er mit dem Wissen machen würde.

Natürlich wollte Li auch die letzten Neuigkeiten zum Schiffsuntergang wissen und erfahren, ob man etwas über die Personen an Bord des Seglers herausgefunden hatte.

„Was gibt's Neues von der Drogenmafia?", fragte er deshalb spontan, mehr scherzhaft klingend, in den Raum.

„Wenn du die Pakete mit dem Kokain am Strand meinst, es sind bisher keine weiteren mehr gefunden worden, beziehungsweise werden sich die Drogies schwer davor hüten, einen neuen Fund zu melden. Dafür hat die Küstenwache die Leiche des Seglers geborgen, ein gewisser Jens Haldermack, oder Haldermark. Von dem Mädchen aber, was sich mit ihm an Bord befunden haben soll, und dem Boot fehlt nach wie vor jede Spur. Es ist wohl auch sehr unwahrscheinlich, dass sie da noch was finden werden. Das Meer gibt selten wieder etwas frei, was es einmal in seinen Klauen hat", philosophierte Jo.

Dann fügte er irgendwie nachdenklich wirkend hinzu: „Dafür sind aber heute Nachmittag ein paar schräge Typen aus Hamburg auf Borkum angekommen. Die stellen, seit sie die Insel betreten haben, die ganze Zeit irgendwelche Nachforschungen an. Bei der Polizei und der Küstenwache waren sie auch schon. Sie geben sich offiziell als erweiterte Familie von diesem Jens Haldedingsbums aus. Behaupten, sie seien Vettern und so, einer der Typen erklärte sogar, der Verlobte der immer noch vermissten Laura Wagner zu sein. Sie waren sogar im Leichenschauhaus und haben die Leiche dieses Jens identifiziert."

Mit einem unguten Gefühl in der Magengegend horchte Li bei diesen Neuigkeiten alarmiert auf. Er wusste nicht so recht, was er von alledem halten sollte. Drei Männer aus Hamburg suchten nach dem Boot und dem Mädchen, ein angeblicher Verlobter, irgendwie passte es nicht zusammen. Er fragte Jo ganz direkt nach seiner Meinung.
„Das ist aber alles andere als üblich, oder was denkst du darüber?"

„Ha, wenn du mich so fragst, sind das die Gangster, deren Ladung Koks im Sturm abhandengekommen ist. Warum sollten sie sonst eine

Belohnung für Informationen zum Verbleib des Mädchens oder des Segelbootes aussetzen? Ja, du hast richtig gehört, die zahlen für Informationen bis zu tausend Euro. Die Bullen checken wieder einmal gar nichts, aber was sollen sie auch machen? Es ist ja offiziell nicht verboten, sich zu erkundigen oder für Informationen zu bezahlen. Abgestiegen sind die Typen im Strandhotel Vier Jahreszeiten. Gebucht haben sie für zwei Nächte", erwiderte Jo sarkastisch.

Gangster kannte Li aus seiner Zeit in Hongkong zur Genüge. Immer wieder hatte sein Onkel Probleme mit chinesischen Triaden gehabt und die waren nie sehr zimperlich gewesen. Die chinesischen Triaden bezeichnete man als die „Gesellschaft der drei Harmonien", sinnbildlich gesehen Himmel, Erde und Mensch. Es waren Vereinigungen der organisierten Kriminalität, oder auch chinesische Mafia genannt. Li wusste, das Symbol der Triaden war der Drache, der nach chinesischem Verständnis Weisheit und Kraft verkörperte. Chinesen hatten eine besondere Beziehung zum Drachen, dem „Long", wie ihn die Chinesen nannten. Sie bekämpften ihn nicht und hielten ihn auch nicht für böse. In China galt er als der Urahn der Menschen, und darum fand Li es auch immer etwas sehr anmaßend von den Triaden, sich gerade den Drachen als ihr Symbol ausgesucht zu haben.

Li hatte zwar noch keine Erfahrung mit deutschen Kriminellen gemacht, aber die konnten wohl kaum schlimmer als die chinesischen sein, sagte er sich.

Neugierig geworden entschloss er sich, nach seinem Besuch bei Jo kurz im Hotel Vier Jahreszeiten vorbeizuschauen und sich selber ein Bild von den Gangstern zu machen.

Nach einer weiteren Schale Reiswein verabschiedete er sich von Jo, der ihm versprach, mit den Nachforschungen zum Verbleib seiner Schwester sofort zu beginnen.

Li stellte sein Fahrrad in der Bismarckstraße unweit vom Hotel ab und lief die letzten paar Meter zu Fuß zur Eingangstür. Neben dem Eingangsbereich befand sich die Hotellobby, ausgestattet mit einem großen Kamin und ausreichend Sitzgelegenheiten. Die Hotelbar, Lis Ziel, verband die Hotellobby mit dem Restaurant, das einen traumhaften Blick auf die Nordsee hatte. Von dort konnte man ungestört die Promenade, die vorgelagerte Sandbank und die dicht bevölkerten Seehundbänke sehen.

Es war früher Abend geworden und Li war schon viel länger als eigentlich von ihm gewollt in der Stadt. Vielleicht hatte er Glück und die Männer, die er sich ansehen wollte, hielten sich in der Hotelbar auf, hoffte Li. Und wirklich, wie der Zufall es so wollte, saßen drei Männer an der Bar. Sie tranken Bier und Schnaps und unterhielten sich laut und ungeniert dabei. Nach Jos Beschreibung musste es sich bei den drei Typen um die Gangster handeln. Auf keinen Fall waren es nur einfache Touristen, stellte er fest. Li setzte sich etwas abseits an einen der Tische, bestellte einen Kaffee und musterte die Männer unauffällig. Was ihm als Erstes auffiel, war, dass zwei von ihnen muskelbepackte Körper hatten und von kräftiger Statur waren. Sie mussten viel Zeit im Fitnessstudio verbringen, dachte Li. Der dritte Mann war etwas schlanker, sah aber nicht weniger fit oder kraftloser auf. Seine kantigen Gesichtszüge mit den kalten, blassblauen Augen strahlten eine grausame Härte aus. Li tippte darauf, dass er derjenige war, der das Sagen bei der Bande hatte. Wortfetzen drangen zu ihm herüber, er hörte, wie sie sich mit ihren Vornamen ansprachen. Der eine hieß Klaas, der andere Leon und den Schlanken nannten sie Frank. Li hatte genug gesehen, ging zur Rezeption und hielt einen kurzen Plausch mit Anja Bakker, die dort gerade Ihren Dienst beendete. Er kannte die Rezeptionistin seit Langem, sie war immer freundlich und zuvorkommend. Ihre Ablösung hatte sich verspätet und war noch beim Umziehen, die Rezeption blieb für einen Moment unbesetzt. Li nutzte die Gelegenheit und tippte die in der Bar gehörten Vornamen in den Hotelcomputer und erhielt jedes Mal dazu die Nachnamen sowie die Anschrift der jeweiligen Person. Wofür auch immer es gut sein mochte, notierte er ihre Daten. Bevor er das Hotel endgültig verließ, fotografierte er unbemerkt die Männer in der Bar vorsichtig mit seinem Handy. Li erledigte anschließend noch seine Einkäufe und radelte zurück zu seinem Haus im Osten der Insel. Auf seinem Weg zurück hatte er ausgiebig Zeit, den intensiven Austausch mit Jo und die neu gewonnenen Informationen zu verarbeiten.

Li freute sich auf seine Küche und auf sein Abendessen, das er sich aber erst noch zubereiten musste. Li war ein leidenschaftlicher Koch und liebte seine chinesischen Gerichte. Da gewisse Gemüsesorten und andere Zutaten leider nicht immer in Deutschland frisch erhältlich waren, musste Li zwar hier und da improvisieren, dennoch gelang es ihm, immer relativ authentisch zu bleiben. Es gab jedoch kaum etwas, was er nicht über das Internet bestellen konnte. „Ein Hoch auf die internationale Handelswelt", sagte er jedes Mal aus Überzeugung, wenn er eine neue Lieferung bekam. Li hatte gleich mehrere Gefriertruhen voll mit asiatischem Gemüse, Fisch und Gewürzen. Letztendlich waren es aber mehr die Zubereitung und die Art mit dem Wok zu kochen, die den unvergleichlichen Geschmack ausmachten.

Heute stand Fischfilet Sichuan-Art mit Ingwer, Knoblauch, Lauch und Chili auf seiner Speiseliste. Dazu gedünstetes „Gai Lan"-Gemüse mit viel Knoblauch in Sojasoße sowie natürlich gekochten Reis, der dazu nicht fehlen durfte. Der Duft der Speisen auf dem Feuer zog durch die Küche, Li summte leise eine chinesische Melodie, wie er kunstvoll den Wok mit den Fischfilets, die sich langsam goldgelb färbten, schwang. Er nahm eine Flasche Reiswein vom Regal, goss einen guten Schuss in den Wok und beobachtete wohlwollend, wie die Flüssigkeit zischend und dampfend in den Fisch einzog. Das Wasser lief Li im Munde zusammen. Sun Tzu, der sich einen Anteil an der vermeintlichen Essensbeute erhoffte, strich aufgeregt um Lis Beine.

Plötzlich, ohne dass er sie bemerkt hatte, lehnte das Mädchen im Türrahmen. Sie starrte wortlos in den Raum, ihr Blick war unsicher fragend. Li lächelte sie an, stellte den Wok beiseite und fing das arme Ding, als ihre geschwächten Beine unter ihr nachgaben, gerade noch rechtzeitig auf. Er half ihr, sich vorsichtig auf einen der Küchenstühle zu setzen.

„Das riecht sehr gut", sagte sie, zeigte auf den Wok und versuchte dabei zu lächeln.

„Das ist auch sehr gut", antwortete Li, immer noch etwas perplex über das unerwartete Auftauchen seiner Patientin. Er hatte nicht damit gerechnet, sie so schnell wieder auf den Beinen zu sehen, war aber dennoch umso mehr darüber erfreut, dass es so war. Seine selbst gebraute chinesische Medizin schien ihr gut zu bekommen. Li machte sich aber nichts vor, auch wenn das Fieber gesunken war, sie sich im Moment etwas besser fühlte, ihre Drogensucht hatte sie noch lange nicht überwunden, das würde dauern.

„Darf ich etwas davon haben? Ich habe großen Hunger. Wo bin ich hier? Wer bist du überhaupt und warum kochst du?", sprudelten plötzlich auf einmal die Fragen unkontrolliert aus ihrem Mund.

Li entschied sich, all ihre Fragen für den Moment zu ignorieren, er wollte erst einmal langsam Vertrauen zu ihr aufbauen. „Ganz ruhig, es ist alles gut, mach dir keine Sorgen. Natürlich darfst du etwas von den Speisen haben. Warte, ich decke den Tisch für uns zwei, dann essen wir gemeinsam und dann reden wir, okay?"

„Ja, gut, ich möchte nicht unhöflich sein, es ist nur, ich kann mich an nichts so richtig erinnern", hauchte sie schwach.

„Das kommt schon wieder, keine Sorge. Jetzt lass uns erst einmal essen, bevor alles kalt wird", antwortete er fürsorglich.

Li tat ihr von dem Fisch und Gemüse auf und das Mädchen begann zaghaft zu essen. Er beobachtete sie, wie sie langsam und bedächtig aß, nicht gierig die Speisen in sich hineinschlang. Zwischendurch unterbrach sie immer mal wieder, um einen kleinen Schluck Reiswein zu sich zu nehmen. Sie erinnerte Li mehr und mehr an Yan Yi.

„Das ist wirklich ausgezeichnet, so einen leckeren Fisch habe ich noch nie gegessen. Das Gemüse, mit diesem Hauch von Ingwer, ist hervorragend gedünstet, und der leichte Reiswein dazu, einfach genial."

Li war schon immer stolz auf seine Kochkünste, aber das Kompliment seiner Patientin erfreute ihn außerordentlich. Feierlich erhob er sein Glas mit beiden Händen und sagte: „Xie Xie, danke für das liebe Kompliment." Konfuzius in seiner ganzen Weisheit lehrte uns schon:

„Es gibt niemanden, der nicht isst und trinkt, aber nur wenige, die den Geschmack zu schätzen wissen."

Nachdem sie beide fertig gegessen hatten, bereitete Li noch einen frischen Jasmintee. Er ließ sich dazu Zeit und überlegte, wie er anfangen sollte, ihr zu erklären, dass er sie schon vor drei Tagen am Strand gefunden hatte. Er entschloss sich, einfach mit der Wahrheit anzufangen.

„Mein Name ist Li Han Cheng, aber alle nennen mich einfachheitshalber nur Li. Ich bin der Besitzer dieses Hauses im Osten von Borkum. Ich habe dich vor drei Tagen am Strand gefunden, in mein Haus gebracht und pflege dich seitdem wieder gesund."

Nach seinen Worten blieb das Mädchen erstaunlicherweise abwartend ruhig. Li sah, wie sie krampfhaft überlegte, die Informationen aufnehmend, ohne ihn aber mit Zwischenfragen zu unterbrechen. Sie nickte nur, was für ihn so viel bedeutete wie mit seiner Geschichte fortzufahren.

„Es gab vor einigen Tagen einen heftigen Sturm auf der Nordsee und das Segelboot, auf dem du dich befunden hast, ist gesunken. Der Skipper, Jens Haldermark, ist ertrunken, seine Leiche wurde inzwischen im Meer gefunden. Offiziell nehmen sie an, dass seine Begleiterin, eine gewisse Laura Wagner, auch ertrunken ist. Zuerst wollte ich dich in ein Krankenhaus bringen oder den Behörden übergeben, aber du hast mich im Fieberwahn gebeten, nicht die Polizei zu informieren. Ich respektierte deinen Wunsch, dachte, du wirst deine Gründe dafür gehabt haben. Eigentlich gehen die mich auch nichts an, aber …"

Bevor Li seinen Satz beenden konnte, unterbrach sie ihn, ohne darauf weiter einzugehen, dass er ihren Namen kannte, schroff und unhöflich: „Richtig, es geht dich nichts an. Ich bin jetzt sehr müde und fühle mich noch nicht wohl, lass uns morgen reden, wenn es mir besser geht."

Mit einem gequälten Gesichtsausdruck erhob sie sich dabei vorsichtig von ihrem Stuhl und ging zurück ins Gästezimmer. Li ließ sie gewähren, er würde schon früh genug ihre Story hören. Er musste ihr nur etwas Zeit lassen. Im Moment war sie total verwirrt und immer noch stark unter dem Einfluss des Drachen.

Er erledigte den Abwasch, sah danach ein letztes Mal nach seiner Patientin, die wieder tief und fest schlief. Dann begab Li sich selber zu Bett. Vor dem Schlafen blätterte er, in alter Gewohnheit, ein wenig in seinem Konfuzius-Klassiker. Er las noch einige der Weisheiten seines „Shifu", dann schlief er, nachdenkend über ihren Sinn, träumend ein.

Kapitel 17

1969, China, Dachangba, Sichuan-Provinz

Die ersten Monate in den Bergen Sichuans waren für die jungen Studenten die schlimmsten gewesen. Der noch vom vergangenen Winter frostharte Boden musste für die Frühjahrssaat aufgelockert werden. Da sie alle die schwere Arbeit auf den Feldern nicht gewohnt waren, fielen sie meist vor Erschöpfung nach zwölf Stunden getanem Werk abends einfach in die Betten. Der dringend benötigte Erholungsschlaf übermannte sie alle ohne Ausnahme. Nicht einmal Wong hatte mehr die Kraft oder Muße, sich an Li abzureiben. Er ließ ihn in der ersten Zeit einfach in Ruhe.

Alles in Dachangba wurde manuell gemacht, es gab keinerlei Maschinen oder Arbeitstiere wie Pferde oder Büffel, die man vor einen Pflug spannen konnte. Sie mussten den schweren Pflug selber ziehen. Ein paar wenige Esel und Ziegen, neben Hühnern und Schweinen, waren alles, was die Bauern an Getier besaßen. Nicht, dass sie gerne einige Ochsen gehabt hätten, die ihnen die Arbeit erleichtern konnten, es war mehr eine Frage der Nahrung für die Tiere. Große Nutztiere brauchten zusätzlich einiges an Futter, welches die Bauern einfach nicht übrig hatten. Die harte Arbeit auf den Feldern war kein Zuckerschlecken, zusätzlich gab es die Aufgabe, ihr Leben zu organisieren. Sie mussten, um die Tanks an ihren Hütten mit frischem Wasser aufzufüllen, immer wieder mit mehreren großen Behältern zu einer 500 Meter höher gelegenen Quelle. Mit den leeren Fässern den steilen Bergpfad hinaufzuklettern war noch einigermaßen leicht, aber mit den wassergefüllten, schweren Dingern wieder heil hinunterzukommen, verlangte ihnen Einiges ab. Sogar die Benutzung der Toilette, die sich außerhalb der Häuser hinter dem Hang befand, war nicht ohne Probleme zu erreichen. Bei Regen war der lehmige Pfad oft rutschig und außerdem war das Wort Toilette ein schmeichelhafter Ausdruck für den Ort. Es handelte sich mehr um einen kleinen, ewig stinkenden, aber immerhin überdachten Unterstand mit einem einfachen Balken über einer Grube. Li hatte mithilfe der anderen, außer Wong, damit begonnen, den Weg durch Steinstufen sicherer zu machen und auch eine Art Duschplatz zu bauen. Das würde zwar bedeuten, mehr Wasser den Berg herunterzuschleppen, aber auch dafür arbeitete er bereits an einer Lösung. Er wollte eine Rohrleitung installieren, die je nach Bedarf aktiviert werden konnte und das Wasser der Quelle zu ihren Hütten brachte. Das Problem war nur, es gab keine Rohre, und welche aufzutreiben, würde nicht so ganz einfach sein.

Die Häuser hatten sie nach den Tagen ihrer Ankunft, als die Feldarbeit noch nicht so schwer für sie war, einigermaßen wohnlicher gestalten können. Als eine Art Fensterabdichtung diente ihnen jetzt eine graue Plane, die sie einem der Bauern abschwatzen konnten. Sie hatten sie vor die Öffnungen gespannt und mit Nägeln befestigt. Zumindest zog der Wind danach nicht mehr so durch die Häuser und die Wärme vom Ofen blieb im Innern. Das Feuerholz für den Ofen mussten sie sich an den angrenzenden Berghängen, wo spärlicher Baumbestand herrschte, mühsam zusammensuchen. Äste abzusägen, oder gar ganze Bäume zu fällen, war von der Dorfgemeinschaft strikt verboten. Die Baumwurzeln hielten das lockere Geröll am Hang und die Bauern fürchteten zu recht, dass, wenn die Bäume gefällt würden, es zu massiven Erdrutschen kommen könnte. Doch sie hatten glücklicherweise noch andere Möglichkeiten, an Holz zu kommen. Eine davon war, in die hinteren Berge zu wandern und dort Holz zu schlagen. Das war aber zeitintensiv und sehr arbeitsaufwendig, die gebündelten Holzstapel anschließend zu ihren Hütten zu transportieren. Zhang Wei fand auch öfter Treibholz unten am Fluss, wo er seine Treibangel aussetzte. Zhang liebte Fisch über alles, daher zog es ihn immer wieder hinunter an den Jangtse, um sein Glück zu versuchen. Er war ziemlich geschickt mit seiner Angel und erweiterte ihre Speisekarte mit dem einen oder anderen glücklichen Fang. Sie hielten es vor den Dorfbewohnern geheim, denn die sahen es nicht gerne, wenn jemand außer ihnen ungefragt im Yangtse fischte. Es war Li und Zhang Wei Wochen später auch gelungen, aus einem anderen Bergdorf ein weiteres Etagenbett zu organisieren. Li war froh, nicht mehr auf dem Boden schlafen zu müssen, denn Wong und sein Kumpan Wang Tao hatten das vorhandene Etagenbett, wie nicht anders erwartet und ohne überhaupt eine Gegenrede zuzulassen, durch die Kraft des Stärkeren für sich beansprucht. Ernährungsmäßig ging es ihnen auch nicht schlecht, die Ernte war letztes Jahr gut ausgefallen und die Bauern hatten noch einige Lebensmittel auf Lager. Doch es war ihnen mitgeteilt worden, dass sie für die Zukunft nur dann ausreichend Essen bekamen, solange die Ernte auch gut ausfiel. Ihre Aufgabe bestand darin, die Produktion zu steigern, denn das Dorf hatte jetzt sieben Mäuler mehr zu stopfen. Wobei es einen weiteren wichtigen Aspekt zu bedenken gab, denn durch ihre Anwesenheit wurde von der Provinzregierung mehr Produktion gefordert. Der Großteil des geernteten Gemüses, Getreide, Reis und Früchte mussten an die Kommune in Liangshan abgeführt werden. China war hungrig, die Massen der Menschen benötigten ständigen Nachschub.

Der Frühling war dieses Jahr früh nach Damchabang gekommen. Schon Mitte März wurde es fühlbar wärmer und die rastlosen Bergbauern erweiterten die Anbauflächen. Alte Reisterrassen wurden ausgebessert, reaktiviert und mehrere neue zusätzlich angelegt. Die Männer mussten schwere Steine zur Abstützung der Hänge heranbringen und neue Bewässerungsgräben ziehen. Die Aufgabe Yan Yis und der anderen beiden Mädchen bestand darin, immer wieder die neu geschaffenen Felder zu düngen. Sie mussten, zusammen mit den Frauen der Bauern, Exkremente aus den Toilettengruben in Strohkörbe füllen und dann auf die Felder verteilen. Die Männer brachten dann mit Hacken den natürlichen menschlichen Dünger, denn außer dem und Tierkot gab es nichts anderes, in den Boden ein. Es war eine jämmerliche Arbeit und den Gestank der menschlichen und tierischen Exkremente in der Kleidung wurde man tagelang nicht mehr los.

Die Wochen vergingen und Li hatte oftmals, immer vergeblich, versucht, mit Yan Yi Kontakt aufzunehmen. Wong beobachtete jeden ihrer Schritte, ließ sie nie aus den Augen. Wenn sich doch einmal die Chance für ein kurzes Gespräch mit ihr bot, dann schaute Yan Yi nur verängstigt umher, ohne auch nur ein einziges Wort herauszubekommen. Li konnte nur erahnen, was der brutale Kerl mit ihr angestellt hatte, dass sie so verstört auf alle seine Kontaktversuche reagierte. Es quälte ihn sehr und er verstand die Welt nicht mehr. Er liebte Yan Yi doch und sie hatte geschworen, ihn für immer auch zu lieben. Mehrfach hatte Li heimlich versucht, ihre Hand zu halten und ihr durch das Haar zu streichen, aber jedes Mal wich Yan Yi, sichtlich angstvoll, bei dem Versuch seiner Berührungen zurück. Es kam der Tag, an dem er sie zur Rede stellte, er wollte endlich wissen, warum sie sich ihm gegenüber so abweisend verhielt. Wong, der die Szene heimlich beobachtete, kam wie ein wilder Stier sofort angerannt und schlug Li mit der Faust mehrfach ins Gesicht. Er warnte ihn eindringlich, jeden weiteren Annäherungsversuch zu unterlassen. Yan Yi würde ihm gehören und er würde sie, wenn die Jahre in den Bergen vorbei wären, heiraten. Um seiner Aussage Nachdruck zu verleihen, rief er laut nach Yan Yi und forderte sie auf, aus dem Haus zu kommen und seine Worte zu bestätigen. Nach mehrmaligem Rufen erschien sie dann auch in der Tür und bestätigte, mit einem knappen Kopfnicken, Wongs so schmerzende Worte. Danach verschwand sie wortlos sofort wieder zurück in die Hütte. Doch das konnte, wollte, Li so nicht akzeptieren, geschweige denn einfach so hinnehmen. Er nannte Wong einen gemeinen Lügner und schwor, Yan Yi niemals aufzugeben. Daraufhin schlug ihn Wong abermals zu Boden, kniete neben ihm und flüsterte ihm ins Ohr, er würde Yan Yi eher umbringen, als sie ihm zu überlassen. Wenn er noch einmal versuche, sie umzustimmen, oder sie weiterhin belästigte, wäre sie es, nicht er, die seinen Zorn zuerst zu spüren bekommen würde. In dem Augenblick war Li Wongs herzloses Machtspiel klar geworden. Wong erpresste sie beide durch die Furcht der Liebenden für des anderen Wohlergehen. Mit der Drohung, den einen leiden zulassen, ihn sogar zu töten, erpresste er die Hörigkeit des anderen für sich. Liebe lässt es niemals zu, dass aus der eigenen Zuneigung dem anderen etwas Böses widerfährt. Jetzt verstand er, warum Yan Yi sich die ganze Zeit ihm gegenüber so abweisend verhielt. Sie hatte einfach nur Angst um ihn, Furcht, Wong würde Li töten. Es war ein grausames Drama, das Wong für sie inszenierte, aber es war alles andere als nur ein Schauspiel auf der Bühne, es war zur unerbittlichen Realität in ihrem Leben geworden.

Kapitel 18

2017, September, Borkum, am fünften Tag nach dem Sturm

Ein Duft von frischem aufgebrühtem Kaffee zog Li in die Nase, als er nach seinen morgendlichen Tai-Chi-Übungen am Strand sein Haus betrat. Zu seiner Verwunderung saß das Mädchen in seiner Küche und trank eine Tasse des aromatischen Gebräus. Li fragte sich, wo in aller Herren Länder sie den Kaffee in seiner Küche gefunden hatte. Er trank so selten Kaffee und konnte sich nicht daran erinnern, dass er überhaupt welchen im Hause hatte.

Das Mädchen war frisch geduscht und trug die neuen Sachen, die er für sie im Ort gekauft hatte. Er hatte die neue Kleidung am Abend vorher vorsorglich für sie neben das Bett gelegt. Soweit Li es einschätzen konnte, schienen die Sachen einigermaßen zu passen. Er war mit seiner Auswahl zufrieden, schließlich war es für ihn das erste Mal in seinem Leben gewesen, dass er einer Frau etwas zum Anziehen gekauft hatte. Ihre Gesichtszüge sahen entspannter aus, die Haut fast etwas rosig, und die dunklen Ringe unter den Augen waren so gut wie verschwunden. Ihre nassen, schwarzen Haare glänzten im vom Fenster einfallenden Sonnenlicht. Li musste ein paarmal heftig schlucken, denn sie hatte, von der Augenfarbe abgesehen, eine frappierende Ähnlichkeit mit seiner Yan Yi.

„Guten Morgen", strahlte sie mit einem fröhlichen Lächeln. „Ich hoffe, du hast nichts dagegen, dass ich mir selbst einen Kaffee gemacht habe?"

„Nein, überhaupt nicht. Ich wusste gar nicht, dass noch welcher vorhanden war. Der ist bestimmt schon uralt und muss grässlich schmecken. Ich werde gleich heute frischen kaufen gehen", stammelte Li etwas überrascht von ihrer unkomplizierten Art.

„Oh ja, das wäre cool, dieser Kaffee schmeckt wirklich etwas bitter. Übrigens, vielen Dank auch für die neuen Klamotten, die passen ganz hervorragend. Noch was, ich war gestern sehr unhöflich und habe mich gar nicht vorgestellt. Dafür möchte ich mich entschuldigen, ich war nicht ich selbst. Außerdem, warum soll ich lügen, ich bin Laura Wagner aus Hamburg, die verschwundene Begleiterin von Jens Haldermark, und ich habe meine Gründe, weshalb ich nichts mit der Polizei zu tun haben möchte", sagte sie und hielt Li dabei ihre ausgestreckte Hand hin.

Li nahm sanft ihre Hand und schüttelte sie leicht. Dann antwortete er mit einem breiten Grinsen: „Li, Li Han Cheng von Borkum, und ich respektiere zwar deine Gründe, aber ich habe einige Fragen zu deinen Gründen."

Nach einem kurzen Innehalten, ohne ein weiteres Wort, mussten beide über seine Antwort schmunzeln. Irgendwie war damit das Eis zwischen ihnen gebrochen. Li bereitete sich einen Tee und begann für beide ein paar Eier in der Pfanne zu braten. Er summte dazu leise eine chinesische Melodie. Li machte keinerlei Anstalten, das Mädchen Laura jetzt schon mit Fragen zu belästigen, er wollte lieber warten, bis sie selber das Gespräch auf die Umstände der Ereignisse, die zu ihrer Anwesenheit geführt hatten, lenkte. Sie blieb, entgegen seinem Erwarten, jedoch stoisch stumm, wie ein Fisch. Sie schaute nur aufmerksam zu, wie Li ihr Frühstück zubereitete. In dem Augenblick, als er die gebratenen Eier auf die Teller mit gebuttertem Toastbrot legte und das Schweigen im Raum fast groteske Züge annahm, kam Sun Tzu mit steil aufgerichtetem Schwanz in die Küche gerannt und blickte mauzend von einem zum anderen, stupste mit der Nase an Lis Bein.

„Ja, ist schon gut, Sun Tzu, ich habe dein Frühstück nicht vergessen", sprach Li mit dem Kater, kraulte ihm den Kopf und füllte seinen Fressnapf mit Futter aus einer Dose.

„Sun Tzu, das ist ein eigenartiger Name für eine Katze. War das nicht dieser chinesische Gelehrte mit all diesen Weisheiten über Krieg und so?", fragte Laura mit neugierigem Blick.

Li, der überrascht war, dass Laura den chinesischen Gelehrten Sun Tzu kannte, war diese Frage noch von niemandem gestellt worden. Jeder, der den Kater kannte, rief ihn einfach bei seinem Namen, ohne je nach der Herkunft des Namens zu fragen.

„Richtig, mein Kind", antwortete Li voller Stolz. Sun Tzu hat ca. 500 v. Chr. gelebt und war ein chinesischer Philosoph, der vom König Helu, dem König von Wu, zum obersten General seiner Armeen ernannt wurde. Sein Werk, ‚Die Kunst des Krieges', gilt als das bedeutendste Buch über Strategien und hat bis heute nichts von seiner Aktualität verloren."

„Ja, okay, das habe ich schon verstanden, aber warum trägt dein Kater denn diesen Namen?"

„Ähm, weil, ja, das war so", stotterte Li, auf dem falschen Fuß erwischt. „Als ich ihn fand, saß das kleine Tier im Garten, abgemagert und verletzt, unter einem Sanddornbusch. Es verteidigte sich immer wieder sehr geschickt und vehement gegen alle meine Bemühungen, es hervorzuziehen. Am Ende aber gelang es mir, mit der Hilfe einer Decke, ihn zu überlisten. Es sah nicht gut für ihn aus, er war sehr krank und schwach, aber äußerst couragiert. Ich pflegte ihn zurück ins Leben und er blieb dann anschließend bei mir. Er musste sich wohl gedacht haben, ich sei ein sehr guter, nützlicher Diener für ihn. Seiner Kämpfernatur zuliebe und als sein Herr gab ich ihm einen würdigen Namen, der seinem kühnen Heldenmut Respekt zollt. Natürlich auch nicht ganz uneigennützig um meinetwillen, denn wer möchte schon gerne von einer Mizie oder Munzi regiert werden?"

Beide fingen bei Lis Antwort an zu lachen, und Sun Tzu, der wohl gemerkt haben musste, dass es um ihn ging, verließ, ohne sie eines weiteren Blickes zu würdigen, die Küche. Sie aßen, ohne weiter viel zu reden, ihr Frühstück und Li verließ, nachdem er das Geschirr abgeräumt und zusammen mit ihr abgewaschen hatte, die Küche. Er zog sich seine warme Jacke an und ging hinüber zu seinem Gewächshaus. Dort setzte er sich auf seinen hölzernen Arbeitsschemel und begann die Setzung eines Bonsais auf einem Stein. Die Japaner nennen diese Form, den Baum auf einem Felsen wachsen zu lassen, „Ishizuke". Dabei hat die Pflanze nur sehr wenig Erde in einer Felsspalte oder Mulde zur Verfügung. Sie wird auf einem wassergefüllten Tablett mit einer klebrigen Erdmischung gezogen. Li mochte diese Form sehr gerne, weil sie ihm immer wieder höchste Kunstfertigkeit abverlangte und, wenn sie ihm gut gelang, wunderschön anzusehen war.

Es dauerte nicht lange, da hörte er Lauras Schritte hinter sich. Sie nahm einen Stuhl und setzte sich neben ihn und beobachtete, wie Li sorgsam die Wurzeln des winzigen Baumes mit einer Pinzette sowie einem Wurzelhaken in die kleinen Felsspalten des Steines beförderte und mit der Erdmischung dort befestigte. Ohne sie zu fragen, gab Li ihr einen zweiten kleinen Baum, Schale, Stein und Werkzeug. Sie folgte wortlos seinem Beispiel, wiederholte alle seine Arbeitsschritte bis ins kleinste Detail. Sie war sehr geschickt und schon bald hatte sie ihren eigenen wunderschönen „Ishizuke" geformt. Li nickte ihr anerkennend zu.

„Ich mochte schon immer Pflanzen und meine Mutter sagte mir einmal, ich hätte einen grünen Daumen", sprach sie und schaute Li an. Plötzlich begann sie zu weinen und lehnte sich an Lis Schulter, der sie vorsichtig in den Arm nahm. Er ließ sie einfach weinen und erinnerte sich an ein altes chinesisches Sprichwort:

„Wenn der Seele die Worte fehlen, schickt sie Tränen."

„Warum tust du das alles eigentlich für mich?", fragte sie ihn mit von Tränen immer noch feuchten Augen. „Du kennst mich doch gar nicht und weißt nichts über mich, wer ich bin oder meine Vergangenheit. Was ist, wenn du durch mich Schwierigkeiten bekommst?"

Alles, was ihm Laura gerade an den Kopf schmiss, hatte Li schon zigmal selber gedacht. Er verstieß hier offiziell gegen Gesetze, denn sie war eine Vermisste, die Überlebende eines Schiffsuntergangs. Ihre Aussage zu dem Unglück konnte wichtige Informationen zum Tod von Jens Haldermark liefern, eventuell das angestrandete Kokain erklären. Dennoch war Li nicht bereit, sie den Behörden auszuliefern. Schon gar nicht, nachdem er diese unsympathischen Typen aus Hamburg im Hotel gesehen hatte. Außerdem war er viel zu neugierig, Lauras eigene Geschichte zu hören.

„Was soll ich dir darauf antworten, Laura", antwortete Li schelmisch, aber dennoch mit einem tieferen Sinn. Ich halte es da gerne mit Konfuzius, der schon sagte:

„Ob es Unglück bringt, wenn dir eine schwarze Katze über den Weg läuft, hängt davon ab, ob du ein Mensch oder eine Maus bist."

„Du bist ein lustiger Vogel, Li", schmunzelte Laura. „Ich mag deine Art von Humor. Es gefällt mir hier bei dir und Sun Tzu, darf ich noch ein paar Tage länger bleiben?"

„Ich denke, das lässt sich einrichten. Ich muss aber ein paar Bedingungen daran knüpfen. Du nimmst weiter die Medizin, die ich dir gebe, um von den Drogen frei zu werden. Des Weiteren möchte ich von dir die ganze Geschichte über diesen Jens, das Schiff, die Drogen und die Typen aus Hamburg, die hier aufgetaucht sind, hören."

Als Li die Typen aus Hamburg erwähnte, veränderte sich plötzlich Lauras Gesichtsausdruck total. Vom einen zum anderen Augenblick verwandelte sich die gerade noch gezeigte Freude in Entsetzen und Angst. Panisch sprang Laura auf, stieß dabei den Stuhl um und schrie: „Ich muss sofort von hier verschwinden, wenn die mich hier finden, bin ich tot."

„Ganz ruhig, niemand wird dich hier finden, Laura, weil keiner weiß, dass du hier bist, geschweige denn, dass du noch lebst. Glaube mir, hier bei mir, in meinem Haus, ist im Moment für dich der sicherste Platz auf Erden, an dem du sein kannst. Außerdem wird er vom furchtlosen Sun Tzu bewacht und der lässt so schnell niemanden rein."

Mit seiner kleinen lustigen Anmerkung über den wachsamen Kater Sun Tzu zauberte Li wieder ein Lächeln in Lauras Gesicht. Wenn es auch noch etwas gequält aussah, schien sie sich wieder gefasst zu haben und die Situation besser abzuschätzen.

Sie hob den umgeworfenen Stuhl vom Boden auf, setzte sich, senkte ihren Kopf und begann leise zu reden: „Ich weiß nicht, wo ich anfangen soll. Es ist alles so kompliziert."

Li bemerkte Lauras inneren Zwiespalt und versuchte sie zu ermuntern. „Beginn einfach am Anfang, Laura. Sagt nicht schon Lao Tse in all seiner Weisheit zu uns …"

„Die Wahrheit kommt mit wenigen Worten aus."

„Meine Eltern lebten in Scheidung, Mama begann zu trinken und hatte fast jede Woche einen anderen Kerl im Haus. Papa kümmerte das wenig, auch ich interessierte ihn nicht mehr", begann Laura zögerlich. „Mein Vater hatte dann selber schnell eine Neue und zog von

Hamburg nach München. Mit der Schule ging es bergab, mit vierzehn bin ich dann von zu Hause abgehauen, ich konnte den ganzen Scheiß zu Hause nicht mehr ertragen. Eine Zeit lang lebte ich auf der Straße, habe alles geklaut, was ich zum Leben brauchte, bin dann aber eines Tages von der Polizei aufgegriffen worden, die mich wieder zu meiner Mutter brachte. Es ging dann eine Weile auch ganz gut, doch lange habe ich es nicht ausgehalten und bin erneut abgehauen. Wieder zurück auf der Straße, habe ich mich so gut, wie es ging, durchgeschlagen", fuhr sie sichtlich emotional gestresst fort. „Bald danach fing das an mit den Drogen. Erst habe ich nur Hasch geraucht, dann kam Koks dazu, Speed, LSD, Chrystal Meth, nicht lange danach habe ich Heroin gespritzt. Um meine Sucht zu finanzieren, habe ich irgendwelchen Typen für Kohle einen geblasen und so. Wenn ich damals nicht Frank Martens begegnet wäre, dann gäbe es mich wahrscheinlich schon nicht mehr. Der hat mich von der Straße geholt und mich durch einen Entzug gejagt und mich wieder clean bekommen. Aus Dankbarkeit bin ich dann für ihn anschaffen gegangen. Was ich damals jedoch nicht wusste, Frank Martens war auch der heimliche Lieferant, von dem mein ehemaliger Dealer seinen Stoff bezog. Mein Dealer war es auch gewesen, der Frank auf mich aufmerksam gemacht hatte. Er hielt für ihn unter den mehr als 300 Straßenkindern in Hamburg immer Ausschau nach neuen Talenten, wie Frank es nannte. Es war aber alles ein abgekartetes Spiel und eine einfache Art der Nachwuchsbeschaffung für Franks Escort-Service. Dennoch, mir ging es eine Weile gut. Ich lebte mit zwei anderen Mädchen in einem von Franks Apartments auf dem Kiez. Wir drei Mädchen wurden die besten Freundinnen, es fehlte uns an nichts, wir hatten eine schöne, moderne Wohnung, gut zu essen, Geld zum Shoppen, ich bin sogar wieder zur Schule gegangen und habe mein Abitur nachgeholt", erklärte sie Li ihre Lebensumstände entschuldigend. „Doch als ich Frank erzählte, in einer anderen Stadt studieren zu wollen, blockte er total ab. So liefe das nicht bei ihm, ich würde schließlich ihm gehören. Er hielt mir diesen emotionalen Mist vor wie: Er hätte mir das Leben gerettet, ohne ihn wäre ich längst tot, auf der Straße als Fixerin verreckt. Ich sollte ihm dafür auf ewig dankbar sein und meine Schuld bei ihm begleichen. Als ich ihm entgegenhielt, dass ich seit vier Jahren für ihn anschaffen ginge, und ihm vorrechnete, wie viel Geld er an mir schon verdient hatte, ist er komplett ausgerastet. Er schlug mir brutal ins Gesicht und trat mich zusammen, sagte, er würde bestimmen, wann ich gehen könnte. Er ließe sich von seinen Huren nicht vorschreiben, wie lange sie für ihn anschaffen gehen. Meine Freundinnen, Andrea und Gaby, brachten mich daraufhin ins Krankenhaus, wo ich für mehrere Wochen lag. Die Ärzte hatten bei mir eine Nierenprellung, zwei gebrochene Rippen, einen angebrochenen Kiefer und zahlreiche andere Verletzungen attestiert. Frank kam jeden Tag, brachte mir Blumen. Er grinste dabei, als er mir sagte, es täte ihm leid, dass er mich hätte schlagen müssen, aber so würde es allen undankbaren kleinen Mädchen ergehen. An dem Tag meiner Entlassung aus dem Krankenhaus ging er mit mir sogar shoppen und führte mich ganz groß zum Essen aus. Anschließend brachte er mich in sein Penthouse, wo er mich vergewaltigte. Doch schon am nächsten Tag arbeitete ich wieder in einem seiner Escort-Services. Wir sprachen nie wieder über den Vorfall oder darüber, dass ich studieren wollte. Ich begann aber mein Leben und alles, was mit Frank Martens zu tun hatte, zu hassen. Das führte dann dazu, dass ich wieder anfing, Drogen zu nehmen. Heimlich, versteht sich, denn Frank durfte davon nichts wissen, er hätte mich totgeprügelt, wenn er es erfahren hätte. Ist jetzt auch eh egal", kam es resignierend aus Lauras Mund. „Jens hat mich auf dem Segelboot dabei erwischt, wie ich mir einen Schuss setzte, und natürlich sofort Frank darüber verständigt. Der ist am Telefon so richtig wütend geworden, schrie mich an, ich wäre eine undankbare Hure und er würde mir einen Denkzettel verpassen, wenn ich zurück in Hamburg bin. Ich hatte große Angst um mein Leben, denn für uns Mädchen war es eine Art von Belohnung, sozusagen Urlaub, eine Woche mit Jens segeln gehen zu dürfen. Mein heimlicher Drogenkonsum hatte seine ganze Schmuggelaktion in Gefahr gebracht und ich hatte zusätzlich einen nicht wiedergutzumachenden Vertrauensbruch begangen. Woher sollte ich denn auch wissen, dass Jens für Frank von Holland nach Deutschland gleich kiloweise Drogen auf dem Boot schmuggelte. Frank, soviel war mir beim Telefonat klar geworden, Denkzettel hin oder her, würde mich dafür umbringen. Dann kam der Sturm, der Kahn ist mit einem im Meer treibenden Container oder so was zusammengestoßen und abgesoffen. Ich habe noch gesehen, wie der Mastbaum Jens an den Kopf schlug und er über Bord gefallen ist, danach weiß ich nichts mehr. Ich konnte ihm nicht helfen und ich schäme mich so."

Nach ihren letzten Worten füllten sich ihre Augen mit Tränen, die jetzt unkontrolliert herunterliefen. Li reichte ihr ein Taschentuch, nahm ihre Hände in die seinen und drückte diese wortlos und sanft. Es musste ihr unendlich schwergefallen sein, ihre ganze Lebensbeichte einem für sie wildfremden Menschen zu erzählen, dachte er sich und überlegte, was er als Nächstes sagen sollte.

„Du musst dich nicht schämen, Laura, denn du hast kein Verbrechen begangen. Eventuell hilft dir die Lehre des Konfuzius:

„Wer sich seiner Fehler schämt, macht sie zu Verbrechen."

„Und …"

„Einen Fehler machen und ihn nicht korrigieren, das heißt wirklich einen Fehler machen."

Er beobachtete, welche Wirkung seine Worte auf Laura ausübten. Sie wirkte nachdenklich und etwas beruhigter. Dann fuhr Li fort: „Wichtig ist einzig und allein, dass du wieder ganz gesund wirst, alles andere wird sich finden. Du kannst so lange hier bei mir bleiben, wie du möchtest. Finde deinen Weg zu dir und beherzige noch eine weitere Weisheit meines Meisters Konfuzius, der uns in seiner Weisheit lehrt:"

„Auch der weiteste Weg beginnt mit einem ersten Schritt."

Laura nickte Li dankbar zu und antwortete: „Scheint ein sehr kluger Mann gewesen zu sein, dieser Konfuzius. Hört sich alles sehr gut an, doch ich habe dazu auch einen klugen Spruch:"

„Leben ist das, was passiert, während du beschäftigt bist, andere Pläne zu machen."

„Wie wahr, wie wahr, eine Weisheit eines deutschen Philosophen?", fragte Li neugierig.

„Nein, John Lennon, von den Beatles", erwiderte Laura schelmisch und grinste dabei von einem Ohr zum anderen.

Im ersten Moment herrschte eisiges Schweigen, Laura dachte schon, sie hätte Li mit ihrem Spruch beleidigt. Doch dann brach er in laut schallendes Gelächter aus. Nachdem er sich wieder gefangen hatte, lächelte er Laura amüsiert zu und brummelt wiederholt so etwas wie „nicht schlecht, nicht schlecht" unter seinem Bart.

Den Rest des Tages verbrachten sie damit, gemeinsam im Gewächshaus zu arbeiten. Li zeigte Laura verschiedene Tricks der Orchideenzüchtung und wie man Bonsaibäume richtig beschnitt. Sie war eine schnell lernende Schülerin und Li empfand ihre Gegenwart als sehr angenehm. Er war sonst immer allein und außer seinem Kater Sun Tzu hatte er selten Gesellschaft in seinem Haus. Laura, die sich für den Anfang doch etwas zu viel zugemutet hatte, war schnell am Ende ihrer

Kräfte. Li brachte sie zurück ins Haus und behandelte sie mit einer weiteren Akupunkturbehandlung. Interessiert sah sie ihm dabei zu, wie er geschickt die langen Nadeln an verschiedenen Stellen schmerzfrei setzte. Sie fühlte sich sofort besser und die Muskeln entspannten sich. Damit sie ein bis zwei Stunden schlafen konnte, erklärte er, gab er ihr noch zusätzlich von seiner selbst gebrauten Medizin.

Als Laura gegen Abend wieder aufwachte, zog ihr der Wohlgeruch chinesischen Essens in die Nase. Li hatte in der Zwischenzeit, während sie schlief, Huhn auf Szechuan-Art gekocht. Das scharfe Gericht wurde mit weißem Reis und kleinen „Paksoi", einem chinesischen Gemüse, serviert. Li hatte sich selbst übertroffen und erfreute sich an Lauras gutem Appetit. Er sah ihr zu, wie sie herzhaft aß, ihr das Gericht eine große Freude bereitete. Sie tranken zum Essen eine halbe Flasche Reiswein. Er erzählte ihr von seinen frühen Tagen in Deutschland und wie er nach Borkum gekommen war. Nachdem Laura schlafen gegangen war, saß Li noch eine Weile in der Küche und trank den Rest des Reisweins. Er hatte Lauras Gesellschaft genossen, es war lange her, dass er sich nicht allein fühlte.

Trunken vom Reiswein übermannte ihn plötzlich eine Traurigkeit. Er musste, an die gemeinsamen Mahlzeiten mit seiner geliebten Yan Yi in den Bergen von Danchangba denken.

Kapitel 19

1972, China, Dachangba, Sichuan-Provinz

Es waren mittlerweile schon drei lange Jahre in der Einöde Dachangbas vergangen und die harte dörfliche Bergwelt stellte die jungen Studenten jedes Jahr wieder vor neue Herausforderungen. In einem Jahr gab es zu viel Regen, in einem anderen zu wenig, das eine Jahr war der Winter kurz und mild, im nächsten lang und kalt. Die Ernte, wenn sie gut ausfiel, wurde zum Großteil vom Staat vereinnahmt, wenn sie schlecht war, zeigten die Behörden selten Rücksicht und nahmen sich trotzdem den größeren Anteil. Den Bauern blieb immer nur gerade so viel übrig, dass sie damit überleben konnten. Sie kamen durch die ständig wechselnden Wetterbedingungen in den Jahren nie richtig zur Ruhe. Zu der unzufriedenen Situation kamen die zusätzlichen hungrigen Mäuler der Studenten, die von ihnen zu versorgen waren. War die Ernte erfolgreich, ging es Li und den anderen Studenten einigermaßen gut, aber wehe, wenn die Ernte schlecht ausfiel. Das war bisher zweimal in den drei Jahren vorgekommen und sie waren im ersten der Winter fast verhungert. Die Bauern, die selber kaum genug Essen für ihre Familien hatten, gaben ihnen so wenig Nahrung, dass sie zu klapperdürren Skeletten abmagerten. Sie aßen in der Zeit alles, was ihnen in die Fänge kam, Ratten, Mäuse, Insekten und manchmal auch einen Vogel. Wenn Zhang nicht ab und zu heimlich einen Fisch im Fluss gefangen hätte, wäre der eine oder andere von ihnen mit Sicherheit verhungert. Es war jedes Mal ein Fest, wenn er einen Fisch brachte. Sie trafen sich dann in einem der Häuser und kochten den Fisch in einer Brühe, um so viel wie möglich an Nährstoffen herauszuholen. Es wurde absolut nichts verschwendet, auch die Eingeweide nicht. Li kam sich dabei immer vor wie ein Tier. Wer jemals richtig Hunger leiden musste, der konnte es verstehen. Mit sieben Leuten sich einen Fisch, selten einmal zwei, zu teilen ist nur mit großer Disziplin zu bewerkstelligen. Den Mädchen war die Aufgabe zuteilgeworden, die einzelnen Portionen in die Schalen zu füllen. Sie achteten streng darauf, dass alle einen gleichen Anteil bekamen. Auch Wong, der anfangs meinte, er müsse einen größeren Anteil für sich beanspruchen, wurde schnell von der Gemeinschaft zurechtgewiesen und fügte sich letztendlich. Alle aus der Gruppe taten irgendwie etwas zum Mahl hinzu, einer hatte noch eine halbe alte Kartoffel gefunden, eine andere noch ein paar Reiskörner aus einem Jutesack im Lager gekratzt, ein weiterer ein paar Wildwurzeln aus dem harten Bergboden gegraben. Etwas Salz, ein paar Kräuter, einen Löffel Fett, egal was es war, es kam alles zusammen in den Topf. Sie zelebrierten dann jedes Mal ihr Festmahl und waren für eine kurze Zeit glücklich, doch der Hunger blieb ihr ständiger Begleiter.

In den Sommermonaten der Erntezeit war es anders. Sie aßen üppig und hatten schnell gelernt, auch heimlich von der Ernte etwas abzuzwacken, um es für schlechte Zeiten zu vergraben. Doch sie durften sich dabei nicht erwischen lassen, die Bauern passten höllisch auf, dass nichts abhandenkam. Einmal war es vorgekommen, dass Wang Tao dabei ertappt wurde, wie er einen halben Sack Reis zur Seite schaffen wollte. Die Bauern prügelten so lange auf ihn ein, bis er sich nicht mehr rühren konnte. Beim folgenden allwöchentlichen Komiteeabend der Bauern musste Wang Tao schwere Selbstkritik üben. Er wurde dabei erneut verprügelt und alle fürchteten schon, dass die Bauern ihn zur Abschreckung für die anderen umbringen würden. Sein Glück war es, dass er ein zu guter Arbeiter war, und seine Dienste auf den Feldern zu wertvoll für die Bauern. Wang Tao musste trotzdem in den folgenden Wochen immer wieder bei den Treffen leiden, weiterhin Selbstkritik üben und vor allem Reue zeigen. Wochen später erfuhren Li und die anderen Studenten dann, dass Wong Wang Tao mehr oder weniger zu dem Diebstahl angestiftet hatte. Als man ihn dann dabei erwischte, hatte Wong sich aber schön zurückgehalten und ihn die Suppe allein ausbaden lassen. Mit unverzeihlicher Empörung über solch ein unsolidarisches Fehlverhalten schmiedeten die Studenten einen Racheplan. Beweisen konnte sie Wongs Order an Wang Tao nicht, aber sie wollten dafür Sorge tragen, dass er seiner gerechten Strafe nicht entgehen würde.

Einige Monate später, als die nächsten, alljährlichen Ernteablieferungen nach Liangshan anstanden, bekamen sie ihre Chance. Die schweren, gefährlichen Transporte, vor denen sich Wong bisher immer so erfolgreich gedrückt hatte, sollten diesmal nicht ohne ihn stattfinden. Sie beeinflussten, durch eine Lüge, den Bauern Fang Soon Yu, Wong mitzunehmen. Sie erzählten ihm einfach, Wong hätte sich über die Bauern lustig gemacht, dass sie jedes Jahr nach Liangshan in den Urlaub gehen würden. Fang Soon Yu schaute daraufhin äußerst grimmig drein und spuckte verächtlich auf den Boden und stampfte davon. Als der Tag des herbstlichen Erntetransports kam, befahl er Wong, der sich fragend umblickte und die Welt nicht mehr verstand, sich fertigzumachen. Ohne einen Ausweg, sich in sein Schicksal fügend, folgte Wong schließlich Fang Soon Yu zum Erntelager ins Dorf. Er ahnte wohl, dass die anderen Studenten für seinen unerwarteten zusätzlichen Arbeitsdienst verantwortlich waren, konnte es sich aber nicht erklären, wie sie es angestellt hatten. Keiner sprach ein Wort zu ihm, doch er sah es an ihrem hämischen Grinsen, dass sie froh waren, ihn für eine Weile loszuwerden. Bevor er aber abrückte, warnte er Li eindringlich davor, Yan Yi während seiner Abwesenheit auch nur anzusehen oder anzusprechen. Falls er sich seiner Anordnung widersetzte, würde er ihn bei seiner Rückkehr verprügeln und obendrein Yan Yi dafür büßen lassen. Li war es egal, was Wong sagte, er hatte schon lange die Angst vor ihm verloren. Er war einzig und allein froh darüber, dass der Hundesohn bald aus dem Dorf war.

Der Weg über die Berge mit den schwer beladenen Packeseln war eine sehr beschwerliche Tour und auch nicht immer ganz ungefährlich. Im letzten Jahr war einer der Bauern auf einem rutschigen, nassen Bergpfad abgestürzt. Der Ärmste hatte sich bei dem unglücklichen Sturz beide Beine gebrochen. Im Jahr davor waren zwei Esel bei einem plötzlichen Erdrutsch ums Leben gekommen. Es war keine leichte Angelegenheit, doppelt erschwert wurde die Reise für die Begleiter durch die zusätzlichen eigenen Lastkörbe, die sie mit Haltegestellen über die Schultern tragen mussten. Es dauerte mit der Erntelast gute zwei Tage, bis Liangshan erreicht wurde. Dazu kam ein Tag Rast in der Stadt und, ohne das Gewicht der Erntekörbe, ein Tag, um zurück zum Dorf zu gelangen. Um die aufgezwungenen Abgaben des Dorfes nach Liangshan abzuliefern, waren, je nach Ernteergebnis, mindestens fünf bis sechs dieser strapaziösen Transporte in Folge notwendig. Damit hatte Li nach fast drei Jahren endlich einmal Yan Yi für sich allein. Es war sichergestellt, dass Wong in den kommenden Wochen jedes Mal für mindestens vier Tage nicht in der Nähe des Dorfes sein würde. Die begleitenden Bauern wechselten bei jedem Transport, doch Wong, hatte Fang Soon Yu befohlen, musste alle Transporte mitmachen. Die erste Lieferung verließ das Dorf am Mittag und es war wie eine Art Befreiung für die zurückgebliebenen Studenten. Alles schien ohne Wong weniger zwanghaft, irgendwie gelöster zu sein. Sie verhielten sich offener, natürlicher, fast befreit wirkend. Zu Beginn traute sich Yan Yi nicht, am Abend öffentlich neben Li zu sitzen und zu reden. Doch nachdem er ihr versichert hatte, dass Wong fort war, er nichts davon erfahren würde, verlor sie zunehmend ihre Angst. Nach vier Tagen, spät abends, kam Wong zurück. Er war todmüde und zerschlagen nach seiner ersten Tour. Er warf Li nur kurz einen bösen Blick zu, bevor er erschöpft einschlief. Früh am nächsten Morgen musste er schon wieder die Esel bepacken und sich auf seine zweite Reise begeben. Li und alle anderen winkten dem Treck hinterher, freuten sich, Wong aus dem Weg zu haben.

Da die Ernte eingebracht war, hatten sie alle weniger Arbeit und etwas mehr Zeit für sich selbst. Li und Yan Yi unternahmen gemeinsam einen Ausflug zu einem alten Tempel in den Bergen. Nach all den Jahren durften sie das erste Mal wieder allein und richtig glücklich sein. Der steile Aufstieg war lang und beschwerlich, doch die Aussicht vom Tempelberg belohnte sie für ihre Anstrengungen. Von hoch oben hatten sie einen herrlichen Ausblick über die Bergwelt und die vielen Täler, die der Jangtse durchfloss. Yan Yi und Li beteten im Tempel für ihre Ahnen, bevor sie sich auf den Rückweg machten.

Anschließend lagen sie nebeneinander auf einer kleinen versteckten Wiese an einem Berghang und beobachteten die vorbeiziehenden weißen Wolken. Sie malten sich aus, mit ihnen über die Landschaften der Welt zu fliegen, frei von jeglichem Zwang und der alles überschattenden Angst vor der ungewissen Zukunft. Vorsichtig küssten, berührten sie sich, mussten dabei über ihre unbeholfenen Annäherungen lachen. Doch sehr schnell entwickelte sich aus ihren anfänglich zärtlich umständlichen Berührungen eine glühende Leidenschaft. Berauscht durch wiedererwecktes Verlangen nach Lust und Begierde, liebten sie sich mit Leidenschaft, bis sie vor Erschöpfung in den Armen des anderen einschliefen. Sie waren wie zwei Verdurstende in der Wüste, von unfreiwillig entzogener Liebe ausgehungerte Seelen. Als die Sonne am späten Nachmittag schon fast untergegangen war, wachten sie wieder auf und mussten sich eilen, um rechtzeitig noch bei Tageslicht das Dorf zu erreichen. Sie hatten zu lange für den Rückweg gebraucht. Als sie wieder im Dorf eintrafen, mussten sie feststellen, dass Wong und die Bauern aus Liangshan schon zurückgekommen waren. Ying Yue fing sie aufgeregt am Dorfeingang ab und erzählte ihnen, dass Wong vor Wut toben würde. Yan Yi klammerte sich ängstlich an Lis Arm und begann plötzlich am ganzen Körper zu zittern. Sie hatten gerade das kleine Plateau, auf dem ihre kleinen Steinhäuser standen, betreten, als Wong schon wie ein wilder Stier auf sie zugestürzt kam. Li stellte sich schützend vor Yan Yi und besann sich auf seine Tai-Chi-Künste.

Er richtete seinen Körper optimal aus, um gegen ihn horizontal gerichtete Kräfte in die Erde abzuleiten. Er begann, wie sein „Shifu" ihn gelehrt hatte, seinen Gegner zu fühlen. Alle seine Bewegungen verliefen in einer Kreisbahn, er musste wie eine Kugel reagieren, erinnerte er sich. Wenn sich ein Körperteil bewegt, dann bewegen sich alle anderen mit ihm. Wong würde bei Kontakt nicht durch Kraft überwunden, dafür war er zu stark, er musste auf die Gelegenheit warten, ihn mit minimaler Kraft zu überwinden. Da kam auch schon der erste wuchtige Angriff und Li wich geschickt dem ungestümen Schlag aus. Selbst nicht angreifbar zu sein war am wichtigsten, jeden Angriff ins Leere laufen zu lassen essenziell, hörte er die Worte seines Lehrers in seinem Innern. Den Angreifer einladen, sich selbst in eine unvorteilhafte Situation zu bringen, den Moment abwarten, in dem es nicht mehr viel braucht, um ihn aus dem Gleichgewicht zu bringen, weil er sich schon selbst aus dem Gleichgewicht gebracht hat. Wieder kam Wong auf Li zugestürmt. Da sein erster Schlag ins Leere gegangen war, war er diesmal noch wütender als vorher. Li sah Wong auf sich zustürzen und nutzte die angreifende Energie, indem er Wong am Arm griff, ihn in sich hineinzog, auf der anderen Seite mit einer Drehung losließ und zu Fall brachte. Wong verstand die Welt nicht mehr, er schäumte jetzt vor lauter Raserei, seine Augen funkelten mörderisch. Wie konnte es sein, dass dieser schwächliche Hänfling von Li ihn so einfach zu Fall gebracht hatte? Es konnte sich nur um einen Zufall handeln. Sein zorniger Gesichtsausdruck spiegelte Verwunderung und gleichzeitig Mordlust. Mit einem angsteinflößenden Schrei warf er sich auf Li. Dieser hatte nur auf solch einen weiteren Fehler Wongs gewartet, um die brutale Energie seines Gegners aufzunehmen und wie eine Feder wieder abzugeben. Lis Handflächen trafen mit einer vielfach multiplizierten Explosivkraft frontal Wongs Brust. Sie stoppten den Angriff mit einem dumpfen, hässlich klatschenden Geräusch. Wong flog rückwärts, wurde plötzlich sehr blass, griff nach Luft ringend an seinen Hals und blieb röchelnd am Boden liegen.

Der Kampf war zu Ende, alle Umherstehenden, neben den Studenten auch Fang Soon Yu sowie ein paar der hinzugeeilten Bauern, klopften Li anerkennend auf die Schulter. Wong war endgültig besiegt und hatte seine Machtstellung verloren, er würde sie nicht mehr belästigen.

Kapitel 20

2018, April, Borkum, sieben Monate später

Die kalten, ruhigen Wintermonate auf Borkum waren so schnell vergangen, wie sie gekommen waren. Auf den ostfriesischen Inseln im Winter herrschte nur während der Weihnachts- und Neujahrszeit reger Betrieb, ansonsten fielen die Eilande während der kalten Jahreszeit in eine Art Dornröschenschlaf. Die Insulaner nutzen dann ihre eigene verdiente Freizeit, um selber Urlaub zu machen. Sie brauchten diese Zeit auch, um sich von der Hektik des neuen Touristenansturms im Frühjahr und Sommer zu erholen. Die Frühlingsboten, wie ansteigende Temperaturen, neue Sprösslinge an den Bäumen und der Beginn blühender Blumenvorgärten, verständigten die Borkumer, dem Winterschlaf Ade zu sagen. Es war an der Zeit, sich fertigzumachen für den ersten stressigen Ansturm über die Ostertage.

Li hatte sich an seine ungebetene Mitbewohnerin mittlerweile gewöhnt. Ohne es sich direkt eingestehen zu wollen, empfand er ihre Anwesenheit sogar als äußerst angenehm. Laura hatte ihre Drogensucht überwunden, sich sehr gut erholt, eingelebt und half Li bei seinem Geschäft mit der Gärtnerei. Sie hatte darüber hinaus auch den gut expandierenden Orchideenexport übernommen. Vor allen anderen mussten sie ihren richtigen Namen jedoch verheimlichen, denn Laura Wagner galt offiziell immer noch als vermisst. Li hatte Laura nach Frau Wolders' Gesundung als die Tochter eines guten alten Freundes vorgestellt. Am Tag zuvor hatten Laura und Li sich, bei einem Abendessen und einer Flasche Wein, gemeinsam einen Namen und eine zu ihrem Aufenthalt auf Borkum passende Coverstory ausgedacht.

Jenny Peters, das war ihr neuer Name, war die Tochter eines alten Freundes der Li-Familie aus Hongkong. Ihr Vater war ein deutscher Schiffskapitän, ihre Mutter eine Lehrerin, sie lebten in Hamburg. Nach dem tragischen Unfalltod ihrer Eltern brauchte Jenny eine Auszeit. Li hatte ihr angeboten, zur Erholung zu ihm nach Borkum zu kommen. Da Jenny selber eine angehende Floristin war, bot es sich daher geradezu an, Li bei seinen Geschäften zu helfen.

Sie empfanden die Geschichte als ausreichend, um unliebsame Neugierde abzuwenden. Frau Wolders war überglücklich darüber, dass Li nicht mehr allein in seinem großen Haus war und ihm jemand bei seiner vielen Arbeit half. Sie glaubte jedes Wort, was sie ihr auftischten, und Li hatte ein schlechtes Gewissen, sie so zu belügen, aber es musste sein. Niemand durfte wissen, dass Laura überlebt hatte und bei ihm wohnte, weder seine Freunde noch die Behörden und schon gar nicht der verbrecherische Frank Martens. Johann Klever war der Geschichte selbstverständlich von Anfang an misstrauisch gegenüber eingestellt. Bei seinen gelegentlichen Besuchen spielte er aber dennoch immer schön mit. Er konnte die Situation nicht genau einschätzen, ahnte zwar, dass an der Story etwas nicht stimmte, aber konnte nicht herausfinden, was. Außerdem hatte der Anwalt Laura sehr schnell in sein Herz geschlossen. Dennoch, Li musste immer höllisch aufpassen, was er sagte, wenn Jo bei einem seiner Besuche versuchte, ihn wieder einmal auszuhorchen oder in irgendeiner Weise zu Widersprüchen zu verleiten. Mit der Zeit aber gewöhnten sich alle aneinander und die argwöhnischen Anspielungen legten sich.

Sun Tzu und Laura wurden unzertrennlich und Li verspürte fast so etwas wie Eifersucht. Wenn Laura nicht zugegen war, nannte er Sun Tzu sogar das eine oder andere Mal einen Verräter. Natürlich mehr im Spaß als wirklich ernst gemeint. Laura hatte auch damit begonnen, mit Li allmorgendlich zum Strand zu gehen, um Tai Chi zu üben. Sie war eine gelehrige Schülerin und Li konnte mit ihr viele Partnerübungen praktizieren, die ihm allein nie möglich gewesen waren. Danach zelebrierten sie meistens ihr gemeinsames Frühstück in der Küche seines Hauses. Laura fand nach einigen Monaten sogar Geschmack am chinesischen Porridge, auch wenn sie gebratene Eier auf Toastbrot immer noch zum Frühstück bevorzugte. Die gemeinsame Arbeit im Gewächshaus erfüllte beide gleichermaßen mit Hingabe und Freude. Sie waren wie zwei Seelenverwandte, die grünes und blühendes Leben erschaffen konnten. Laura erlernte die Magie der Miniaturbäume, die wahre Kunstfertigkeit der traditionellen Bonsaikunst. Es gab nach kurzer Zeit kaum noch etwas, was Li ihr beibringen konnte, sie war wie ein Schwamm, der alles Wissen aus ihm herauszog. Sie begann sogar eigene Orchideensorten zu züchten, indem sie versuchte, verschiedene Arten miteinander zu kreuzen.

An den Nachmittagen liefen sie oft am Strand spazieren und tranken Kaffee in einem der vielen Strandhotels auf Borkum. Auf den Rückwegen kauften sie oft am Hafen frischen Fisch oder andere Meeresfrüchte. Aus dem Supermarkt brachten sie Gemüse und andere Zutaten heim, die Li dann am Abend für sie zubereitete. Laura half ihm gerne beim Kochen, ihre eigenen Kochkünste waren bisher auf das Braten von Eiern oder Spaghettikochen begrenzt. Sie staunte über die vielen verschiedenen Zutaten, die für ein Gericht notwendig schienen, lernte aber schnell zu unterscheiden, welch leckere Geschmacksnuancen sie kreierten.

Bei den anfänglichen abendlichen Essen erzählte Laura ihm die Dinge aus ihrer Kindheit, über ihre Eltern, die Schulzeit und ihr Straßenleben. Sie wurde dann immer sehr traurig, wenn sie Li aus ihrem Leben berichtete. Li hörte ihr, wie ein guter Freund es tut, geflissentlich zu, ließ sie durch die Erzählungen ihre Seele reinigen. Er selber aber schwieg über die eigene Vergangenheit, er wollte sie mit seiner eigenen, unglücklichen Lebensgeschichte nicht noch trauriger machen, als sie es eh schon war. Mit den Wochen und Monaten begann sie ihn aber immer öfter zu fragen, woher er käme, wieso er auf Borkum lebte, warum er allein war. Li erzählte ihr dann ausweichend nur generell von China, den grausamen Kommunisten, und dass er damals aus China vor ihnen geflohen war. Er instruierte sie lieber in chinesischer Philosophie, erzählte ihr über die große Vergangenheit Chinas und brachte ihr sogar ein wenig Chinesisch bei. Alles, was er ihr von ihm persönlich mitteilte, war, was er auch schon Johann Klever in der ersten Zeit offenbart hatte. Dass sein Geburtsort Guangzhou in China war, er die traditionelle chinesische Medizin studiert hatte und die furchtbaren Erlebnisse der Kulturrevolution ihn dazu veranlasst hatten, China für immer zu verlassen. Er erzählte ihr, dass er 1974 nach Hongkong zu seinem Großvater geflohen war, wo er dann ein paar Jahre gelebt hatte. Ohne ihr die Gründe für seine weitere Flucht zu erklären, berichtete er weiter, dass er 1978 auch Hongkong verlassen hatte. Als ein verfolgter Chinese aus dem kommunistischen China beantragte er in Deutschland Asyl und hatte es auch bekommen. In Hamburg studierte er die deutsche Sprache und war in den Ferien ein paarmal nach Ostfriesland gereist. Ihm hatte die Insel Borkum von Anfang an gefallen und er hatte schnell den Entschluss gefasst, sich auf der Insel niederzulassen. Li wusste natürlich, dass Laura darauf brannte, mehr über ihren Retter zu erfahren, es entsprach ihrer neugierigen Natur. Er begründete seine Verschlossenheit damit, dass ihn böse Dämonen aus der Vergangenheit plagten, viele Details aus seinem Leben immer noch zu schmerzhaft waren, sodass er nicht darüber reden konnte, noch nicht. Er versprach ihr aber, wenn seine bösen Dämonen ihn eines Tages verließen, würde er ihr alles erzählen.

Li wollte ihr auch den Schmerz seiner Familientragödie ersparen – wie konnte er dem Mädchen aus Deutschland die furchtbaren Grausamkeiten, die ihm während der großen Kulturrevolution Chinas widerfahren waren, erklären?

Hinzu kam: Er fühlte inzwischen für Laura, als wäre sie seine Tochter. Es gab ihm ein versöhnliches Gefühl, wenn er sie als eigene Familie betrachtete.

Familienglück sowie väterliche Liebe waren ihm auf brutale Weise genommen worden. Er hatte keine Frau und keine Tochter, sondern nur seine Dämonen der Erinnerung.

Kapitel 21

1973, China, Dachangba, Sichuan-Provinz

Ein strahlend blauer Himmel tat sich über den Bergen Sichuans auf. Die Sonne begann, mit ihren kräftigen Strahlen langsam die Erde zu erwärmen. Unten im Tal glitzerte im Sonnenlicht der ewige Jangtse-Fluss, er zog sich funkelnd, wie eine silberne Schlange, durch die felsige Landschaft. Ein weiterer kalter Winter war endlich vorüber und die Bauern konnten mit der neuen Frühjahrsaussaat beginnen. Li sowie die anderen Studenten arbeiteten, zusammen mit den Mitgliedern der Familien, auf den noch immer hart gefrorenen Feldern an den Berghängen. Es war eine harte, mühselige Arbeit. Der Pflug wollte noch nicht so richtig in den frostharten Boden eindringen und musste, um mit ihm eine ausreichend tiefe Furche zu ziehen, mit schweren Steinen für zusätzliches Gewicht beschwert werden. Die langen Wintermonate hatten die Einwohner des Dorfes, trotz starker Frosttage, gut überstanden. Die Ernte im Vorjahr war gut ausgefallen und sie hatten sich einige kleine Rücklagen schaffen können. Niemand in Dachangba hatte im letzten Winter hungern müssen, alle im Dorf waren jeden Tag satt geworden. Yan Yi und Li waren glücklich, ihr armseliges Leben in den Bergen war ihnen egal geworden. Einzig und allein wichtig für sie war, dass sie einander hatten. An den Abenden, nach getaner Arbeit auf den Feldern, schmiedeten sie Pläne für ihre Zukunft. Sie überlegten, was sie tun würden, wenn die erzwungene Zeit auf dem Land eines Tages vorbei war. Li hatte Yan Yi von seinem Großvater und seinem Onkel in Hongkong erzählt und sie wollten versuchen, dorthin zu gelangen. In Hongkong wollten sie ein besseres Leben führen, gemeinsam eine Familie gründen, ihre traurige Vergangenheit hinter sich lassen. Nach dem Kampf und Sieg über Wong im letzten Jahr hatte Li mehr Selbstvertrauen gefunden. Bei den folgenden wöchentlich stattfindenden, politischen Treffen im Dorfhaus musste Wong wiederholt schwere Selbstkritik üben. Er wurde von allen systematisch isoliert und sonderte sich auch selber von der Gruppe ab. Zum Schlafen und Essen kam er zwar in die Hütte, aber ansonsten wurde er zum totalen Einzelgänger. Es war keine Seltenheit, dass er oft tagelang zu niemandem ein Wort sprach.

Fang Soon Yu, zusammen mit dem Dorfvorsteher Chong Wai Yip, hatte – nach dem Kampf zwischen Li und Wong – Li zum Führer der Studentengruppe ausgerufen. Li organisierte seitdem, neben der Feldarbeit, das Leben der Studenten und erreichte es mit seiner ruhigen Art, sie zu einer harmonischen Gemeinschaft zu formen. Abends saßen sie seither oft zusammen, und manchmal erzählten sie sich besonnen von ihrem Leben vor und während der Kulturrevolution. Besonnen deshalb, da es klüger und auch gesünder war, keinerlei Kritik an ihrem großen Führer Mao Zedong und seiner Politik zu üben.

Liu Yang, eine der beiden jungen Schülerinnen, die sich das Haus mit Yan Yi teilten, stammte aus einer von den „Roten Garden" so erklärten schlechten Familie. Beide ihrer Eltern waren als Konterrevolutionäre immer wieder attackiert worden. Ihr Zuhause wurde wiederholt von Rotgardisten überfallen, und die hatten jedes Mal alles kurz und klein geschlagen. Da ihre Familie um das nackte Überleben kämpfte, hatte Liu Yang sich freiwillig für Mao Zedongs Kampagne, die Umerziehung auf dem Land, gemeldet. Ihr Hauptgrund aber bestand darin, dass sie für ihre Eltern keine weitere Last sein wollte, um die sie sich zusätzlich sorgen mussten.

Zhang Wei, der Student aus Chengdu, hielt sich lange Zeit zurück und hörte immer nur den anderen zu. Wenn die Frage nach seiner eigenen Geschichte kam, winkte er oft nur müde ab und sagte, er sei auch freiwillig aufs Land gegangen. Später erfuhren sie dann, dass sein Vater ein Bankangestellter gewesen war, der schon unter Chiang Kai-shek im Finanzwesen der Provinzregierung gearbeitet hatte. Sein Vater wurde von Revolutionsgarden hingerichtet und seine Mutter hatte sich daraufhin das Leben genommen. Zhang Wei musste aus diesem Grund viel Leid ertragen, wurde dauernd in fast jeder Kampfsitzung zur Selbstkritik gezwungen. Man prügelte ihn, sperrte ihn ein, und fast hätten sie ihn wie seinen Vater auch hingerichtet. Nur der Umstand, dass ein Onkel der Familie im Revolutionskomitee für ihn bürgte, rettete ihm das Leben.

Ying Yue, das andere junge Mädchen in Yan Yis Unterkunft, war bei einer Gruppe revolutionärer Schüler gewesen. Als die Rotgardisten aber ihre Lieblingslehrerin mit ihren kupfernen Gürtelschnallen totprügelten und vor ihren Augen verbrannten, hatte sie einen Nervenzusammenbruch erlitten. Sie verließ monatelang nicht mehr ihr Bett, jedes Mal, wenn sie Rotgardisten sah, zitterte sie wie Espenlaub am ganzen Körper und begann unkontrolliert zu schreien. Um zu gesunden, wollte sie freiwillig in die Berge, aufs Land, und ihren Seelenfrieden wiederfinden.

An einem dieser gemeinsamen Abende erfuhr Li zufällig, dass er selbst, wie die anderen Studenten, offiziell auch freiwillig hier in den Bergen war. Wong hatte ihn einfach, ohne zu fragen, zusammen mit Yan Yi auf eine der Freiwilligenlisten setzen lassen. Wang Tao, der ehemalige Mitstreiter Wongs, beichtete es ihnen an einem der Abende. Wong selber hatte angeblich vor den Konsequenzen seiner Gräueltaten aus Guangzhou fliehen müssen. Es drohte ihm die Hinrichtung durch die Revolutionsarmee. Als er davon erfuhr, sorgte er dafür, dass Li und Yan Yi mit ihm aufs Land kommen mussten. Wang Tao berichtete ihnen auch, wie Wong mit eiserner Faust die kleine Gruppe Rotgardisten, zu der er selber auch gehörte, befehligt hatte. Unter Tränen berichtete er ihnen von den Grausamkeiten, wie sie gezielt Lehrer und Erzieher zu Tode geprügelt oder zum Selbstmord getrieben hatten.

Nach seiner Beichte bat er die Gruppe um Vergebung seiner Schuld für den Terror, die Unmenschlichkeiten, die er begangen hatte. Nach anfänglicher Empörung und unter vielen Tränen vergaben sie ihm letztendlich.

Am nächsten Morgen fanden sie Wang Tao an einem Baum hängend. Ein Pappschild hing um seinen Hals, auf dem geschrieben stand: „Ich bin ein Verräter an Mao Zedong und unwürdig weiterzuleben." Sein Tod wurde als Selbstmord eingestuft, aber es blieben Zweifel.

Wong war nie dabei, wenn die Gruppe zusammensaß und sie sich gegenseitig ihre Lebensgeschichten beichteten. Er wanderte lieber in den Bergen umher, war seine Ausrede. Aber die Studenten fühlten oft seine Nähe, wussten, dass er sie heimlich bei ihren Gesprächen belauschte. Li wurde auch das Gefühl nicht los, dass er sie an dem Abend belauscht hatte, als Wang Tao seine Beichte abgab. Er ahnte, dass Wong etwas mit dem Tod Wang Taos zu tun hatte. Beim Begräbnis hielt sich Wong auffallend abseits und zeigte keinerlei Trauer, was Li nur noch mehr in seiner Annahme bestärkte. Er schwor sich, Wong im Auge zu behalten.

Die Tage nach Wang Taos Selbstmord zogen sich schleppend dahin und die Stimmung der Gruppe war auf dem Nullpunkt. Dann, eines Morgens, verließ Yan Yi mit freudestrahlenden Augen das Haus des Dorfvorstehers. Ihr war in den letzten Wochen morgens mehrfach übel geworden und ihre monatlichen Blutungen hatten ausgesetzt. Die Frau des Dorfvorstehers, Chong Su Pei, die gleichzeitig auch als Hebamme im Dorf fungierte, hatte sie untersucht. Jetzt hatte Yan Yi Gewissheit, warum sie sich am Morgen immer so unwohl fühlte; sie war nicht krank, sondern schwanger. Im ersten Augenblick war die Nachricht ein Schock für Yan Yi gewesen. Sie fragte sich, was jetzt aus ihnen werden sollte. Gleichzeitig aber überkam sie eine unermessliche

Freude, sie war glücklich über das neue Leben, das in ihrem Bauch heranreifte. Yan Yi konnte es kaum abwarten, Li zu erzählen, dass er Vater werden würde. Frau Chong bot ihr an, mit ihrem Mann zu reden und für eine schnelle Hochzeit zu sorgen. Er würde zwar zuerst toben, aber das würde sich schnell legen. Sie wusste von ihrem Mann, dass er Li sehr mochte. Außerdem, bemerkte sie augenzwinkernd, war es schon viel zu lange her, dass in Dachangba ein schönes Hochzeitsfest stattgefunden hatte. Noch sollte Yan Yi aber die Angelegenheit vor den anderen verheimlichen und abwarten. Sie wollte erst mit ihrem Mann sprechen, zuvor alles abgeklärt haben, bevor es die anderen erfuhren. Yan Yi versprach ihr, einzig nur mit Li darüber zu reden und die, hoffentlich positive Entscheidung ihres Mannes abzuwarten.

Yan Yi konnte kaum bis zum Abend abwarten. Sie wollte Li nach dem Essen mit der freudigen Nachricht überraschen. Den ganzen Tag war sie aufgeregt und im siebten Himmel. Der Abend kam und wie so oft im Frühling unternahmen sie und Li nach dem Essen noch einem kleinen Spaziergang. Etwas entfernt von den Häusern der Studenten, unter einem Apfelbaum, setzten sie sich nieder.

„Li, mein Liebster, ich habe eine wunderschöne Neuigkeit für uns", eröffnete Yan Yi strahlend. „Wir bekommen ein Baby, Li, ich bin schwanger."

Li, der sein Glück nicht fassen konnte, war außer sich vor Freude, als Yan Yi ihm erklärte, sie würde ein Kind von ihm bekommen. Tränen der Freude liefen seine Wangen herunter und der Gedanke, Vater zu werden, überwältigte alle seine Gefühle.

„Madame Chong wird mit ihrem Mann über eine Hochzeit, unsere Hochzeit, im Dorf reden, Li, was sagst du dazu?", fuhr Yan Yi fort, ohne ihm Zeit zum Antworten zu lassen.

„Was ich dazu sage? Ich bin überglücklich, kann es noch gar nicht fassen, dass ich Vater werde, Liebste. Natürlich heiraten wir, es gibt nichts, was ich mir in meinem Leben mehr wünsche. Du weißt aber schon, dass wir gegen die Regeln unserer Landerziehung verstoßen haben und er eine Heirat auch verbieten kann?"

„Pscht", unterbrach ihn Yan Yi sanft, legte dabei ihren Finger auf seinen Mund. „Es wird alles gut, mach dir keine Sorgen. Wir sind hier weit entfernt von den Regularien der Regierung. Madame Chong regelt das schon für uns, hat sie gesagt, und ich glaube ihr. Wichtig ist doch, dass wir uns lieben, alles andere ist mir egal."

Mit den Worten zerstreute sie Lis Bedenken. Li nahm Yan Yi in den Arm und küsste sie, streichelte ihr dabei liebevoll über ihren Bauch. Sie lachten und machten neue Pläne für die Zukunft. Jetzt, wo sie bald zu dritt sein würden, war es umso wichtiger, dass sie nach Hongkong fliehen würden. Doch sie wollten nichts überstürzen und malten sich erst mal ihre baldige Dorfhochzeit aus. Madame Chong hatte Yan Yi mitgeteilt, sie sei schon im vierten Monat, und es bliebe nicht mehr viel Zeit und der Babybauch würde sich zeigen. Sie hatte dazu geraten, die Hochzeit am besten bald stattfinden zu lassen.

Von ihrem Glückstaumel berauscht, machten sie sich, als es kühler wurde, auf den Rückweg. Nicht ahnend, dass Wong nur wenige Meter entfernt ihr Gespräch belauscht hatte.

Am nächsten Morgen wurde das ganze Dorf durch markerschütternde Schreie aus dem Schlaf gerissen. Als Li und Zhang Wei aus dem Haus gelaufen kamen, sahen sie, dass Ying Yue, eins der Mädchen aus Yan Yis Haus, weit abseits ihrer Hütte stand, dort, wo Li eine Waschstelle mit einer primitiven Dusche für die Mädchen eingerichtet hatte. Sie starrte mit weit aufgerissenen Augen auf die Waschstelle und schrie unentwegt. Li konnte sich nicht erklären, warum Ying Yue so herumschrie, bis er den reglosen, blutüberströmten Körper eines Mädchens im Gras neben der Waschstelle entdeckte.

„Nein, bitte nicht", schrie er nun selber, denn er hatte sofort erkannt, um wen es sich dort im Gras handelte. Li fiel neben seiner leblos daliegenden Yan Yi auf die Knie, nahm zärtlich ihren Kopf in seinen Arm und begann unkontrolliert und herzzerreißend zu schluchzen.

In der Zwischenzeit waren auch ein paar Bauern, unter ihnen Fang Soon Yu und Chong Wai Yip, durch das laute Geschrei des Mädchens herangeeilt gekommen. Nur mit viel Mühe gelang es ihnen, mit gemeinsamen Kräften Li von Yan Yis leblosem Körper zu trennen. Er schrie wie ein waidwundes Tier, als man ihn weiter abseits ins Gras setzte. Sie mussten ihn mit mehreren Männern festhalten. Als er sich etwas beruhigt hatte, sah Li mit rot geäderten Augen in die immer größer werdende Runde der Menschen. Ausnahmslos alle aus dem Dorf waren da, blickten voll Mitleid auf ihn herunter, nur einer fehlte, Wong.

Es hatte noch nie einen Mord im Dorf gegeben und die Bauerngemeinschaft von Dachangba stand unter Schock. Die unermessliche Grausamkeit, mit der der Täter sein Opfer getötet hatte, sprengte alle ihre Vorstellungen. Er hatte Yan Yi nicht nur mit unzähligen Messerstichen regelrecht abgeschlachtet, sondern das Mädchen vorher auch noch missbraucht. Damit schien seine perverse Mordlust aber immer noch nicht befriedigt gewesen zu sein. Der Hass auf Yan Yi musste so groß gewesen sein, dass er ihr auch noch das Baby aus dem Bauch geschnitten hatte. Der Fötus lag in der Duschmulde, wo Li ihn nicht hatte sehen können. Fang Soon Yu, der den Fötus entdeckte, wickelte ihn schnell in ein Tuch, und er wurde zusammen mit der Leiche zum Lagerhaus ins Dorf gebracht. Er informierte nur den Dorfvorsteher

Chong Wai Yip über seinen grausamen Fund. Sie brachten es nicht übers Herz, es Li zu erzählen, und behielten es für sich.

Der Hauptverdächtige für die Tat war eindeutig Wong Yat Wah, der nach der Tat spurlos verschwunden blieb. Fang Soon Yu hatte noch am gleichen Tag einen Politkommissar aus Liangshan geholt, der die grausame Tat im Dorf offiziell untersuchte und ein Protokoll anfertigte. Sofort wurde in der ganzen Region eine Fahndung nach Wong eingeleitet. Viel Hoffnung, Wong zu fassen, hatte er jedoch nicht. In den Wirren der noch anhaltenden Kulturrevolution zählte ein Menschenleben in China gar nichts. Durch die jahrelangen bürgerkriegsähnlichen Verhältnisse, mit Millionen junger Menschen, die aufs Land geschickt worden waren, gab es außerdem in ganz China ein bürokratisches Chaos. Er versprach dennoch, sein Bestes zu tun, um den Mörder seiner gerechten Strafe zuzuführen. Er schickte auch ein Kabel nach Guangzhou, um die Behörde in Wongs Heimatstadt nach ihm Ausschau halten zu lassen.

All das Gerede und Tun konnte Li nicht über seinen Verlust hinweghelfen. Er fühlte sich, als ob er zusammen mit Yan Yi gestorben war. Seine Seele hatte an dem Tag einen irreparablen Schaden erlitten, ein böser Dämon von ihm Besitz ergriffen. Wie ein lebloser Zombie erledigte er weiterhin all seine auferlegten Arbeiten, nahm aber am allgemeinen Dorfleben nicht mehr teil. Anstatt einer Hochzeit gab es drei Tage später ein Begräbnis. Yan Yi wurde etwas abseits höher in den Bergen mit einer schlichten Trauerzeremonie auf dem kleinen Dorffriedhof beigesetzt. Li musste bei der Beerdigung gestützt werden, er war ein gebrochener Mann. Die folgenden Wochen vergingen freudlos im Dorf. Li ging jeden Tag zu Yan Yis Grab und saß dann stundenlang weinend daneben. Er aß kaum noch und es kam oft genug vor, dass er sogar auf dem Friedhof neben dem Grab schlief. Der Dorfvorsteher entließ ihn dann auch nach der Ernte offiziell mit großem Dank für seinen Arbeitseinsatz auf dem Land und schickte Li zurück nach Guangzhou in die Stadt. Beim Abschied von den Dorfbewohnern und Studenten gab er Li seine Entlassungspapiere. Er versprach ihm, er würde das Grab seiner Frau und Tochter pflegen. Li schaute Chong Wai Yip bei den Worten nur verwundert und geistesabwesend an und verließ das Dorf für immer. Erst später registrierte er, was sie bedeuteten. Li schwor sich, er würde niemals nach Dachangba zurückkommen.

Kapitel 22

2018, April, Borkum, am nächsten Morgen

Die salzige Meeresluft füllte Lis und Lauras Lungen und belebte ihre Kräfte während der morgendlichen Tai-Chi-Übungen am Strand. Sie praktizierten das „Tuishou", auch „Die schiebenden Hände" genannt. Es war eine Übung, wo sich die Partner gegenüberstanden und einander an den Armen und Händen berührten. In einer kontinuierlichen Bewegungsschleife übte einer den Druck auf die Arme des anderen Übenden aus, der versuchte, dem Druck nachzugeben und ihn zu neutralisieren, um anschließend selbst Druck auszuüben. Das Ziel des „Tuishou" war es, den Gegner dazu zu zwingen, seinen Stand aufzugeben, und gleichzeitig den eigenen Stand zu behalten.

Es war ein herrlicher sonniger Morgen mit einem endlosen blauen Himmel über Borkum und der Nordsee. Die Temperaturen waren auf einem verträglichen Level, es wehte ein sachter Wind. So könnte eigentlich jeder Tag beginnen, dachte Li auf dem Weg zurück zum Haus hinter den Dünen. Er freute sich jetzt auf ein ausgiebiges Frühstück mit Laura. In seiner Küche angekommen, schaute Li auf die Küchenuhr und es war gerade einmal kurz nach acht Uhr. Er hatte noch viel Zeit bis zu seinem heutigen Zehn-Uhr-Termin mit Johann Klever im Ort. Jo hatte ihn schon am Vortag mehrfach versucht anzurufen, um ihm mitzuteilen, dass er ihn gerne sehen wollte. Er begründete seine Bitte um ein Treffen damit, dass er für Li Neuigkeiten aus China habe. Das konnte wiederum nur bedeuten, er hatte etwas über Li Xue herausgefunden. Li war auf irgendeine Weise aufgeregt, andererseits wusste er nicht so recht, ob er sich über die Information freuen könnte. Seine Gefühle waren immer noch sehr zwiespältig. Wie würde er es aufnehmen zu erfahren, dass seine Schwester nicht mehr am Leben war? Was würde er machen, wenn seine Schwester doch noch lebte und Jo sie ausfindig gemacht hatte? Würde er Li Xue dann in China kontaktieren oder das Wissen um ihr Dasein einfach ignorieren? Er hatte keine Antworten auf die Fragen, es würde sich finden.

Laura entschloss sich, Li in den Ort zu begleiten, sie wollte selber noch einige Besorgungen machen. Sie hatten reichlich Zeit, beendeten in aller Ruhe ihr ausgiebiges Frühstück und verließen das Haus um kurz nach neun Uhr. Gemeinsam liefen sie gemütlichst den langen Strand zur Stadt hoch und Laura fand einiges Treibholz am Strand, welches sie in ihren mitgebrachten Korb packte, um es später bei ihren eigenen neuen Bonsaikreationen zu verwenden. Im Ort angekommen, trennten sich ihre Wege. Laura ging ihren Einkäufen nach und Li suchte das Büro von Johann Klever auf. Li bat Laura, nicht auf ihn zu warten. Erstens wusste er nicht, wie lange Jo seine Zeit in Anspruch nehmen würde, und zweitens wollte er erst einmal allein sein, um die Neuigkeit zu verdauen. Er hatte mit niemandem außer Jo bisher über seine Schwester geredet, und so sollte es für den Moment auch bleiben. Er und Laura hatten sich dann für später am Nachmittag in Lis Gewächshaus verabredet.

„Moin, Li", empfing ihn Johann Klever fröhlich gelaunt in seinem Büro. „Ich glaube, ich habe äußerst interessante Neuigkeiten für dich, mein alter Freund. Es sieht wirklich so aus, als ob deine kleine Schwester noch lebt und ich sie gefunden habe."

Lis Herz machte einen freudigen Sprung und er lächelte, unerwartet glücklich über die Meldung. All die Jahre der inneren Verdrängung, der Ablehnung des Eingestehens brüderlicher Liebe für seine kleine Schwester, waren von einem Moment zum nächsten plötzlich verschwunden, ausradiert mit Jos wenigen Worten. Li war innerlich aufgewühlt, ungeduldig und wollte sofort alles wissen.

„Erzähl mir, Jo, wo hast du Li Xue gefunden, wie geht es ihr?"

„Langsam, Li", erwiderte Jo und kramte umständlich in ein paar Papieren auf seinem Schreibtisch. „Noch wissen wir nicht, ob es sich wirklich um deine Schwester handelt oder ob es nur eine Verwandtschaft des Namens ist. Es gibt aber starke Indizien dafür, dass sie es wirklich sein könnte. Wir haben sie, nach langer Recherche und in enger Zusammenarbeit mit der deutsch-chinesischen Kulturvereinigung, letztendlich in Guangzhou ausfindig gemacht. Sie soll dort angeblich jahrelang in einem Kinderhort als Erzieherin gearbeitet haben."

Mit den Worten zog er ein Foto aus einem Stapel Papiere, auf dem eine ältere Frau abgelichtet war. Li glaubte die alte Chinesin auf dem Foto sofort zu erkennen, es musste Li Xue, seine kleine Schwester, sein. Die Frau auf dem Bild hatte die gleichen Gesichtszüge wie ihre Mutter angenommen. Dennoch – ihre Augen waren immer noch mit Li Xues eigenem trotzigem Blick von damals behaftet, redete er sich ein. Es war ein Schock für Li, denn er hatte das Gesicht seiner Schwester immer noch als das eines kleinen, jungen Mädchens vor sich. Was er auf dem Foto sah, welches ihm Jo entgegenhielt, war das Antlitz einer alten Chinesin. Aber Li hatte kaum Zweifel, er war sich sicher, dass es sich wirklich um seine Schwester, die kleine Li Xue, handelte. Mit von Tränen feuchten Augen nickte Li und sagte: „Es ist Li Xue, Jo, ich bin mir da ziemlich sicher. Komm, berichte mir, was du über sie herausgefunden hast."

Johann Klever hatte Li selten so aufgewühlt gesehen. Er sorgte sich um seinen Freund und wollte ihn vor einer Enttäuschung bewahren. Er war erst am Beginn seiner Nachforschungen und musste eindeutige Beweise für die Identität der abgelichteten Person auf dem Foto finden. Auch wenn er selber glaubte, richtig zu liegen, war es immer noch fraglich, ob sie wirklich Lis Schwester war.

„Beruhige dich erst mal, Li, wir wissen doch noch gar nicht, ob sie es wirklich ist, und müssen mehr Informationen beschaffen. Du kannst dir vorstellen, das ist alles nicht so einfach in China. Wir haben ein Foto, einen Namen, aber keine genaue Adresse. Der Kinderhort, in dem deine mögliche Schwester gearbeitet hat, konnte uns leider keine weitere Auskunft über ihren Verbleib geben. Ich habe einen lokalen Anwalt der chinesischen Kulturvereinigung in Guangzhou privat damit beauftragt, mehr über die Frau in Erfahrung zu bringen. Ich erwarte seinen Bericht in einigen Wochen."

„Du bist dir vielleicht nicht sicher, doch ich mir schon, Jo. Sie ist es wirklich, glaube mir. Ich muss erst einmal die Neuigkeit, dass meine kleine Schwester noch lebt, verarbeiten und bin mir noch nicht schlüssig, wie ich damit umgehen werde. Ich danke dir aber für deine gute Arbeit, Jo. Schicke mir bitte alle Informationen, Fotos et cetera per E-Mail, und deine Rechnung am besten gleich mit", antwortete Li nachdenklich und immer noch innerlich aufgewühlt. Er wollte jetzt vor allem mit sich allein sein. Li verabschiedete sich formlos von seinem Freund und verließ Jos Büro.

Johann Klever blickte nachdenklich seinem Freund hinterher. Er fragte sich, ob er Li eventuell etwas verfrüht von seiner Nachforschung berichtet hatte. Vielleicht hätte er doch lieber noch etwas warten sollen, bis er sich hundertprozentig sicher war, Lis Schwester gefunden zu haben. Andererseits, wenn Li seine Schwester trotz der vielen Jahre auf dem Foto wiedererkannt hatte, dann war es gut so und er auf der richtigen Spur.

Li musste die Information bei einem längeren, einsamen Strandgang in Ruhe verdauen. Seit Lauras Anwesenheit war so viel in seinem Leben passiert und jetzt hatte er auch noch die Gewissheit, dass seine Schwester noch am Leben war. Die Dämonen der Vergangenheit hatten ihn wieder einmal eingeholt und trieben ihr böses Spiel mit seinem Seelenfrieden. Erst Laura, die ihn ständig an seine tragische Liebe erinnerte, und jetzt auch noch Li Xue, die er für die Deportation und den Tod seiner Eltern jahrelang verantwortlich gemacht hatte. Er suchte Rat bei seinen Philosophen, und die einzige Weisheit, die ihm in den Sinn kam, war eine von Konfuzius.

„Der Mann, der den Berg abtrug, war derselbe, der anfing, kleine Steine wegzutragen."

Li versuchte den Sinn zu deuten und er kam zu der Erkenntnis, dass er nicht in einer einzigen Schlacht alle seine Dämonen besiegen konnte, sondern sie nach und nach austreiben musste. Zufrieden und motiviert machte er sich auf den Heimweg.

Kapitel 23

2018, April, Borkum, später am Abend

Das Glas des Gewächshauses spiegelte sich in den letzten Strahlen der Abendsonne. Li hatte sich verspätet und erreichte sein Anwesen viel später als zur verabredeten Zeit. Er fand Laura an ihrem Arbeitstisch stehend. Auf dem hölzernen Tisch lag die gelbe, wasserdichte Aquapaktasche, die er letztes Jahr neben ihr am Strand gefunden hatte. Sie musste sie wohl in dem neu angelegten Orchideenbeet durch Zufall gefunden haben, dachte sich Li nichts weiter dabei. Den Inhalt der Tasche hatte sie auf wahllos auf dem Tisch ausgeleert. Ungeduldig und mit einer vorwurfsvollen Miene blickte sie auf Li, wartete auf seine Erklärung. Sie hatten, seit dem einen Abend, nie wieder über die Nacht des Sturms gesprochen. Die unselige, tragische Nacht, in der sie von Bord der Segeljacht gespült worden war und Jens Haldermark den Tod gefunden hatte, lag ja auch schon mehrere Monate zurück. Li hatte die Tasche und ihren Inhalt schon fast vergessen, doch jetzt lag sie als stummer Zeuge der Unglücksnacht wieder vor ihm.

„Ach, da ist die Tasche ja wieder", stammelte Li etwas perplex beim Anblick der Aquapaktasche. „Ich hatte sie für dich versteckt, Laura, es ist alles da, musst dir keine Sorgen machen. Ich brauche das Geld nicht", stammelte er unbeholfen und merkte sofort, dass er genau das Falsche gesagt hatte.

„Ich weiß überhaupt nicht, wovon du redest, Li. Ich wusste nichts vom Inhalt, dem Geld. Es interessiert mich nicht und gehört mir auch nicht, das ist Drogenkohle von Frank Martens. Aber mein Pass und mein Handy sind in der Tasche und das ist schließlich mein Eigentum", antwortete sie mit einer unterschwelligen Anklage in der Stimme.

„Sorry, so war das nicht gemeint. Ich wollte dir nicht unterstellen, dass du von dem Geld wusstest, sondern es war mehr eine allgemeine Feststellung. Ich habe die Tasche damals nach dem Sturm zusammen mit dir am Strand gefunden. Du hieltest sie fest umklammert in den Armen. Ich wollte sie nicht im Hause rumliegen haben, allein schon wegen Frau Wolders. Deshalb habe ich sie einfach kurzerhand in einem der neuen Beete vergraben. Dann bin ich total darüber hinweggekommen, hatte schon gar nicht mehr an das olle Ding gedacht. Ich empfand sie eh nicht mehr als wichtig."

Laura tat es leid, Li so angefahren zu haben, und sie wusste, dass er es nur gut gemeint hatte. „Ist schon gut, Li, es ist auch nicht so wichtig und das Geld schon gar nicht. Ich will es sowieso nicht haben", sprach Laura in besänftigendem Ton.

„Gut, dann haben wir das erst einmal geklärt. Lass uns zu einem späteren Zeitpunkt dann in aller Ruhe überlegen, was wir mit dem Geld anstellen. Ich bin aber gegen ein Verbrennen oder sonstige Zerstörung. Eine Spende an die Drogenhilfe würde schon eher infrage kommen", erwiderte Li mit einem breiten Grinsen im Gesicht.

Beide mussten über Lis lustige Bemerkung lachen, sie packten gemeinsam die Euros sowie Jens Haldermarks Papiere zurück in die Tasche und verstauten sie diesmal in einem abschließbaren Schrank unter dem Werktisch. Li hatte noch vorgehabt, Laura zu ihrer neuen Bonsaikreation zu befragen, doch plötzlich ließ sie alles stehen und liegen, nahm ihren Pass, ihr Handy und ging damit hinüber zum Haus. Li rief ihr noch nach, auf keinen Fall das Handy zu aktivieren, aber das hörte Laura schon nicht mehr.

Li machte sich etwas Sorgen um das Mädchen. Schon seit geraumer Zeit, hatte er festgestellt, war Laura irgendwie mit ihren Gedanken nicht ganz bei der Sache, wirkte oft zunehmend abwesend. Es hatte vor circa zwei Wochen angefangen, gleich nachdem Laura einen Zeitungsbericht über den Tod einer jungen Frau in Hamburg gelesen hatte. Sie war beim Lesen kreidebleich geworden, wortlos aufgestanden und in ihr Zimmer verschwunden. Li las dann in der heruntergefallenen Zeitung, dass eine Prostituierte, eine Andrea Siebels, 19 Jahre alt, tot aus dem Hamburger Hafen gefischt worden war. Bei der gerichtsmedizinischen Obduktion der Leiche wurde eine erhebliche Menge Heroin in ihrem Körper festgestellt. Die Polizei stufte es als Unfalltod durch Ertrinken ohne Fremdeinwirkung ein, der Fall galt damit offiziell als abgeschlossen. Li nahm an, dass Laura und das Mädchen eine gemeinsame Geschichte hatten, doch als er sie danach befragte, wich Laura ihm aus. Alles, was er aus ihr herausbekam, war nur eine knappe, flüchtige Bestätigung. Ja, sie habe sie gekannt. Doch Li gab sich mit ihrer Antwort nicht zufrieden, denn er merkte sehr wohl, dass mehr hinter der Sache steckte. Der Tod des Mädchens, konnte er ihr ansehen, beschäftigte Laura zunehmend. Es gab mehr darüber zu erzählen, aber er wollte sie nicht mit zusätzlichen, lästigen Fragen weiter behelligen. Er dachte sich, sie würde, wenn sie mit ihm darüber reden wollte, schon früh genug von allein zu ihm kommen. Das hatte sie aber bisher nicht getan, ganz im Gegenteil, sie war in den letzten zwei Wochen noch zurückgezogener geworden. Sie lachte viel weniger als sonst und surfte plötzlich andauernd an seinem Computer im Internet. Sogar Sun Tzu, ihr sonst so anhänglicher ständiger Begleiter, spürte die Veränderung. Er legte sich neuerdings, um ihre Aufmerksamkeit zu erregen, auf die Tastatur des Computers. Nur so gelang es dem cleveren kleinen Tier, Laura vom Internetsurfen abzuhalten und ein paar Streicheleinheiten zu erzwingen.

Als Li eine Stunde später das Wohnhaus betrat, sah er aus den Augenwinkeln im Arbeitszimmer Lauras Handy an seinem Ladegerät. Laura selber befand sich in der Küche und putzte Gemüse für das Abendessen.

Li gesellte sich zu ihr und begann damit, den frischen Fisch, den Laura heute am Hafen gekauft hatte, zu waschen und in einer scharfen Marinade einzulegen. Sie hatten sich angewöhnt, gemeinsam zu kochen, und Laura war eine gelehrige Schülerin für Lis ausgefallene Rezepte.

„Ich hoffe, Laura, du wirst das Handy am Ladegerät nicht in Betrieb nehmen", begann Li das Gespräch bedächtig. „Du weißt sicherlich, man kann Telefone heutzutage ohne Probleme orten. Außerdem wäre es nicht ratsam, jemanden anzurufen und mitzuteilen, dass du noch am Leben bist."

Laura legte das große Schneidemesser beiseite, bevor sie trotzig erwiderte: „Ja, weiß ich schon, ich bin ja schließlich nicht blöde, aber aufladen darf ich es schon noch, oder?"

Li hatte genug von ihrer Patzigkeit und fuhr schwerere Geschütze auf. Mit eindringlicher, bestimmender Stimme warnte er sie: „Ich habe die kriminellen Typen aus Hamburg, die hier auf Borkum nach dir suchten, gesehen. Was soll ich sagen, unter freundlich und nett stelle ich mir etwas anderes vor. Du solltest sehr vorsichtig sein, Laura, wenn diese Typen rauskriegen, dass du noch lebst, ist es vorbei mit dem friedlichen Leben auf der Insel."

Li hatte recht mit seiner Warnung, dachte Laura, mit Frank Martens und seinen Leuten war nicht zu spaßen. Alles, was sie in den letzten Monaten so liebgewonnen hatte, könnte ein einziger Anruf gefährden. Sie mochte das Haus, ihre Arbeit in der Gärtnerei, ihre morgendlichen Tai-Chi-Übungen am Strand, den kleinen Kater Sun Tzu, und vor allem mochte sie Li. Noch nie war ein Mensch zu ihr, ohne etwas dafür zu verlangen, so gut gewesen wie dieser alte Chinese. „Keine Sorge, ich rufe schon niemanden an, ich will mir nur ein paar Fotos auf dem Handy ansehen", antwortete sie wenig überzeugend.

Er musste Laura dringend davon abhalten, eine große Dummheit zu begehen. Li erkannte ihren inneren Zwiespalt und versuchte herauszufinden, warum der Tod der Frau sie so quälte, doch dafür musste sie die Karten auf den Tisch legen. Er unternahm einen weiteren direkten Versuch, Laura aus der Reserve zu locken.

„Du sagtest, du kanntest sie, das tote Mädchen aus dem Hamburger Hafen?"

Laura zuckte merklich zusammen, als Li sie direkt auf Andrea ansprach. Sie stand immer noch unter Schock von der Meldung über den Tod ihrer Freundin. Es war für sie einfach unvorstellbar, dass Andrea im Hafen von Hamburg einfach so ertrunken war. Die Zeitung hatte geschrieben, bei der Obduktion hätte man eine große Dosis Heroin in ihrem Körper gefunden. Ihr Tod war der eines weiteren Drogenjunkies. Das war aber nicht wahr, sie wusste mit hundertprozentiger Sicherheit, dass Andrea niemals Drogen genommen hätte. Ihr älterer Bruder, Ralf, war an einer Überdosis gestorben, und seitdem hasste Andrea alle Drogen. Was war also mit ihr geschehen? Sie vermutete stark, dass Frank Martens etwas mit Andreas Tod zu tun hatte. Andrea war für ihn anschaffen gegangen, nur er oder einer seiner Handlanger konnte ihr die Drogen verabreicht haben. Es gab einfach keine andere Erklärung für ihren Tod. Frank hatte Andrea umgebracht, aber warum nur? Andrea hatte doch nie einer Fliege etwas zuleide getan. Die Frage brannte ihr schon, seitdem sie den Bericht gelesen hatte, auf der Seele – und was war mit Gaby? War sie auch tot, oder in irgendeiner Gefahr? Sie musste es unbedingt herausfinden. Andrea, Gaby und sie hatten sich geschworen, einander immer zu helfen.

„Wen sollte ich gekannt haben? Ich weiß nicht, von wem du sprichst, Li", wich sie ihm aus und wurde knallrot bei ihrer Lüge.

„Ich bin dein Freund, Laura, und du weißt ganz genau, von wem ich rede, das tote Mädchen aus der Zeitung. Seitdem du die traurige Nachricht von ihrem Tod gelesen hast, bist du nicht mehr dieselbe. Ihr Tod beschäftigt dich, das sehe ich dir doch an. Glaube mir, ich bin dein Freund und möchte dir doch nur helfen. Bedeutet dir denn unsere Freundschaft so wenig, dass du mir nicht vertrauen kannst? Mein Meister Konfuzius sagt:

„Das Wesen einer Freundschaft ist, sich aufrichtig Ermahnungen zu geben und einander auf den guten Weg zu führen."

Laura schwieg, und ihr Schweigen veränderte die vorher gelöste Atmosphäre zu einer abweisenden, kühlen Stimmung. Zur Rettung der unangenehmen Situation kam Sun Tzu gerade im richtigen Moment in die Küche gerannt und verlangte sofort laut miauend sein Abendessen. Dankbar für die Ablenkung nahm Laura den Kater auf den Arm und hätschelte ihn. Li holte sein Fressen aus dem Schrank und füllte Sun Tzus Fressnapf.

„Okay, lass uns das Thema erst einmal beenden und an unser Abendessen denken. Ich werde uns eine schöne Flasche Weißwein zum Fisch aufmachen, was hältst du davon?", entschärfte Li die Spannung im Raum.

„Sorry, Li, ich weiß, du meinst es gut, und das mit dem Wein ist eine gute Idee", kam es etwas schuldbewusst zurück von Laura, und sie war froh, dass Li nicht weiter bohrte.

Später auf ihrem Zimmer schaltete Laura ihr Handy ein. Ihr Screen zeigte das Foto dreier lachender junger Frauen, Andrea, Gaby und Laura.
    Sie konnte sich noch sehr gut an den Tag, an dem das Foto entstanden war, erinnern. Sie waren gemeinsam an dem schönen, sonnigen

Nachmittag an der Hamburger Alsterchaussee shoppen gewesen und hatten sich in eins der Straßencafés gesetzt. Glücklich über ihre erfolgreichen Einkäufe und die vielen schmachtenden Blicken der Männer um sie herum, flirteten sie verspielt mit einem der hübschen Kellner, der freundlicherweise auch das Foto von ihnen gemacht hatte. Laura weinte still, als sie daran dachte und ihr bewusst wurde, dass sie nie wieder Andreas Lachen hören würde. Dass ihre Freundin, die immer so fröhlich gewesen war, jetzt irgendwo in einem einsamen Grab auf irgendeinem Scheißfriedhof lag. Sie musste unbedingt herausfinden, was passiert war, und nur Gaby konnte ihr eine Auskunft dazu geben. Sie suchte in der Kontaktliste nach ihren Informationen. Zusammen mit Gabys Profilfoto, E-Mail und Adresse erschien ihre Handynummer. Laura zögerte einen Moment, doch dann, entgegen Lis ausdrücklicher Warnung, niemanden anzurufen, presste sie in einem Moment der Unüberlegtheit die grüne Ruftaste.

Kapitel 24

2018, April, Hamburg, in der gleichen Nacht

Gaby Janssen war total schockiert, als ihr Handy plötzlich klingelte und sie auf dem Display den Namen des Anrufers sah. Laura? Wie konnte das sein? Sie dachte, ihre Freundin sei tot, in der Nordsee ertrunken. Frank hatte ihr doch erzählt, dass Laura bei dem Sturm umgekommen war. Doch sie erkannte zweifelsfrei, bei dem Anrufer handelte es sich um Laura oder jemanden mit ihrem Handy. Es war fast zwei Uhr morgens, sie war gerade auf dem Rückweg von einem Kunden. Im Auto neben ihr saß Leon Bratcke, der für Frank Martens manchmal nachts auch die Mädchen abholte. Zuerst glaubte sie ihren Augen nicht zu trauen, dachte, es sei ein übler Scherz, aber als sie mit zittrigen Fingern die Antworttaste drückte und ihr die wohlbekannte Stimme entgegenschlug, wusste sie sofort, es war wirklich Laura.

„Bist du allein, kannst du reden?", schallte es kurz und knapp aus ihrem fest ans Ohr gepressten Handy.

Panik erfasste die junge Frau. Sie schaute ängstlich hinüber zu Leon, der ihr nur beiläufig einen fragenden Blick zuwarf. Auf keinen Fall durfte das Schwein mitbekommen, wer ihr nächtlicher Anrufer war, schoss es Gaby sofort durch den Kopf. Sie hatte mehrfach Gespräche zwischen Leon, seinem Chef und Klaas Reimann mit angehört, wo sie drohten, dem Flittchen, und damit war Laura gemeint, den Hals umzudrehen, falls sie sie jemals in die Finger bekämen. Mit eigenen Augen hatte sie mit ansehen müssen, wozu die Bande fähig war, als Frank Martens ihre Freundin Andrea mit einer Überdosis Heroin vollpumpte. Wie er dreckig dabei gelacht hatte, als er sagte, es würde jeder Hure so ergehen, die versuchen würde, Frank Martens zu bescheißen. Alles nur, weil Andrea ein paar Kunden nebenbei bedient hatte, deswegen musste sie sterben. Er hatte dann Leon Bratcke befohlen, Andrea einfach so wie ein Stück Abfall, das man entsorgt, in den Hafen zu werfen. Nur zu willig hatte das Dreckschwein dem Befehl seines Bosses Folge geleistet. Leon war ein eiskalter Killer, der Spaß am Töten hatte. Sie durfte jetzt bloß keinen Fehler machen, sonst würde es ihr und Laura genauso ergehen.

„Nein, heute geht es leider nicht mehr, Süßer, ich bin fast zu Hause, aber keine Sorge, morgen, da habe ich noch Termine frei, mein Kleiner", hauchte sie ins Telefon und drückte schnell die Aus-Taste an ihrem Handy. Sie hoffte, Laura hatte verstanden, dass sie im Moment nicht allein war, aber in Kürze in ihrer Wohnung sein würde und dann reden konnte. In der Hoffnung, Leon Bratcke hätte nichts von Lauras Anruf mitbekommen, packte sie das Handy schnell zurück in ihre Handtasche. Leon schien unbeeindruckt von ihrem komischen Gespräch, er konzentrierte sich ganz auf den leichten, nächtlichen Verkehr. Ohne eine Miene zu verziehen oder ein Wort zu sagen, fuhr er sie unbeirrt zurück zu ihrer Wohnung. Erleichtert, aber immer noch etwas verunsichert, dachte sie, ihm eine Ausrede für das Telefonat schuldig zu sein, und sagte rechtfertigend:

„Einer meiner Stammkunden, die meinen auch, mich einfach so zu jeder Tages- und Nachtzeit vögeln zu können. Ich habe Kopfschmerzen und bin durch für heute, außerdem ist auch schon sehr spät, der kann ruhig noch bis morgen warten, bevor ich ihm seinen Schwanz lutsche."

Ohne ihr eine Antwort zu geben, hielt Leon vor ihrer Haustür den Wagen an, ließ sie aussteigen und fuhr mit einem grimmigen Gesichtsausdruck davon. Gaby wusste nicht, ob er Verdacht geschöpft hatte oder nicht. Es war eh zu spät, sich jetzt darüber Sorgen zu machen. Sie wollte nur noch ganz schnell in ihre Wohnung und die Haustür hinter sich abschließen. Dort angekommen verriegelte sie die Tür mit der Kette des Vorhängeschlosses und wartete auf Lauras erneuten Anruf. Es dauerte fast eine halbe Stunde des quälenden Wartens, bevor ihr Handy erneut klingelte.

„Laura, du glaubst es nicht, wie ich mich freue, dass du lebst", sprühte sie voller Überzeugung heraus. „Wo bist du, mein Mädchen, was ist denn nur passiert, wie geht es dir?"

„Langsam, Gaby, nicht so schnell. Keine Sorge, es geht mir gut. Wo ich bin, kann ich dir nicht sagen, ich habe es jemandem versprochen. Es darf auch niemand wissen, dass ich lebe oder wo ich bin, verstehst du, Gaby, niemand. Frank bringt mich um, wenn er erfährt, dass ich noch am Leben bin!"

„Ja, ist klar, Leon war vorhin mit mir im Wagen, aber der hat, glaube ich, nichts gemerkt. Du brauchst dir keine Sorgen zu machen, ich werde niemandem davon erzählen, dass du mich angerufen hast. Du kannst dir sicherlich vorstellen, was hier nach deinem Verschwinden los gewesen ist. Die denken alle, du bist mit Jens im Meer ertrunken."

„Wäre ich auch fast, aber jemand hat mich gerettet. Ich bin wieder clean, keine Drogen mehr, aber lass uns nicht über mich sprechen. Was ist mit Andrea passiert, war das Frank?"

„Ja, das war Frank. Es gab einen riesigen Stunk nach eurem Verschwinden. Ich habe das miese Schwein noch nie so sauer gesehen, der war komplett ausgerastet, wochenlang ungenießbar. Das Arschloch flippte bei jeder Kleinigkeit aus, und dann hat Andrea unvorsichtigerweise auch noch auf eigene Rechnung ein paar Kunden bedient. Frank hat das natürlich sofort spitzgekriegt. Um für uns Mädchen ein Exempel zu statuieren, hat er sie vor meinen Augen erst mit Heroin vollgespritzt und dann hat Leon Bratcke, der Mörder, sie einfach ins Hafenbecken geworfen."

„Arme Andrea, diese unmenschlichen Schweine. Sie werden eines Tages dafür büßen …", weiter kam Laura nicht mehr, bevor sie von Gaby plötzlich unterbrochen wurde.

„Oh Gott, es hat an der Tür geklingelt. Laura, das sind Frank und seine Leute, was soll ich denn jetzt nur machen?", rief Gaby noch ins Telefon und dann war das Gespräch auch schon abrupt beendet.

Frank Martens grinste von einem Ohr zum anderen, als Gaby ihm endlich die Tür öffnete. Ohne zu fragen, traten er sowie Leon Bratcke und Klaas Reimann in die Wohnung.

„Hallo, Gaby, meine Süße, je später der Abend, umso schöner die Gäste, meinst du nicht auch?"

Eine rasende Angst ergriff Gaby, als Frank direkt zum Wohnzimmertisch, auf dem ihr Handy lag, zuging und es aufhob. Während Klaas Reimann sich in einem der Sessel niederließ, lehnte sich Leon Bratcke lässig am Türrahmen zum Hausflur an. Er hatte ihr somit demonstrativ den einzigen Fluchtweg versperrt, und sie beide wussten es. Seine bösen Augen beobachteten Gaby gehässig, um seine schmalen Mundwinkel lag ein zynisches Lächeln.

„Na, hast mir nichts zu beichten, mein Täubchen?", fragte Frank Martens mit ironischer Stimme und schaute dabei auf ihr Handy, wo die Nummer des letzten Anrufers gespeichert war. „Denkst du, Leon hat nicht gesehen, wer dich vorhin angerufen hat? Du hast vergessen, es ist Nacht, und im Dunkeln hat sich das Display deines Handys im Seitenfenster gespiegelt."

„Es ist nicht so, wie du denkst, Frank. Ich hätte dich schon noch über Lauras Anruf informiert. Ich wollte erst einmal Näheres von ihr erfahren, wo sie ist und wie sie überlebt hat und so weiter, das musst du mir glauben."

Frank Martens ging langsam auf Gaby zu und blickte sie mitleidslos an.

„So, muss ich das also? Für wie blöde hältst du mich eigentlich, du dumme Hure?"

Dann schlug er auch schon mit der flachen Hand zu. Die schallende Ohrfeige warf das Mädchen um ihre eigene Achse, und bevor sie wieder geradestand, schlug er ihr mit der Faust in die Magengegend, sodass sie vornüber zusammenklappte und auf den Teppich sank. Blut strömte aus ihrem Mundwinkel und sie röchelte nach Luft ringend am Boden. Leon zog sie an den Haaren hoch und Frank schlug ihr brutal ein weiteres Mal mit der flachen Hand ins Gesicht.

„So, und jetzt wirst du uns schön erzählen, wo sich unsere geliebte kleine Laura befindet. Raus mit der Sprache, sag es mir, du willst doch auch, dass unsere kleine Familie wieder komplett ist", stieß er bissig ironisch hervor, und ein weiteres Mal flog seine Hand dabei klatschend in ihr Gesicht.

„Ich weiß es nicht, Frank. Sie wollte es mir nicht sagen, sie sagte nur, es ginge ihr gut", schluchzte Gaby heulend. „Bitte, Frank, bitte nicht mehr schlagen, ich erzähle dir jedes Wort, das ich mit ihr gewechselt habe."

„Oh ja, das wirst du ganz gewiss, darauf kannst du dich verlassen – und lass dir bloß nicht einfallen, eine einzige Silbe auszulassen, sonst gehst du im Hafen schwimmen, mein Schätzchen, genauso wie Andrea, erinnerst du dich?"

Frank Martens starrte wütend auf das Handy, nachdem er die Rückruftaste und auf den Lautsprecher gedrückt hatte. Äußerst unzufrieden hörten sie nur die Ansagestimme der Telefongesellschaft, dass der angerufene Teilnehmer zurzeit nicht erreichbar war.

„Clever, die kleine Hure, hat ihr Handy abgestellt, aber das wird ihr auch nicht mehr helfen. Leon, ruf unseren Kontakt bei der hiesigen Polizei an und sage ihm, ich brauche die Ortung für einen Anruf von diesem Handy, und zwar so schnell wie möglich. So, und nun zu dir, du Miststück, ich bin ganz Ohr und freue mich auf alles, was Laura dir zu berichten hatte", stieß er mit einem grausamen Lächeln hervor.

Kapitel 25

1973, China, Guangzhou, zurück in der Stadt

Endlich, nach vier Jahren harter Arbeit und Entbehrung in den Bergen von Dachangba, war Li wieder zurück in seiner alten Heimatstadt Guangzhou. Die Stadt hatte sich äußerlich kaum verändert, dennoch war nichts mehr wie vorher. Es gab plötzlich viel mehr Menschen als früher in der Stadt und sein Elternhaus war von zwei fremden Familien bewohnt. Li musste sich, wie es für die zurückkehrenden Studenten vom Land vorgeschrieben war, im Büro der kommunistischen Parteizentrale der Stadt melden. Dort hatte er seine Entlassungspapiere vorzuzeigen. Nach intensiver Prüfung wurde ihm eine Arbeit in einer Fabrik für Landmaschinen zugewiesen. Als er die Besetzung seines Elternhauses durch fremde Familien ansprach und fragte, wo er jetzt wohnen sollte, wurde ihm nur mitgeteilt, die Fabrik würde ihn in einem ihrer eigenen Wohnheime unterbringen. Li hatte alles verloren, seine Familie, sein Elternhaus und seine Zukunft mit Yan Yi. Er war von einer unversöhnlichen Leere erfüllt, fühlte sich ohne Hoffnung. Seine ausweglose Situation verstärkte nur noch seinen Hass auf Mao und das kommunistische Regime der Ungerechtigkeit. Die letzten sieben Jahre der Kulturrevolution hatten unendliches Leid über China gebracht. Millionen Menschen waren genau wie Li traumatisiert und desillusioniert. Die meisten Intellektuellen waren tot oder in unzählige Arbeitslager verschleppt worden. So gut wie jede Familie in seiner Heimatstadt Guangzhou und anderen Großstädten Chinas war unmittelbar von den gewaltsamen Auswirkungen im Land betroffen. Doch nicht allein die physischen Schäden machten Li große Sorgen, er trauerte auch um die vielen unwiederbringlichen chinesischen Kulturgüter, die durch die Kulturrevolution zerstört worden waren.

Der Fabrikleiter, Gua Heng Cheng, hieß Li am nächsten Tag willkommen und teilte ihn zur Arbeit an einer Maschine zur Herstellung von Traktorachsen ein. Ein älterer Betriebsvertreter zeigte ihm dann die öffentliche Kantine des Kollektivs, in der er seine täglichen Mahlzeiten bekommen würde. Er brachte Li anschließend zu seinem Wohnblock, wo er in Zukunft schlafen sowie seine persönlichen Sachen unterbringen konnte. Alle Gebäude auf dem weiten Areal des Fabrikgeländes waren trist, grau, ohne Wärme und individuelle Gestaltung. Überall an den Wänden hingen Propagandaplakate der Partei und Parolen des großen Führers Mao Zedong. Es gab keinen persönlichen Lebensbereich, nur das Kollektiv zählte. Obwohl er sich in der Fabrik frei bewegen durfte, fühlte sich Li wie in einem riesigen Gefängnis. An seinem ersten Arbeitstag stellte man ihm seinen Gruppenleiter, Bao Hong Weng, vor. Der Mann, ein fanatischer Parteigenosse, begrüßte ihn aber recht freundlich. Er musterte Li, erklärte ihm die Arbeitszeiten, Pausen und zeigte ihm seinen zukünftigen Arbeitsplatz. Anschließend bekam Li eine ausführliche Bedienungseinweisung an der Maschine, mit der er in Zukunft zum Wohl des chinesischen Volkes Traktorachsen produzieren sollte. Die Halle, in der er von heute an arbeiten musste, war groß und der Lärm der Maschinen schier unerträglich. Die Arbeitszeit betrug zwölf Stunden pro Tag mit jeweils zwei halbstündigen Pausen. Nach zehn Arbeitstagen hatte er einen freien Tag. Es wurde in einem knochenharten Zweischichtbetrieb gearbeitet. Des Weiteren erklärte man ihm, dass von ihm erwartet wurde, neben seiner täglichen Arbeit auch regelmäßig an den Sitzungen der kommunistischen Arbeiterschaft der Fabrik teilzunehmen. Li nickte nur zu allem devot, verhielt sich, wie es von ihm erwartet wurde, folgsam und unterwürfig. Insgeheim plante Li aber schon seine Flucht vor dem System, der Stadt, dem Staat.

In den folgenden Wochen ging er oft in seiner Freizeit in die Stadt und knüpfte vorsichtig Bekanntschaft mit eventuell gleichdenkenden, enttäuschten jungen Menschen. Er verhielt sich dabei sehr umsichtig und hörte lieber zu, als dass er selber etwas äußerte. Durch einen glücklichen Zufall traf er eines Tages in der Stadt seinen alten Tai-Chi-Meister, Yang Lufeng, wieder. Nachdem sich die beiden herzlich begrüßt hatten, erzählten sie sich von ihren Erlebnissen der vergangenen Jahre. Yang Lufeng brachte Li mit anderen Gleichgesinnten zusammen. Sie hatten wie er unter dem Regime gelitten, alles verloren, aber die Hoffnung dennoch nicht aufgegeben. Li war erstaunt darüber, wie viele von Mao Zedongs Kulturrevolution enttäuschte und unglückliche Menschen es gab. Nach außen spielten sie in der Gesellschaft alle ihre Rollen als linientreue Kommunisten, ständig argwöhnisch gegenüber Fremden, die sie verraten konnten. Es war gefährlich, sich als ein mit dem kommunistischen System unzufriedener Mensch erkennen zu geben. Regimekritiker wurden ohne Gnade in Arbeitslager geschickt oder gleich an Ort und Stelle eliminiert. Ein einziges Ziel verband die Enttäuschten, sie wollten alle so schnell, wie es irgendwie ging, hinaus aus China. Die meisten am liebsten nach Hongkong und von dort weiter nach Amerika oder Kanada.

In kürzester Zeit hatte Li gelernt, dass es genau drei Optionen gab, nach Hongkong zu flüchten. Die eine war, den Landweg über die Kowloon-Halbinsel nach Shenzen zu wählen, um dort an den Grenzwächtern mit ihren Hunden vorbei in die Freiheit zu schlüpfen. Das schien ihm dann doch zu riskant und er erwägte kurz die zweite Möglichkeit, die Steilküste an der Westküste der Shenzen-Bucht zu nutzen. Das war für viele der kürzeste und beliebteste Fluchtweg von Shekou in China nach Yuen Long im Nordwesten von Hongkong, aber auch der gefährlichste. Die Mehrzahl der Flüchtlinge starb durch Ertrinken oder wurde von Soldaten der Volksarmee erschossen. Der Fluchtweg war so gefährlich und tödlich, dass es in der Stadt Shenzen einen eigenen Job gab, die unzähligen Toten zu bergen, die es nicht über die Grenze geschafft hatten. Darum hatte Li sich letztendlich für die dritte, die am weitesten östliche Route entschieden. Er wollte durch die Mirs Bay nach Hongkong schwimmen. Es bestanden keine Zweifel, es gehörte mehr Mut dazu, die längere Route zu durchschwimmen, und die Gefahren waren nicht viel weniger groß. Es war Li aus Erzählungen von anderen bekannt, dass einige Flüchtlinge von Haifischen getötet, andere aus Erschöpfung ertrunken und ein paar auch von den dünn patrouillierenden Küstenschutzbooten aus dem Wasser gefischt worden waren. Dennoch hielt er es für die beste, die aussichtsreichste Option. Li hatte sich dafür entschieden, die lange Strecke zu schwimmen, und sein Beschluss war endgültig.

An einem seiner nächsten freien Tage fuhr er mit dem Bus nach Xichong an der Nordostküste der Mirs Bay, um eine geeignete Stelle für sein Vorhaben auszukundschaften. Die Mirs Bay war eine Meeresbucht im chinesischen Tai Pang Wan, auch Dapeng Bay genannt. Die Bucht lag nordöstlich von Kat O und der San-Kung-Halbinsel von Hongkong im nördlichen Distrikt von Shenzen, in China. Für den direkten Zugang zur Küste der Mirs Bay benötigte man eine offizielle Sondergenehmigung, die aber kaum erteilt wurde. Man konnte dies aber umgehen, indem man weiter nördlich nach Xichong fuhr und von dort in die Bergwelt der Küste wanderte. Es war ein sehr unzugängliches Terrain, trotzdem gab es auch dort ab und zu Grenzwächter, aber weniger als anderswo, hatte er erfahren. Natürlich durfte man sich nicht erwischen lassen, aber mit etwas Glück und ein wenig Schmiergeld konnte man sich eventuell herausreden, sich verirrt zu haben, wurde ihm erzählt. Li hatte Glück, er begegnete an diesem Tag niemandem. Nach mehreren Stunden ausgiebiger Exkursionen fand er den Platz, wo er ins Wasser gehen würde. Es war eine kleine Bucht am östlichsten Zipfel, mit einem kleinen steinigen Strand und einem vorgelagerten Felsen im Wasser. Der Platz schien Li ideal und er wäre am liebsten sofort ins Meer gesprungen, aber das musste warten, bis der richtige Tag gekommen war. Er musste erst einmal für so eine große

Distanz bis Hongkong Ausdauerschwimmen üben. Li hatte sich einen Kompass besorgt und sich den Weg von Xichong über die Berge zur Küste ganz genau eingeprägt. Er durfte nicht wieder hierherkommen und sich auch keinerlei Notizen machen, sondern am Tag X aus der Erinnerung seinen Strand bei Nacht wiederfinden. Li wollte auch um keinen Preis in der Gegend auffallen oder dass ihn jemand bei seinem Ausflug entdeckte. Es wäre äußerst fatal, einen Plan einer Bucht bei sich zu tragen, der ihn als möglicher Flüchtling entlarven könnte.

Es war wieder Frühling geworden und Li ging jeden Morgen oder Abend zum Perlfluss, um sein Schwimmtraining zu absolvieren. Er musste jeden Tag mindestens zehn Kilometer schwimmen. Das hatte er sich als Ziel gesetzt, und mit eisernem Willen zog er sein Training durch. Bis zum Ende des Sommers war er durch das tägliche Training körperlich fit geworden, er fühlte sich gut und startbereit. In der Fabrik schöpfte niemand Verdacht, er ging seiner Arbeit nach, war sogar ein guter Arbeiter geworden, der bei seinen Vorgesetzten Anerkennung fand. Bei den betrieblichen politischen Sitzungen der Arbeiterschaft im Kollektiv glänzte er mit Verbesserungsvorschlägen und seiner vorbildhaften, gespielten kommunistischen Gesinnung. Niemand ahnte etwas von seinem eigentlichen Plan und Li ließ keinen Zweifel aufkommen, dass er ein loyaler Kommunist, ein treuer Anhänger Mao Zedongs, war. Tief innerlich hatte er aber ein verborgenes Glück in seinem Geheimnis gefunden. Die Wochen verstrichen, der Sommer brachte außer zusätzlicher Hitze keine weitere Abwechslung in Lis tristen Tagesablauf. Er hatte noch mehrfach versucht, irgendetwas über den Verbleib seiner Eltern und der jüngeren Schwester Li Xue herauszufinden, aber er stieß überall wieder nur auf Mauern des eisernen Schweigens. Es hatte den Anschein, als ob seine Familie niemals existiert hätte, ihr Leben schien von den Behörden ausradiert worden zu sein. Einmal war er auch zum Haus von Wong Yat Wahs Familie gegangen, nur um zu sehen, ob der Mörder seiner geliebten

Yan Yi heimlich nach Guangzhou zurückgekehrt war. Doch das Haus stand leer, die Familie war ausgezogen, niemand wusste, wohin. Bevor er seinen Fluchtplan endgültig in die Tat umsetzte, traf er sich ein letztes Mal mit Meister Yang Lufeng in dessen Haus. Li wusste nicht so recht, wie er sich verhalten sollte, da es für ihn unbestreitbar war, es würde ein Abschied für immer werden. Sie plauderten eine Weile über die guten alten Zeiten, Tai Chi und andere Dinge. Als Li sich von ihm verabschiedete und ihm mit schwerem Herzen die Hand drückte, sprach Meister Yang Lufeng zu ihm:

„Li, sei nicht traurig, unser geliebter Konfuzius in seiner Weisheit sagt:"

„Wohin du auch gehst, geh mit deinem ganzen Herzen."

Woher Yang Lufeng wusste, dass sie sich nie wiedersehen würden, der Abschied endgültig war, blieb für ihn immer ein Rätsel.

Noch am gleichen Nachmittag stieg Li in den Bus nach Xichong.

Kapitel 26

2018, April, Borkum, zwei Tage später

Die Fähre stampfte unaufhaltsam in Richtung der alten Walfängerinsel und durch das angrenzende Wattenmeer, das heute zum Nationalpark Niedersächsisches Wattenmeer gehörte. Die Sonne schien an diesem Tag, wie so oft über dem Dollart. Neben Helgoland war Borkum die einzige deutsche Insel mit Hochseeklima. Mit durchschnittlich 2 000 Sonnenstunden im Jahr gehörte die Insel zu den sonnigsten Orten in Deutschland. Die Fähre aus Emden erreichte den Borkumer Hafen am späten Vormittag. Gut zwei Stunden dauerte die Überfahrt mit der Fähre von Emden auf die größte der ostfriesischen Inseln. Das alles interessierte die drei Männer in dem dunklen Land Rover wenig, sie hatten andere Gründe für ihren Besuch. Langsam rollte ihr Fahrzeug von der Rampe der Fähre. Vom Hafen aus fuhr der Wagen in gemächlicher Fahrt am Ort vorbei, in Richtung Osten der Insel. Im Wageninneren saßen Frank Martens, Klaas Reimann und Leon Bratcke mit grimmigen Mienen. Das Navigationssystem in der Konsole des Autos verwies auf einen leuchtenden, roten Punkt im Osten der Insel. Eine Gärtnerei hinter den Dünen war ihr Zielort.

Leon Bratcke hatte, wie Frank es befohlen hatte, gleich am nächsten Vormittag seinen Kontaktmann bei der Polizei angerufen. Kurze Zeit nach seinem Anruf bekam er die von seinem Boss gewünschte Handyortung. Der Anruf war ziemlich genau bei einem einsam gelegenen Landhaus auf der Insel Borkum getätigt worden. Über Google Earth hatte Klaas Reimann dann den exakten Standort sowie die Adresse des Landhauses recherchiert und war dabei auf die Gärtnerei eines Chinesen namens Li Han Cheng gestoßen. Im Internet fand er einige Hinweise über den Chinamann, wie er ihn abfällig titulierte. Der Chi-

197

namann übte dort sein Geschäft seit mehr als dreißig Jahren in einer Art Einmannbetrieb aus. Frank Martens war sich instinktiv sicher, dass er Laura genau dort finden würde. „Das passt zu ihr", hatte er ausgerufen, als Reimann ihm die Informationen auf dem Laptop zeigte. Sofort hatten die drei Gangster damit begonnen, ihre Vorbereitungen für einen Besuch der Gärtnerei zu treffen. Nach ihrer letzten, leider für sie so erfolglosen Exkursion nach Borkum wollten sie der Insel einen erneuten, erfolgreicheren Besuch abstatten. Übers Internet hatte Klaas Reimann dann die Fährtickets und Hotelräume für eine Nacht für sie gebucht sowie eine eintägige Fahrerlaubnis für ihr Fahrzeug beantragt. Frank Martens wollte diesmal nichts dem Zufall überlassen, denn er und seine Kumpanen waren sich sicher, dass sie nicht wieder mit leeren Händen zurückfahren würden.

„Das Flittchen wird ganz schön große Augen machen, wenn sie uns sieht. Die wird noch schwer bereuen, uns aufs Kreuz legen zu wollen. Ich freue mich schon darauf, ihr alle Knochen zu brechen", sagte Leon, während er sich, mit kaum zu erwartender Vorfreude auf bevorstehende Gewalt, seinen ewigen Dreitagebart kratzte.

Leon hatte immer schon ein Auge auf Laura geworfen, wollte den großen Beschützerfreund spielen, war aber bei ihr jedes Mal abgeblitzt. Sie hatte ihm unmissverständlich zu verstehen gegeben, er müsse sie bezahlen, wenn er sie ficken wollte, genauso wie die anderen Scheißfreier auch. Ihn mit den anderen in einen Topf zu werfen und als Scheißfreier zu bezeichnen, hatte ihn zutiefst gedemütigt. Jetzt würde er es dieser kleinen miesen Hure endlich heimzahlen, dachte er sich.

„Lass mal, Leon, heb dir das für später auf. Ich bin vielmehr gespannt darauf, ob sie weiß, wo der Kahn abgeblieben und was aus dem Stoff und der Kohle geworden ist", kam es gähnend von einem immer noch sehr müden Klaas Reimann zurück.

Früh aufstehen war nicht so sein Ding und er hasste es, vor elf Uhr morgens aus dem Bett zu kriechen. Er war ein typischer Nachtmensch, der selten vor zwei Uhr morgens schlafen ging. Heute waren er und die anderen aber schon um fünf Uhr in der Früh von Hamburg aufgebrochen, um ja nicht die Fähre um neun Uhr dreißig zu verpassen. Er hatte zwar etwas während der Fahrt im Auto schlafen können, aber das war für ihn beileibe nicht genug und dementsprechend war auch seine Laune.

„Bewahrt mir einen kühlen Kopf, Jungs. Bald werden wir es erfahren, nur noch ein wenig Geduld, wir sind schon fast da. Wir beobachten das Haus eine Weile in Ruhe, und wenn wir uns sicher sind, Laura ist dort, holen wir sie uns. Die Aktion muss schnell und glatt über die Bühne gehen, baut mir bloß keine Scheiße. Das ist hier eine Insel und wir sitzen hier fest, wenn etwas schiefläuft. Ich will morgen früh mit der ersten Fähre zurückfahren und nicht im Gefängnis landen, ist das klar?", kam die barsche Ansage von Frank Martens.

„Keine Sorge, Frank, du bist um Mittag wieder in Hamburg und das Flittchen sauber verpackt im Kofferraum", antworteten beide gleichzeitig.

Nach knapp zwanzig Minuten Fahrt entlang der Ostfriesenstraße, die nach Ostland führte, parkten sie ihren Wagen in sicherer Entfernung auf einem Parkplatz vor den letzten Häusern der Insel. Vorher waren sie einmal kurz an den Häusern vorbei bis zu einem angrenzenden Camperparkplatz gefahren. Dort waren sie dann, wie ganz gewöhnliche Touristen es oft tun, umgedreht und zum vorgelagerten Parkplatz zurückgekehrt.

„Welches Haus ist die Gärtnerei?", fragte Frank, wobei er auf eine kleine Anzahl von Gebäuden in unmittelbarer Nähe wies.
„Es ist das abseits gelegene Haus, rechts, in dem mit kleinen Büschen

bewucherten Areal dort drüben. Kannst du es sehen?", antwortete Leon und zeigte dabei mit dem Finger in die Richtung eines kleinen Doms, den die Kuppel des Gewächshauses bildete.

„Ja, okay, sehe ich, aber von hier aus ist keine richtige Observation möglich. Einer von euch muss rüber in die Dünen und abchecken, wie viele Leute sich zurzeit im Haus aufhalten. Leon, nimm den Feldstecher. Du bleibst hier und beobachtest das Haus. Ich fahre mit Klaas in den Ort, wir checken im Hotel ein und versuchen dort etwas über die Leute von der Gärtnerei in Erfahrung zu bringen. Klaas kommt um drei Uhr wieder hierher zum Parkplatz und löst dich ab. Sei bloß vorsichtig und pass auf, dass dich keiner sieht, verstanden?"

„Keine Sorge, Frank, ich pass schon auf, dass mich niemand aus der Nähe sehen wird", erwiderte Leon mürrisch. „Und wenn auch, ich sehe aus wie all die anderen Dünenfuzzis hier." Um seinen Worten Nachdruck zu verleihen, zog er sich, zu den Touristen dieser Jahreszeit passend, eine grüne Barbour-Jacke über, holte ein paar Gummistiefel aus dem Kofferraum und setzte sich dazu noch eine blaue Wollmütze gegen den noch immer sehr kalt wehenden Wind auf.

„Mann, Leon, du siehst wie ein waschechter Ostfriese aus. Es fehlt nur noch die Meerschaumpfeife im Mund", lachte Klaas Reimann hämisch.

„Drei Uhr, hat der Boss gesagt. Sei bloß pünktlich, sonst trete ich dir in deinen fetten Arsch", erwiderte Leon mit einem bösen Blick. Daraufhin drehte er sich abrupt um und wanderte in die naheliegenden, hügeligen Dünen.

Nachdem Leon in den Dünen nicht mehr zu sehen war, warteten Frank und Klaas noch einige Minuten und fuhren dann zurück zum Ort Borkum. Sie checkten im selben Hotel ein, in dem sie schon vor ein paar Monaten logiert hatten. Anschließend gingen sie durch die Straßen des Ortes und Frank Martens suchte zielstrebig nach einem Blumengeschäft. Er wurde auch sehr schnell in der Deichstraße fündig. Dort gab es ein neues, innovatives Floristengeschäft mit dem passenden Namen „Inselblume Borkum". Bevor er eintrat, wies er Klaas an, draußen auf ihn zu warten. Mit seiner charmanten Art hatte Frank schnell seine gewünschten Informationen. Von einer freundlichen, redseligen Floristin erfuhr er, was er wissen wollte. Sie erzählte ihm so gut wie alles über den alten Chinesen und die Gärtnerei. Dabei zeigte sie ihm, geschäftstüchtig, wie sie war, einige schöne Orchideen und kunstvolle Bonsais, die sie vom alten Li, wie er überall kurz genannt wurde, bezogen hatte. Er erfuhr, dass der alte Chinamann seit vielen Jahren allein in seinem Landhaus lebte, aber seit ein paar Monaten eine junge Praktikantin, eine gewisse Jenny Peters, vorübergehend bei sich wohnen hatte. Weiter wusste die Floristin zu berichten, dass Frau Anna Wolders, Lis langjährige Haushaltshilfe, die zweimal die Woche bei ihm sauber machte, große Stücke auf die junge Dame hielt. Sie sei äußerst nett und ihrer Meinung nach sehr gebildet, was sie selber nur bestätigen konnte. Die junge Dame käme manchmal ins Geschäft, um Lieferungen abzugeben, sie sei sehr charmant und klug, drückte sich die Verkäuferin über Jenny alias Laura aus. Nachdem Frank genug erfahren hatte, kaufte er noch als Dank eine der schönen Orchideen und verließ daraufhin den Blumenladen. Draußen drückte er dem wartenden Klaas Reimann wortlos die Orchidee in die Hände und lief mit kräftigen Schritten zurück zum Hotel. Der verdutzt dreinblickende Reimann, der sich beeilen musste, um seinem Boss hinterhereilen zu können, überreichte die Blume einer freudig überraschten Passantin und holte Frank Martens erst am Hotel wieder ein.

„Sag mal, was war das denn gerade? Darf ich mal erfahren, was los ist, oder soll ich jetzt als stummer Blumenträger mein Dasein fristen?", keuchte Klaas, außer Atem, in der Eingangshalle des Hotels.

„Mach hier mal nicht auf dicke Hose, Klaas, und halte für einen Moment die Backen, ich überlege", zischte Frank mit einer abweisenden Handbewegung und steuerte auf die Hotelbar zu.

Er bestellte zwei Bier und zwei Kurze, die ihnen der Bartender umgehend servierte. Klaas Reimann wusste es besser, als seinen Chef in einer seiner Launen zu stören. Er hatte schon öfter Franks Wutanfälle erlebt, wenn er in einer seiner kreativen Denkphasen, wie er es nannte, war und dabei gestört wurde. Leon hatte einmal dabei einen Zahn verloren. Abwarten war die einzige Alternative, um körperliche Blessuren zu vermeiden. Er trank also in aller Seelenruhe sein Bier, goss sich den Schnaps hinunter und schwieg. Nach einer langen Weile des Schweigens bestellte Frank Martens das Gleiche noch mal. Nachdem der Barkeeper die zweite Runde serviert hatte und außer Hörweite war, fluchte Frank Martens zwischen den Zähnen.

„Als wir das letzte Mal auf Borkum waren, war diese Hure die ganze Zeit auf der Insel, direkt vor unserer Nase. Jenny Peters nennt sich das Miststück heute. Kannst du dir vorstellen, unsere kleine, drogensüchtige Laura ist hier auf Borkum, Jenny Peters, die nette, kluge Praktikantin eines alten orchideen- und bonsaizüchtenden Chinesen? Womöglich hat sie sich sogar mit meiner Kohle ins Geschäft eingekauft. Aber warte, die Rechnung hat sie ohne mich gemacht, ich werde ihr schon zeigen, was es heißt, mich verarschen zu wollen."

„Was willst du tun, sie umlegen?", fragte Klaas.

„Nein, das wäre viel zu einfach, sie wird mir jeden Cent, den ich verloren habe, mit ihrer Muschi zurückverdienen", antwortete Frank mit einem grausamen Lächeln um seine Mundwinkel.

Er musste dabei an die harten Wochen denken, nachdem er im letzten Jahr seine Schiffsladung mit den Drogen verloren hatte. Er hatte die Araber des Najeb-Khaled-Clans nur mit Mühe davon abhalten können, ihn auszuschalten. Nur seine langjährige, persönliche Beziehung zu Najeb selber hatte ihn vor dem Schlimmsten bewahrt. Die Kosten waren jedoch immens für ihn gewesen. Er musste für einen wesentlich höheren Preis Ersatz beschaffen, was ihm aufgrund seiner guten Kontakte nach Holland auch, Gott sei Dank, gelungen war. Dennoch, der Deal hatte ihn fast an den Rand des finanziellen Ruins gebracht. All seine schönen Investments, die er sich über die Jahre als eine Art Altersvorsorge aufgebaut hatte, waren dabei draufgegangen. Mit einem Blick auf seine Uhr sah er, dass es schon fast halb drei Uhr war. Er befahl Klaas, loszufahren und Leon abzulösen.

Leon lag abseits auf einer Düne, in sicherer Entfernung der Gärtnerei, und hatte den Feldstecher auf das Haus gerichtet. Von hier hatte er den besten Blick auf die Gebäude und keiner der Strandgänger konnte ihn stören. Es war ruhig, fast zu ruhig für seinen Geschmack, denn es passierte die ganze Zeit so gut wie gar nichts. Ein paarmal hatte er den alten Chinamann vom Wohnhaus über den Hof zum Gewächshaus gehen sehen. Einmal war auch Laura in den Blickwinkel seines Fernglases gekommen. Er hatte sie sofort wiedererkannt, ihre zierliche, schlanke Figur, das hübsche Gesicht und ihre schwarzen Haare, die sie jetzt etwas länger trug. Bei dem Gedanken, dass er sie bald zwischen seine Finger bekäme, begann er leicht zu schwitzen und er wurde hart. Mit einem Blick auf seine Uhr stellte er fest, dass es Zeit war, zurück zum Parkplatz zu gehen und auf seine Ablösung zu warten. Klaas musste in weniger als zwanzig Minuten am Parkplatz auftauchen.

Leon fluchte laut, als Klaas nach dreißig Minuten immer noch nicht erschienen war. Doch dann sah er den Land Rover mit dem Hamburger Kennzeichen die lange Straße hochfahren und sein Unmut verschwand genauso schnell, wie er gekommen war.

„Sorry, Alter, habe noch kurz bei Starbucks anhalten müssen, um dir einen schönen heißen Kaffee zu besorgen", empfing ihn Klaas, als Leon in den Wagen einstieg.

„Danke, dass du daran gedacht hast, Alter. Ist ganz schön frisch da draußen, aber es hat sich gelohnt. Laura ist in dem Haus. Ich habe sie genau gesehen. Sie ist mit dem alten Chinamann zusammen, ansonsten scheint sich niemand anderes dort aufzuhalten. Zumindest habe ich während der ganzen Zeit niemanden weiteren gesehen. Da oben, zwischen den Dünen, hast du einen super Blick auf die Gärtnerei", berichtete Leon zwischen mehreren Schlucken seines heißen Getränkes weiter und zeigte mit dem Finger in die von ihm angegebene Richtung.

„Okay, alles klar, ich werde sie weiter im Auge behalten. Im Übrigen deckt sich das genau mit dem, was Frank herausgefunden hat. Den Typen, diesen Chinamann, nennen alle hier nur Li, ihm gehört die Gärtnerei. Unsere kleine Laura spielt hier seine Praktikantin und nennt sich Jenny Peters. Frank und ich haben ausgemacht, ihr kommt so um sieben zurück, mich abholen. Und sei vorsichtig, wenn du zurückfährst, Frank ist in einer seiner komischen Launen, du weißt, was das heißt", gab ihm Klaas als guten Rat noch mit auf den Weg, bevor er aus dem Wagen stieg und den Sandpfad zum Strand hochlief.

Leon sah mit einem letzten Blick im Rückspiegel, wie Klaas in die Dünen stapfte und verschwand. Dann fuhr er zurück zum Ort Borkum.

Kapitel 27

2018, April, Borkum, Lis Gärtnerei, zur gleichen Zeit

Laura schwante nichts Gutes, nachdem ihr Gespräch vor zwei Tagen mit Gaby so abrupt geendet hatte. Danach hatte sie sich auch nicht mehr getraut, sie ein weiteres Mal anzurufen. Tausend Fragen schossen ihr gleichzeitig durch den Kopf. Warum waren Frank und seine Leute bei Gaby so spät in der Nacht noch aufgetaucht? Hatte Leon eventuell im Auto doch etwas von ihrem Telefonat mitbekommen? Er musste etwas gemerkt haben, warum sonst hatten sie plötzlich vor Gabys Tür gestanden? Laura machte sich schwere Vorwürfe. Oh Gott, wenn ihr etwas passiert war, dann war es alles ihre Schuld. Es war ein großer Fehler gewesen, Gaby anzurufen, das wurde ihr mehr und mehr bewusst. Vielleicht machte sie sich auch nur zu viele Gedanken und alles war gar nicht so schlimm. Wenn jedoch Li mit seiner eindringlichen Warnung recht behalten würde, dann war alles verloren. Laura merkte, wie sie plötzlich anfing zu zittern. Was sollte sie jetzt tun, Li von ihrer Dummheit berichten? Nein, das ging gar nicht, er würde sehr böse mit ihr sein, sie vielleicht sogar aus dem Haus schmeißen. Sie hatte ihm hoch und heilig versprochen, niemanden anzurufen, und jetzt hatte sie nicht nur ihr Versprechen gebrochen, sondern hatte ihn zusätzlich auch noch in Gefahr gebracht.

Sie war auch an diesem Morgen nicht mit Li zum üblichen Tai Chi an den Strand gegangen. Li hatte nicht nach Lauras Beweggründen gefragt, sondern war einfach allein gegangen. Sie würde, falls sie reden wollte, schon von allein zu ihm kommen, hoffte er im Stillen bei sich. Li wanderte zum Strand und begann mit seiner Routine der stillen Meditation. Nachdem er seine Atmung und sein Qi im Einklang gebracht hatte, begann Li sein Tai Chi. Im Zentrum des Übens standen meistens eine oder mehrere Formen, klar umschriebene Abläufe folgender, meist fließend ineinander übergehender Bewegungsbilder. Viele Formen wurden nach der Anzahl ihrer Bilder benannt, so zum Beispiel die Vierundzwanzig-Bilder-Form, auch Peking-Form genannt. Die längsten Formen hatten über hundert Bilder und die Form, die Li heute gewählt hatte, die Yang-Stil-Langform nach Yang Chengfu, beinhaltete einhundertacht Bilder. Li benötigte für die lange Form knapp anderthalb Stunden. Er fühlte sich ein klein wenig erschöpft, als er sie beendet hatte. Früher hatte sie ihm nichts ausgemacht, aber er merkte, auch er wurde langsam älter. Das nächste Mal bleibe ich doch besser bei der Peking-Form, dachte er sich und begab sich auf den Rückweg zum Haus.

Das Mädchen schien ihm am heutigen Morgen noch verstörter als am Vortag zu sein. Laura hatte kaum ein Wort mit ihm gesprochen, Li fühlte, dass etwas vorgefallen sein musste. Als er die Küche betrat, stellte er fest, dass sie nicht im Haus war. Dafür begrüßte ihn Sun Tzu mit forderndem Miauen, er wollte sein Futter haben. Komisch, dachte Li, warum hatte Laura den Kater denn nicht gefüttert, das war doch sonst nicht ihre Art. Er nahm sich vor, der Sache auf den Grund zu gehen, doch vorher versorgte er den Kater und machte sich selber ein Frühstück. Im Anschluss duschte Li ausgiebig und lief hinüber zum Gewächshaus, um nach Laura zu schauen. Abwesend mit ihren Gedanken, arbeitete Laura an einem neuen Orchideenbeet. Als die beiden das Gewächshaus betraten, schenkte sie weder Li noch Sun Tzu jegliche Beachtung.

Der clevere Kater rannte in Lauras Richtung, gab aber sehr schnell auf, als er merkte, er konnte von ihr keine der sonst so üblichen überschwänglichen Zuneigungsbekundungen erhaschen. Li dagegen wusste nicht so recht, wie er mit ihr umgehen sollte. Ihm kam Lauras plötzlicher, erneuter Stimmungsumbruch seit dem Vortag bedenklich vor und er machte sich große Sorgen um sie. Es musste etwas mit dem

Tod des Mädchens aus Hamburg zu tun haben, soviel stand für ihn fest. Was aber genau es war, das Laura dabei so sehr zusetzte, konnte er sich nicht erklären. Er nahm seinen Stuhl und setzte sich zu Laura ans Beet.

„Es tut mir sehr leid, dass du mir nicht vertraust, und es betrübt mich sehr, wie wenig ich dir vermitteln konnte, ich bin ein schlechter Freund und Lehrer", begann Li vorsichtig und wies sie mit einer ruhigen Handbewegung an zu schweigen. „Lass mich dir eine Geschichte über einen jungen Chinesen erzählen, dem das Leben übel mitgespielt hat. Vielleicht macht es ein paar Dinge für dich leichter."

Und so begann Li, ihr seine eigene ganze Story zu beichten. Er erzählte ihr alles, was er niemandem vorher jemals erzählt hatte, ließ nichts dabei aus. Er schilderte ihr die Schrecken der Kulturrevolution, die Angst der Menschen vor den Grausamkeiten der „Roten Garden". Er berichtete in allen Details vom plötzlichen Verschwinden seiner Eltern, seiner Schwester Li Xue und dass ihm niemand Auskunft über ihren Verbleib geben wollte. Über die Liebe seines Lebens, wie er damals, in den unruhigen Zeiten, seine geliebte Yan Yi kennengelernt hatte und warum sie ihre Liebe geheim halten mussten. Von dem Rotgardisten Wong, der Yan Yi für sich beansprucht hatte, sie ständig bedrohte. Li beschrieb ihr die Jahre auf dem Land, im Umerziehungslager von Dachangba, wie glücklich sie am Ende gewesen waren. Davon, dass Yan Yi schwanger wurde und Wong sie daraufhin ermordet hatte. Dass er von Trauer und Schmerz überwältigt gewesen war, nicht mehr am Leben teilnahm und man ihn deshalb zurück in die Stadt schickte. Er erzählte ihr von seiner Rückkehr nach Guangzhou, der Arbeit in der Traktorenfabrik, seinen ständig um Flucht kreisenden Gedanken. Die Ausführung seiner Fluchtpläne, sein monatelanges Training, wie er die Mirs Bay durchschwommen hatte. Er schilderte die Tage seiner Ankunft in Hongkong und die Zeit in der Kronkolonie mit seinem

Großvater und seines Onkels Familie. Er schloss seine Lebensbeichte damit, dass er eines Tages Hongkong verließ und nach Deutschland auswanderte.

Laura wischte sich die Tränen aus den Augen, nachdem Li seine Lebensbeichte beendet hatte. Sie blickte traurig auf den alten weißhaarigen Mann, der in seinem Leben schier endloses Leid hatte erfahren müssen, dessen Geschichte sie endlos tief berührte. Sie saßen lange schweigend zwischen den Orchideen im Gewächshaus und sie wusste nicht, was sie sagen sollte. Laura nahm den alten gebrochenen Mann in ihre Arme und hielt ihn fest an sich gedrückt. Es war befreiend für Li und der ungewohnte körperliche Kontakt tat ihm gut. In all den Jahren hatte er noch niemals jemandem seine ganze Story erzählt. Es war, als ob eine unsagbare Last von ihm abfiel, er fühlte sich auf irgendeine Weise von einem Dämon erlöst.

„Sollen wir hineingehen? Es ist spät geworden", fragte Laura vorsichtig und um abzulenken. „Sun Tzu wird sicher schon wieder hungrig sein."

„Ja, das ist eine gute Idee. Lass uns etwas Leckeres kochen, Laura. Hast du schon einmal geschmorte Ente mit acht Kostbarkeiten probiert? Ich habe da ein Rezept von meiner Großmutter, du wirst dir danach die Finger ablecken", grinste Li mit neugewonnener Energie und Lebensfreude. „Geh du schon mal vor, ich komme bald nach."

Laura merkte, dass Li eine Weile allein sein wollte, er sah auch müde aus. Ihr seine Geschichte zu erzählen musste ihn sehr angestrengt haben. Sie stand auf, nahm ihn noch einmal in den Arm und ging zurück zum Wohnhaus.

Li räumte das liegen gebliebene Werkzeug auf und setzte sich für einen Augenblick in seinen bequemen Stuhl. Er fragte sich, warum er

Laura nicht auch den Rest seiner Geschichte erzählt hatte, den wahren Grund, warum er damals aus Hongkong flüchten musste. Irgendwie fürchtete er, die letzte Wahrheit war zu viel, es war sein letzter persönlicher Dämon, der ihm seine Lippen versiegelte. Konnte er diesen noch übrig gebliebenen Dämon jemals besiegen? Er wusste es nicht, vielleicht war es auch nicht mehr so wichtig. Er lehnte sich zurück, schloss nur für einen Moment die Augen und wurde von seinem letzten Dämon in die Traumwelt entführt.

Kapitel 28

1974–1976, britische Kronkolonie Hongkong

Nach sieben Stunden schier unendlich erscheinender Strapazen erreichte Li endlich den Strand der „New Territories" von Hongkong. Die Polizei brachte ihn sofort zum Yuenlong-Polizeirevier, wo er für vier Tage in einem Auffanglager verbleiben musste. Im Lager wurde, durch die Einwanderungsbehörde, seine Identität überprüft und er bekam eine Cholera- sowie Pockenimpfung. Danach war es ihm erlaubt, mit seinen Angehörigen in Kontakt zu treten.

Die Wiedersehensfreude mit seinem Großvater, Lu Sek Le, war riesengroß, als er ihn nach den trostlosen Tagen vor dem Tor des Internierungslagers in die Arme nahm. Sie fuhren ohne Umschweife zum Haus seines Onkels Lu Shu Shan. Li war überrascht, wie groß das Haus seines Onkels an der Mount Nicholson Road war. Ein Haus konnte man das prächtige Anwesen kaum mehr nennen, es war eine riesige Villa in einer der teuersten Wohngegenden Hongkongs. Sein Onkel, Lu Shu Shan, hatte für Li ungewohnt, doch für ihn standesgemäß, mehrere Hausangestellte, dazu zwei Gärtner, eine Köchin sowie einen Chauffeur. Der Kommunismus, den Li über all die Jahre in China leben musste, wurde hier ad absurdum geführt, es war der Kapitalismus in Reinkultur. Sein „Daai Kau", wie man den älteren Bruder mütterlicherseits im Chinesischen nannte, war ein sehr wohlhabender Mann, der sein Geld mit Im- und Export machte. Er konnte sogar ein paar kleinere Schiffe, mit denen er Güter im Südchinesischen Meer von Hongkong nach Vietnam, Thailand, Malaysia, Singapur und vice versa transportierte, sein Eigen nennen. Sein Onkel Lu war seit vielen Jahren mit seiner Frau, Xiao Hui, der Tochter eines wohlhabenden Reeders aus Hongkong, verheiratet. Zusammen hatten sie drei Kinder:

zwei Töchter, Jinjin und Meiming, sowie ihren Sohn Shixin. Alle waren erwachsen, Jinjin studierte Medizin in England, Meiming war in den USA verheiratet, hatte ihrerseits schon wieder Kinder und Shixin arbeite als Geschäftsführer in der Firma seines Vaters.

Li wurde bei seinem Großvater im Gästehaus einquartiert. Zu Anfang waren seine Verwandten sehr interessiert, alles über die monströsen Gräueltaten der „Roten Garden" zu erfahren, aber schon bald merkte Li, dass sie gar keinen richtigen Anteil an dem Leid der Menschen, seinem Leid, nahmen, sondern sich nur an den blutrünstigen Geschichten ergötzten. Für sie war es fast unvorstellbar, was außerhalb ihrer heilen Welt, nur wenige Kilometer über die Grenze entfernt, vorging. Sie gaben sogar Lis Vater eine Mitschuld an dem Unglück der Familie, denn er war ja schließlich der glühende, kämpfende Verehrer des kommunistischen Mao-Regimes gewesen. Als Li ihnen erzählte, auch er hätte Mao Zedong anfangs verehrt, an den Kommunismus geglaubt, werteten sie dies nur spöttisch ab und erklärten, er sei in seiner jugendlichen Unschuld von Mao Zedong geblendet worden. Li blieb für sie alle, mit Ausnahme seines Großvaters, ein Außenseiter, ein verunglücktes Produkt eines grausamen, unmenschlichen, kommunistischen Regimes. Li war enttäuscht, desillusioniert, über das Unverständnis, die Ignoranz der Familienmitglieder. Ihr mangelndes Verständnis und fehlendes Mitgefühl beschäftigten ihn sehr. Hinzu kam, dass er den tragischen Tod seiner geliebten Yan Yi nicht verwinden konnte. Er vergrub sich von Tag zu Tag mehr und mehr in seine eigene Welt. Li verfiel in tiefe Depressionen, wurde zunehmend verschlossener und redete kaum noch mit jemandem. Die anderen ließen ihn allein, konnten seine Gemütsschwankungen nicht teilen.

Eines Abends, wie so oft in den ersten Tagen in Hongkong, saß er wieder einmal unter einem Banyanbaum allein im Garten. Mit seinen

Gedanken weit weg von allem, träumte er von den schönen Stunden mit Yan Yi.

„Es ist nicht so leicht zu vergessen?", erreichte ihn eine Stimme durch das endlose Sommerkonzert der Zikaden.

Li blickte auf und sah einen der vielen Hausangestellten seines Onkels im Schatten eines angrenzenden Busches sitzen. Er hatte den jungen Mann, wenn er mit den anderen zusammensaß und über die Situation in China sprach, schon öfter im Haushalt bemerkt. Dabei waren ihm jedes Mal die gequälten, traurigen Blicke des Teenagers besonders aufgefallen.

„Vergessen? Erinnerungen sind alles, was mir geblieben ist. Die guten sowie die bösen. Wie kann ich die bösen Dinge vergessen, wenn sie mit meinen schönsten Momenten im Leben so verwunden sind?", antwortete Li gepeinigt.

„Ich weiß, was du damit meinst", kam die Stimme leise zurück.

„Was weißt du denn schon von Liebe, Schmerz und Tod?", erwiderte Li jetzt etwas ärgerlich, sich in seiner Traurigkeit gestört fühlend.

„Sehr viel; du bist nicht der einzige Flüchtling aus China, der Grausamkeiten, Horror, Verlust und Leid erlebt hat, mein Freund. Ich habe meine ganze Familie verloren, meine Schwester, fast noch ein Baby, meinen kleinen Bruder, der gerade einmal sieben Jahre alt war, meine herzensgute Mutter, die nie jemandem ein Leid zugefügt hat, und meinen Vater, dessen einziges Vergehen es war, ein guter Lehrer zu sein. Vor meinen Augen haben die ‚Roten Garden' sie abgeschlachtet. Mich haben sie dabei halb totgeschlagen mit ihren kupfernen Gürtelschnallen und Knüppeln. Dass ich heute noch am Leben bin, habe ich einzig einem Zufall zu verdanken. Während sie auf mich einschlugen, fiel mein kleines rotes Mao-Buch aus meiner Tasche. Diesem verdammten Mörderschwein habe ich zu verdanken, dass sie mich verschonten. Sie hätten mich damals besser auch umbringen sollen, dann wäre heute alles besser."

Li war nicht sonderlich schockiert über die Geschichte des jungen Mannes. Sie unterstrich nur die eigene Ausweglosigkeit seiner Gefühle aus der Vergangenheit. Dennoch realisierte er zum ersten Mal seit seiner Ankunft in Hongkong, dass er nicht allein war mit der Plage furchtbarer Erlebnisse. Bevor er etwas erwidern konnte, war der junge Mann nähergekommen. Li konnte jetzt in der Dunkelheit sein Gesicht ausmachen und sah die vielen kleinen Narben auf den Wangen und der Stirn und den Armen des Mannes. Sie mussten von den Gürtelschnallen seiner Peiniger herrühren, die er in unmenschlicher Weise hatte erdulden müssen, dachte Li.

„Hier, zieh daran und lass deine Erinnerungen hinter dir", sagte er und hielt Li eine kleine Pfeife hin. „Ergib dich den schönen Träumen und sieh, wohin sie dich führen, mein Freund."

Li wusste sofort, was ihm angeboten wurde, während seines Studiums hatte er alles über Opium und dessen Verlockung der Alkaloide gelernt – wie Morphin, Papaverin, Codein, Narcotin und Thebain, von denen Morphin eine besonders starke psychosomatische Wirkung besitzt, die einen Menschen abhängig machen kann. Es war ihm egal, er nahm die längliche Pfeife mit dem etwas großen runden Kopf und zog den süßlich riechenden Rauch tief in seine Lungen. Die Wirkung setzte unmittelbar ein und Li fühlte, wie aller Seelenschmerz plötzlich von ihm wich. Sein ganzer Körper entspannte sich, sein Geist schwebte in eine andere Dimension. Er hatte das Gefühl, er sei schwerelos, als ob er der Anziehungskraft der Erde entflohen wäre. Li zog ein weiteres

Mal an der Pfeife. Der Rausch beflügelte seine Sinne zunehmend, die Halluzinationen nahmen zu. Ohne sich an die vergangenen Stunden der Nacht groß erinnern zu können, wachte er am nächsten Morgen beim ersten Gesang der über ihm im Baum zwitschernden Vögel auf. Anfangs war ihm noch etwas übel gewesen, aber nach einer Weile ging es ihm wieder relativ gut. Von seinem nächtlichen, neuen Freund war nirgends etwas zu sehen. Li wusste aber, er war irgendwo im Haus, und ihm wurde klar, dass er mehr von der Droge haben wollte. Er erfuhr sehr schnell, dass der Name des jungen Mannes Lu Han war und er vor ungefähr drei Jahren, genau wie er selber, aus China nach Hongkong geflohen war. Sein Onkel hatte ihn damals aufgenommen, und seit dem Tag arbeitete er in seinem Haushalt.

Lu Han traf ihn in der nächsten Nacht wieder unter dem Bayanbaum und sie rauchten ein zweites Mal Opium zusammen. Er erklärte ihm, dass er seinen Job verlieren würde, wenn es herauskäme, dass er Li Opium zum Rauchen gebe. Er wusste aber gleichzeitig, wo Li selber, falls er es wünschte, Drogen kaufen könnte. Zusammen unternahmen sie einen Trip zu den Opiumhöhlen der „Kowloon Walled City."

Die ursprüngliche Keimzelle der „Kowloon Walled City" war ein chinesischer Militärposten. Als sich das britische Empire 1847 die Insel Hongkong unter den Nagel gerissen hatte, bauten die Chinesen den Posten auf der gegenüberliegenden Halbinsel Kowloon zu einem ummauerten Fort aus. 1898 pachteten die Briten die „New Territories", zu denen auch Kowloon gehörte, für 99 Jahre. Das chinesische Kaiserreich weigerte sich aber hartnäckig, auch das Fort an die Kolonialmacht zu übergeben. Damit entstand eine chinesische Exklave, die jedoch von China immer mehr vernachlässigt wurde und zunehmend verfiel. Auch die Briten, die das Gelände schließlich an sich rissen, zeigten nicht viel Interesse daran. Weil das Tageslicht kaum mehr zwischen den Betonklötzen bis auf den Grund der engen Gassen durchdrang, nannten die Leute den Stadtteil auf Kantonesisch Hak Nam, „die Stadt der Dunkelheit". Viele chinesische Flüchtlinge hatten hier eine neue Bleibe gefunden und die Architektur ihren Bedürfnissen entsprechend ausgebaut. Drogensüchtige und Verstoßene lebten in Hak Nam, genauso wie Menschen, die sich die Miete in Hongkong nicht leisten konnten und tagsüber einer regulären Arbeit nachgingen. Der bis zu vierzehn Stockwerke hohe, kompakte Komplex von rund 350 zerfallenen Betongebäuden war ein erschreckender, gleichzeitig ein faszinierender Anblick für Li. In den engen, ewig feuchten Gassen, Gängen, Stegen, Treppen und Räumen lebten und arbeiteten, auf der Fläche von etwa vier Fußballfeldern, bis zu 35 000 Menschen auf engstem Raum. Es war das städtische Gebiet mit der höchsten Bevölkerungsdichte der Welt. Aber all das war Li völlig egal, hier fand er die Anonymität, die er suchte, und hier konnte er vergessen.

Hak Nam, die „Kowloon Walled City", war bis auf das Gesetz der Triaden, der chinesischen Mafia, gesetzlos und anarchisch. Kein Polizist, Steuerbeamter oder sonst ein offizieller Vertreter der Stadt traute sich allein in die dunklen Gassen. Für jeden Gesetzesbrecher war es somit das Eldorado schlechthin. Drogenhändler boten überall offen ihre Waren an, Prostituierte verkauften ihre Dienste, Metzger hatten illegales Hundefleisch im Angebot. Zahnärzte, mit und ohne Lizenz, bedienten ihre Kunden konkurrenzlos billig. Kleine, unzählige Läden säumten die stinkenden müllübersäten Gassen, in denen unendlich viele der allgegenwärtigen Kleinbetriebe billige Produkte herstellten. Bordelle zwängten sich zwischen Wohnungen von Familien, Opiumhöhlen lagen direkt neben vielen winzigen Nudelshops. Eins hatten sie jedoch gemeinsam, sie mussten alle Schutzgeld an die Triaden zahlen, aber dafür blieb die Kriminalitätsrate in Hak Nam erstaunlicherweise sogar unter der vom Rest Hongkongs.

Li war fasziniert von Hak Nam, er kam immer öfter hierher, trank und spielte. Manchmal blieb er gleich mehrere Tage hintereinander dort. Er schlief dann in einem der Bordelle oder legte sich, sich seiner wachsenden Sucht hingebend, tagelang in eine der Opiumhöhlen. Keiner schenkte Li hier irgendwelche Beachtung. Er war ein Niemand, nur sein Geld zählte, und solange er welches hatte, konnte er bleiben. Er wäre an seiner Drogensucht gestorben, wenn nicht sein Großvater ihn aus einer der Opiumhöhlen herausgeholt hätte. Eigenhändig war der alte Mann wochenlang, Nacht für Nacht, auf der Suche nach ihm gewesen, bis er ihn durch einen Tipp von Lu Han endlich in der „Walled City" gefunden hatte. Er musste aber eine große Summe an einen der Triadenbosse zahlen, um ihren guten Kunden Li mitnehmen zu dürfen.

In den darauffolgenden Tagen und Wochen behandelte ihn sein Großvater persönlich mithilfe der traditionellen chinesischen Medizin. Damit Li nicht flüchtete und zur „Walled City" zurückkehrte, hatte er ihm zu seinem eigenen Schutz einen Wächter abgestellt, der Li Tag und Nacht bewachte. Mit Akkupunktur, Kräutern und anderen Heilmitteln gelang es seinem Großvater, ihn körperlich von der Drogensucht zu heilen. Seine Seele, erklärte er ihm, würde aber einen viel längeren Heilungsprozess und eine sehr spezielle Behandlung in Anspruch nehmen. Als es ihm physisch endlich wieder etwas besser ging und sie gemeinsam im Garten etwas Tai Chi übten, versprach Li seinem Großvater, nie wieder den Drachen zu jagen, wie man die Opiumsucht unter Chinesen nannte. Für seine Seelenheilung begannen sie dann, zusammen die Weisheiten von Konfuzius und anderen berühmten chinesischen Gelehrten zu studieren. In tiefen, philosophischen Gesprächen fachsimpelten sie über den Sinn, die Auslegungen der Weisheiten. Mit seinem Großvater nahm Li sogar an einigen Seminaren des Konfuzius-Instituts von Hongkong teil. Lis böse Träume verschwanden allmählich und seine gequälte Seele erfuhr eine langsam einsetzende Heilung. Ein Jahr später nahm er, zur großen Freude seines Großvaters, sein Studium der traditionellen Medizin an der Universität von Hongkong wieder auf. Li begann auch eine Arbeit im Unternehmen seines Onkels, doch das Schicksal meinte es nicht gut mit ihm.

Li war den ganzen Tag im Büro seines Onkels in Wan Chai gewesen und es war sehr spät geworden. Sie hatten Inventur gehabt und jede Hand wurde gebraucht. Es machte Li nichts aus, neben seinem Studium zwei- bis dreimal die Woche im Büro seines Onkels, das sich im Tung Chui Commercial Center an der Lockhart Street befand, auszuhelfen. Es lenkte ihn einerseits ab und andererseits lernte er während seiner Tage im Büro und im angrenzenden Lagerhaus viel über das internationale Frachtgeschäft. Mit seinen Gedanken noch bei der Inventur, lief Li die Lockhart Street entlang. Es war mittlerweile schon dunkel geworden und das farbenprächtige Spiel der unzähligen, endlos blinkenden Neonreklameschilder faszinierte Li immer wieder aufs Neue. Sein Magen grummelte vor Hunger, denn er hatte den ganzen Tag kaum etwas gegessen. Er entschied sich für eine schnelle Mahlzeit in einem der vielen chinesischen Restaurants, die, um Kundschaft buhlend, Leute vor ihren Türen platzierten, die die Kunden zum Eintritt animierten. Als er, am Fenster sitzend, hungrig einige „Dim Sum" herunterschlang, sah er auf der anderen Straßenseite eine schwarze Limousine anhalten. Aus dem Wagen stiegen vier in teure Anzüge gekleidete Chinesen. Zwei von ihnen warfen vorsichtige Blicke in alle Richtungen, auch in die Richtung von Lis Restaurant. Li war so überrascht, dass er im ersten Augenblick glaubte, er hätte eine Sehstörung oder er würde einen Geist sehen. Unwillkürlich schrak er zurück, aber die Männer auf der Straße konnten das im Gegenlicht des Fensters nicht sehen. Er jedoch sah sie. Es waren nicht alle vier Typen, die er erkannte, sondern nur zwei von den Männern. Der eine war „One Eye Chow", ein berühmt berüchtigter Triadenboss, der in der Unterwelt Hongkongs eine führende Rolle spielte und durch seine schwarze Augenklappe unverkennbar war. Doch Lis Interesse galt viel mehr dem anderen Mann, dessen Gesicht er niemals vergessen würde. Er erkannte ihn sofort, Wong Yat Wah, den Mörder seiner geliebten Yan Yi.

Im ersten Moment wollte er hinausstürzen und sich auf seinen Todfeind werfen, doch er besann sich schnell eines Besseren. Er fragte sich, was in aller Welt hatte Wong mit „One Eye Chow" zu tun? Wong musste zu den Triaden gehören, erklärte er sich deren Zusammensein. Das war äußerst gefährlich und würde tödlich für ihn enden, wenn er nicht einen kühlen Kopf bewahrte. Li überlegte, wie er an Wong herankommen könnte, er musste ihn stellen. Er hatte auf Yan Yis Grab geschworen, ihren Mörder, falls er ihm jemals wieder begegnen würde, umzubringen, und er würde seinen Schwur halten. Li beobachtete aus dem Restaurant heraus, wie die vier Männer im Eingang des „Silver Dragon"-Nachtklubs verschwanden. Er durfte jetzt nichts überstürzen, er musste Ruhe bewahren, einen Plan schmieden, waren die Gedanken, die ihm dabei durch den Kopf schossen.

„Wer auf Rache aus ist, der grabe zwei Gräber."

Hatte dies nicht schon Meister Konfuzius gesagt? Aber es war ihm egal, ob er selber dabei draufgehen würde, das Einzige, was ihm wichtig erschien, war Wongs sicherer Tod. Genau deshalb verwarf er den inneren Zwang, sofort in den Nachtklub zu rennen und zu versuchen, Wong zu töten. Es würde vielleicht nur ein Versuch werden, denn welche Chancen hatte er gegen vier eiskalte, bewaffnete Gangster? Li zahlte seine Rechnung und ging heim. Auf dem Heimweg überlegte er sich einen tödlichen Plan. Er wusste jetzt, Wong lebte in Hongkong, aber der feige Mörder hatte keine Ahnung, dass Li auch hier war. Das war sein großer Vorteil, den er klug und überlegt nutzen musste, um seine Rache zum Erfolg zu führen.

Durch Lu Han und seinen Verbindungen zur „Kowloon Walled City"-Unterwelt lernte Li in den nächsten Tagen schnell, dass Wong inzwischen zur Nummer zwei in der Hierarchie von „One Eye Chows" Triade aufgestiegen war. Wong hatte den Ruf erworben, unberechenbar grausam zu sein, und er war bekannt dafür, seine Opfer mit einem Baseballschläger zu Tode zu prügeln. Zu Wongs Aufgaben in der Triade gehörte es, das gesamte Drogengeschäft sowie die Prostitution der Organisation zu leiten. Der „Silver Dragon"-Nachtklub in Wan Chai war einer seiner beliebtesten Aufenthaltsorte. Die philippinische Sängerin der Band hatte es ihm angetan und er ließ kaum eine Gelegenheit aus, sie auf der Bühne des Nachtklubs auftreten zu sehen. Li fand außerdem heraus, dass die Band immer mittwochs und samstags im Klub spielte. Es war Freitag; er beschloss, morgen, am Samstag, war der Tag, an dem er Wong töten würde.

Lis Onkel war ein alter Waffennarr. Er hatte ihm vor einem Jahr einmal stolz seine umfangreiche Waffensammlung gezeigt. Li hatte an dem Tag sogar auf dem hauseigenen Schießstand im Keller der Villa die eine oder andere Waffe ausprobieren dürfen. Er wusste auch genau, wo sein Onkel den Schlüssel für den Waffenschrank aufbewahrte. Ohne irgendwelche Schuldgefühle nahm Li sich eine der großkalibrigen Handfeuerwaffen, eine Beretta 92, die ihm sein Onkel so stolz erklärt hatte. Die Waffe verfügte über fünfzehn 9-mm-Patronen im Magazin. Die Pistole hatte ihm bei der Schießübung damals am besten gefallen. Es schien ihm in dem Augenblick auch auf irgendeine Art logisch zu sein, noch zwei Ersatzmagazine mitzunehmen. Warum, wusste er selber nicht zu sagen, man konnte ja nie wissen, dachte er sich, obwohl er nicht vorhatte, ein Massaker im Klub zu veranstalten.

Er war früh in den „Silver Dragon"-Klub in der Lockhart Street gegangen und hatte sich einen dunklen Stehplatz in einer der hinteren Ecken des mit Tischen und Stehplätzen ausgestatteten Raumes ausgesucht. Von hier hatte er die Band und die vorderen Tischreihen, wo er vermutete, Wong bald sitzen zu sehen, vor sich. Zu seiner eigenen, äußeren Tarnung hatte Li sich eine dunkle Brille aufgesetzt und einen schwarzen Lippenbart angeklebt. Er trug auch seine Haare in einem modischen Schnitt, wesentlich länger als zu ihrer gemeinsamen Zeit in China. Als er auf der Klubtoilette in den Spiegel gesehen hatte, hatte er sich selbst kaum wiedererkannt, und er war sich sicher, Wong könnte in einem Meter Entfernung an ihm vorbeigehen, ohne ihn zu erkennen. Mittlerweile war es kurz vor Mitternacht, der Laden füllte sich schnell mit einer Mischung aus jungen europäischen „Expats", Auswanderern, mit Taschen voller Geld und einer unruhigen Nase. Hinzu kamen die heiß aufgemachten asiatischen Girls, die durch die Klubs in Wan Chai rotierten, um für ein paar leicht verdiente, zusätzliche Dollars ihre Körper anzubieten. Ein paar wenige Musikliebhaber, die sich an der guten Livemusik erfreuten, waren im Klub eher die Ausnahme. Den Rest des Schmelztiegels der Erlebnishungrigen bildeten die im Rotlichtmilieu von Wan Chai angesiedelten chinesischen Einheimischen. Dazu zählten die ewig pesten, kleinen Dealer, die für ein Gramm Kokain 100 US-$ verlangten, die Barmädchen und -Männer, die in den Nachtklubs arbeiteten, sowie die lokalen Gangstergrößen, die sich hier und da eine Auszeit von ihren Geschäften gönnten und, für etliche Tausende Dollars pro Flasche, teuren Champagner tranken.

Li trank von seinem mit fünfzig Dollar wesentlich überteuerten Gin Tonic und wartete ungeduldig in dem von billigen Zigaretten und teuren Zigarren durchnebelten Raum auf das Erscheinen seines Erzrivalen Wong. Ein freier Tisch, mit einem Schild als reserviert gekennzeichnet, stand direkt vor der Bühne, auf der in Kürze die philippinische Band spielen würde. Der mit den vielen Partyhungrigen gefüllte Raum heizte die eh schon schweißtreibende Temperatur im Raum zusätzlich an. Sie riefen lautstark nach der Band, endlich mit ihrem Auftritt anzufangen. Die Beretta 92 drückte, unter Lis Hemd verborgen, kalt gegen seine Bauchdecke. Er wartete geduldig darauf, sie ihr eigenes, tödliches Lied spielen zu lassen. Ein weiteres Mal öffnete sich die Eingangstür, und endlich hatte das Warten ein Ende. Li sah, wie Wong, in Begleitung von drei weiteren Männern, zielstrebig auf den für ihn reservierten Tisch zuging. Auf seinem Weg zum Tisch machten ihm andere Besucher bereitwillig Platz. Wong setzte sich auf einen der der Bühne zugewandten Stühle. Die meisten im Klub kannten Wong, und die, die ihn nicht kannten, ahnten wohl, dass es für sie gesünder war, den Männern besser aus dem Weg zu gehen. Ohne bestellen zu müssen, wurde ihm sofort eine Flasche Dom Perignon serviert, und Augenblicke später erschien auch schon die Band auf der Bühne. Die Sängerin, eine extrem attraktive Filipina, sang mit einer rauchigen, sexy Stimme einen Song von Sade. Wong warf ihr glühende Blicke zu, die sie mit ihrem strahlend weißen Lächeln erwiderte. Li, angewidert von dem Spektakel und beherrscht von seinem unbändigen Hass auf Wong, bahnte sich langsam seinen Weg näher an die Bühne. Wongs Leute waren in Partylaune und schenkten ihrer Umgebung kaum Beachtung. Keiner sah Li kommen, und als er plötzlich mit der gezogenen Beretta vor ihrem Tisch stand, war es zu spät. Li zielte mit der Waffe auf die vier Männer, aus seinen Augen sprühte ihnen ein unbändiger Hass entgegen. Ihre erstaunten, arroganten Gesichter musterten den vor ihnen stehenden Mann, vorsichtig in Gedanken wägten sie ihre Chancen ab. Niemand in der ravenden Menge der Klubbesucher hatte, bisher etwas von der tödlichen Situation mitbekommen. Die Filipino-Band spielte einen ihrer Lieblingssongs, Alkohol floss in Strömen, aufreizende Girls betörten sexhungrige Männer und Dealer bedienten ihre nach einem schnellen High dürstenden Kunden.

„Legt eure Waffen vorsichtig auf den Boden und danach könnt ihr gehen, Wong bleibt hier", zischte Li in einem harten Befehlston, der keine weitere Widerrede zuließ.

Wongs Kumpanen waren irritiert, wussten nicht, wie sie sich verhalten sollten. Sie blickten unsicher zu ihrem Boss.

„Los, macht schon, sonst sterbt ihr alle", stieß er hervor und unterstrich seine Aufforderung, indem er mit seiner Beretta unmissverständlich winkte.

Wong nickte kurz, langsam nahmen sie ihre Schusswaffen heraus und warfen sie unter den Tisch. Einer von ihnen, ein pockennarbiger Chinese mit einer schweißperlenden Glatze, versuchte dennoch sein Glück und wollte auf Li schießen. Ohne zu zögern, drückte Li ab und seine Kugel traf den Mann in die Schulter. Der laute Knall und die plötzlich von ihren Stühlen aufspringenden, flüchtenden Gangster verursachten einen heillosen Tumult. In ihrer Panik versuchten die Gäste aus dem Klub zu stürmen, stürzten im entstandenen Chaos übereinander, Frauen kreischten laut und hysterisch. Einzig und allein die Bandmitglieder und einige der Angestellten standen wie versteinert auf ihren Plätzen, versuchten das Drama zu begreifen, das sich gerade live vor ihren Augen abspielte.

Wong war, als ob ihn das alles nichts anging, teilnahmslos wirkend am Tisch sitzen geblieben und starrte feindselig auf seinen Widersacher.

„Du machst hier einen großen Fehler, Fremder", stieß er drohend hervor. „Du weißt wohl nicht, wer ich bin? Geh, verlasse den Klub, am besten Hongkong, ansonsten bist du ein toter Mann, das kann ich dir garantieren."

Li, der ununterbrochen seine Waffe auf Wong gerichtet hatte, schlug Wong den Lauf der Beretta ins Gesicht. Eine blutende Furche zog sich über dessen Wange. Dann nahm Li die dunkle Brille ab, entfernte seinen falschen Bart und starrte mit harten Augen auf den Mörder seiner geliebten Yan Yi.

„Hallo, Wong, erkennst du mich wieder? Mich am Leben zu lassen, nachdem du sie getötet hattest, war ein großer Fehler. Du hättest mich besser damals auch umbringen sollen, jetzt ist es zu spät. Jetzt werde ich dich töten."

„Li Han Cheng, das kann nicht sein", stammelte Wong, mit weit aufgerissenen Augen, voll Entsetzen seinen alten Feind erkennend.

„Ja, ich bin es, Wong, und jetzt wirst du für all deine grausamen Schandtaten büßen", kam es eiskalt zurück, und dann drückte Li ab.

Die erste Kugel durchschlug Wongs Stirn, katapultierte ihn rückwärts über den Stuhl. Er war schon tot, bevor er auf dem Boden aufschlug, doch Li schoss immer weiter auf den leblosen Körper, bis das leere Magazin keine Patrone mehr auswarf. Ein letztes Mal blickte er auf Wong, spuckte auf den von Kugeln durchsiebten Körper. Li empfand aber keinerlei Genugtuung, sondern nur eine unendliche innere Leere. Dann ging er durch die Hintertür des Klubs hinaus, verschwand in den Gassen von Wan Chai.

Kapitel 29

2018, April, Borkum, am Abend

Als Li aus seinem Traum erwachte, stellte er fest, es war schon wieder dunkel geworden. Ein Blick auf seiner Uhr zeigte ihm, er hatte mehr als zwei Stunden geschlafen und geträumt. Jetzt wurde es aber höchste Zeit, ans Kochen zu denken, dachte Li und begab sich zum Ausgang. Er schloss die Gewächshaustür hinter sich und lief hinüber zum Haus. In guter Stimmung und mit Vorfreude auf die Ente der acht Kostbarkeiten betrat Li den Hausflur. Li hängte seine Jacke an die Garderobe und ging durch den langen Korridor zur Küche. Er wunderte sich über die ungewöhnliche Stille im Haus. Sonst hörte er meistens Laura oder Sun Tzu ihn begrüßen, wenn er das Haus betrat, aber heute herrschte eine beunruhigende Totenstille. Irgendetwas stimmt hier nicht, dachte sich Li. Als er dann im Eingang zur Küche stand, entdeckte er zu seinem Horror den Grund für die Ruhe im Haus. Laura saß auf einem Stuhl in der Küche, hinter ihr stand Frank Martens und hielt sie fest im Griff, eine Hand über ihrem Mund. Sie blickte mit angsterfüllten Augen erst hinüber zu Li und dann zum Küchenschrank, unter dem Sun Tzu fauchend Zuflucht gefunden hatte. Rechts neben ihnen, am Kühlschrank angelehnt, verharrte Klaas Reimann mit einem diabolischen Grinsen im Gesicht. Es konnte nicht wahr sein, schoss es Li durch den Kopf, wie in aller Welt hatten sie Laura gefunden? Niemand wusste, dass sie hier bei ihm in der Gärtnerei war. Sie waren so vorsichtig gewesen, hatten für Laura sogar eine andere Identität erfunden. Das Handy, hatte sie es doch, entgegen seiner Warnung, benutzt – und waren es nicht drei Verbrecher? Wo ist der Dritte im Bunde, fragte er sich noch, dann traf ihn auch schon plötzlich ein heftiger Schlag auf den Kopf. Damit war seine unausgesprochene Frage beantwortet, Leon Bratcke hatte in einem der anderen Zimmer auf Li gelauert und sich leise von hinten an ihn herangeschlichen. Ohne einen Laut von sich zu geben, schlug Li bewusstlos auf den harten, gefliesten Küchenboden auf. Den spitzen Schrei, den Laura dabei ausstieß, hörte er schon nicht mehr. Klaas Reimann sah auf die am Boden liegende Gestalt, um deren Kopf sich eine immer größer werdende Blutlache bildete. Er stieß seinen Fuß in Li und versuchte seinen Puls zu fühlen, wurde aber von einer mit scharfen Krallen bewehrten Pfote, die unter dem Schrank hervorschnellte, gestört. Fluchend zog er seine Hand zurück und führte sie anschließend an seinem Hals von links nach rechts, was so viel wie „Exitus" bedeutete.

Laura begann unkontrolliert zu schluchzen und zu weinen, wand sich mit allen Kräften verzweifelt gegen Frank Martens' eiserne Umarmung. Sie wusste, es war alles ihre Schuld. Hätte sie ihr verdammtes Handy nicht angeschaltet und Gaby angerufen, wäre Li noch am Leben. Doch jetzt war es zu spät, durch ihr dummes Telefonat hatte Li sterben müssen.

„Mann, Leon, du hirnlose Muskelmasse, musstest du denn wieder gleich so hart zuschlagen?", fragte Frank Martens, der die wild kämpfende Laura in seinen Armen kaum mehr zu bändigen wusste, vorwurfsvoll. „Der Chinamann ist jetzt hinüber und kann uns nichts mehr erzählen."

Leon grinste nur widerwärtig, während er den metallenen, teleskopartigen Totschläger einsteckte. „Habe ihn doch nur gestreichelt, Boss. Ich kann doch nicht wissen, dass der so eine weiche Birne hat. Ist aber eh nicht schade um den alten Chinamann. Einer mehr oder weniger von diesen reisfressenden Schlitzaugen auf der Welt macht sowieso kaum einen Unterschied."

Auf seine Aussage hin lachten die drei Gangster nur dreckig, und das machte Laura rasend. „Ihr Schweine, ihr verdammten Mörder, verrecken sollt ihr alle", schrie sie die drei Männer in der Küche an. „Was hat euch Li getan? Er war doch nur ein gutherziger alter Mann! Ihr seid der totale Abschaum, elendige Parasiten …", weiter kam sie nicht mehr.

Frank Martens hatte endgültig genug. Er ließ die wild strampelnde Laura los und schlug hart zu. Seine Faust grub sich in ihren Bauch und Laura klappte stumm nach Luft ringend vornüber. Der nächste Schlag erwischte sie im Gesicht und sie flog rückwärts auf den Fliesenboden. Dann trat er mehrmals auf sie ein, bis ihn Klaas Reimann von weiteren Tritten abhielt.

„Genug, Boss, du bringst sie sonst noch um. Wir brauchen sie noch", sprach er in einem beruhigenden Tonfall auf Frank Martens ein.

Die Schläge und Tritte hatten Lauras letzten Kampfeswillen gebrochen. Blut lief ihr aus einer Platzwunde über ihrem Auge in den Mund. In Tränen aufgelöst lag sie auf den Fußboden und schluchzte leise vor sich hin.

„Du hast recht, Klaas, erst kommt das Geschäft, dann das Vergnügen." Frank Martens' Augen funkelten böse und er riss Laura an den Haaren vom Boden hoch. „Wo sind mein Stoff und meine Kohle, Laura? Ich frage dich dies nur einmal, und wenn du nicht so enden willst wie der Chinamann hier, dann hast du besser die richtige Antwort für mich."

Laura hielt sich ihre schmerzenden Rippen. Sie wusste, aus dieser Nummer würde sie nicht wieder heil herauskommen, aber das war ihr jetzt auch egal. Niemals würde sie Frank Martens von der Tasche im Gewächshaus erzählen. „Auf dem Meeresgrund, du elendes Arschloch. Und weißt du was, du kannst mich mal. Mach mit mir doch, was du willst", zischte sie und spuckte ihm dabei ihr Blut ins Gesicht.

„Das werde ich auch, du Miststück. Bevor ich mit dir fertig bin, wirst du dir noch tausendmal wünschen, mit dem Boot untergegangen zu sein", erwiderte Frank kaltherzig, wischte sich mit einem Tuch das Blut von den Wangen und schlug ein weiteres Mal zu. „Klaas, hast du die Spritze fertig? Gut, du und Leon, schafft sie ins Schlafzimmer, habt etwas Spaß mit ihr und gebt der kleinen Hure einen guten Vorgeschmack auf das, was sie erwartet, wenn sie wieder in Hamburg für mich anschaffen geht."

Frank Martens war nicht richtig enttäuscht über Lauras Antwort. Natürlich hatte er gehofft, dass sie vielleicht etwas mehr wusste, aber er war ein Realist und hatte seine Erwartungen von vornherein heruntergeschraubt. Er wusste von Jens Haldermarks sicherem Versteck auf dem Boot, auch dass der Stoff wasserdicht verpackt gewesen war. Doch um jemals an die Ware heranzukommen, müsste er schon genau wissen, wo die Jacht gesunken war. Dann war da aber noch der unumstößliche Aspekt, dass einige der Pakete von seiner Ladung am Strand von Borkum gefunden worden waren. Das ließ vermuten, entweder hatte Jens die Ladung über Bord geworfen oder das Schiff war zerbrochen und hatte das Kokain von selber freigegeben. Er würde es wohl nie genau herausfinden, aber über eins war er sich sicher, Laura würde dafür zahlen müssen.

Leon Bratcke brauchte keine große Extraeinladung, darauf hatte er lange gewartet. Mit brutaler Gewalt zog er Laura an den Beinen ins Schlafzimmer und riss ihr dort die Kleidung vom Leib. Auch wenn sie noch so sehr versuchte, sich zu wehren, Leon war einfach zu kräftig und ließ ihr keine Chance. Er wollte ihr endgültig heimzahlen, dass sie ihn immer verschmäht hatte. Er keuchte vor geiler Erregung und fühlte, wie er hart wurde. Klaas Reimann drückte Laura eine Spritze mit einer durchsichtigen Flüssigkeit in den Arm und sie beobachteten, wie das Mädchen durch die Wirkung der Droge ihren Widerstand aufgab.

Als das Heroin durch ihre Vene schoss, explodierte plötzlich alles in Lauras Kopf. Dass die beiden Verbrecher sie anschließend mehrfach abwechselnd brutal vergewaltigten, bekam sie schon gar nicht mehr mit. Die Droge tat ihre Wirkung, vernebelte die Sinne, die Wahrnehmung der Vergewaltigung, und indirekt hatten sie Laura damit sogar einen Gefallen getan. Somit musste sie nicht bei klarem Verstand die Schändung erleben und war ihnen, im Rausch der Droge, entflohen ins schwarze, endlose Nichts.

Frank und seine Kumpane durchsuchten noch das Haus nach Geld und anderen Wertgegenständen. Sie fanden aber nichts außer ein paar Hundert Euro in der Haushaltskasse. Dann verließen die drei Verbrecher mit ihrem Opfer die Gärtnerei und fuhren noch in der Nacht zurück zum Hotel. Kurz vor dem Ort gaben sie Laura einen weiteren Schuss Heroin und ließen das arme Ding anschließend gefesselt unter einer Decke im Kofferraum des Land Rover zurück. Am nächsten Morgen frühstückten Frank, Leon und Klaas in aller Seelenruhe, bezahlten ihre Rechnung im Hotel und nahmen die Fähre von Borkum zurück nach Emden.

Kapitel 30

2018, April, Borkum, am nächsten Morgen

Er erwachte langsam, als er Sun Tzus raue Katzenzunge in seinem Gesicht verspürte, und hörte gedämpft, wie durch ein Kissen, sein zur Unterhaltung aufforderndes, klägliches Maunzen. Ein unermesslicher, dröhnender Schmerz in Lis Kopf und eine plötzlich aufsteigende Übelkeit bereiteten ihm Schwierigkeiten, sich aufzurichten. Er lag bäuchlings auf dem Küchenboden, mit dem Gesicht zur Seite, in einer nicht unerheblichen, mittlerweile aber getrockneten Blutlache. Er wusste sofort, dass es sein eigenes Blut war, dennoch erschrak er über die Größe der Lache. Stöhnend versuchte Li sich aufzurichten, was ihm aber erst beim dritten Anlauf und mit einer enormen Kraftanstrengung gelang. Mühsam zog er sich, immer wieder von Schwindelanfällen unterbrochen, an einem der nahen Küchenstühle vorsichtig hoch. Erschöpft durch die unsagbare körperliche Anstrengung, nahm Li eine halb volle Wasserflasche, die vor ihm auf dem Tisch stand, und trank entgegen seiner Gewohnheit in gierigen Zügen direkt aus der Flasche. Als die Flüssigkeit die Trockenheit in seinem Mund vertrieb, fühlte er sich schon gleich etwas besser. Vorsichtig betastete er seinen Kopf und fühlte das viele geronnene Blut in seinem Haar und eine riesige Schwellung am Hinterkopf, die von dem brutalen Schlag herrühren musste, den er in der letzten Nacht bekommen hatte.

Ein Schlag, aber wieso, weshalb, wer hatte ihn niedergeschlagen, was war geschehen, wo war Laura, quälten ihn plötzlich tausend Fragen gleichzeitig. Er konnte sich erst keinerlei Reim darauf machen, er konnte sich an kaum etwas erinnern. Doch dann setzte langsam sein Erinnerungsvermögen wieder ein. Die Verbrecher aus Hamburg waren im Haus gewesen, Frank Martens und seine Bande hatten Laura gefunden. Bruchstückhaft erinnerte er sich, wie er Laura in der Küche, festgehalten durch Frank Martens, auf dem Küchenstuhl hatte sitzen sehen, Klaas Reimann am Kühlschrank und dann „Wham". Er hatte einen jähen, explodierenden Schmerz verspürt und danach war er in ein schwarzes tiefes Loch gefallen.

„Li, oh, mein Gott, was ist hier denn passiert", hörte er plötzlich Anna Wolders' Aufschrei, als diese die Küche betrat. „Ich rufe sofort den Notarzt! Das sieht ja richtig böse aus", entschied die resolute Haushälterin und drückte die 114-Nummer auf ihrem Handy für den medizinischen Notdienst.

„Alles nicht so schlimm, das wird schon wieder. Ich habe nur so fürchterlich rasende Kopfschmerzen"; antwortete Li wenig überzeugend. Ihm wurde wiederholt schwarz vor Augen und eine schleichende Übelkeit kam in ihm hoch.

Entsetzt über Lis Zustand und das Durcheinander im Haus, konnte Anna Wolders sich kaum beruhigen. „Papperlapapp, das sieht mir nach einer massiven Kopfverletzung mit einer saftigen Gehirnerschütterung aus. Wo ist denn die Jenny bloß, die kann Sie doch in so einem Zustand nicht einfach allein lassen. Unverantwortlich, das Mädchen, das gibt es doch gar nicht", schüttelte sie ungläubig mit dem Kopf. „Ja, schicken Sie bitte sofort einen Krankenwagen zur Li-Gärtnerei am Oststrand. Ja, es handelt sich um einen Notfall und es ist dringend, bitte beeilen Sie sich."

Wegen Lauras Abwesenheit befürchtete Li das Schlimmste. „Laura ist entführt worden, wir sind überfallen worden, Anna."

„Wie, entführt, wer ist Laura?", fragte Anna. „Sie meinen Jenny, oder? Ich rufe jetzt sofort die Polizei", stieß sie sichtlich erschrocken aus.

230

„Nein, keine Polizei. Es gibt da etwas, was ich Ihnen erzählen muss", begann Li leise und beichtete Anna Wolders in Kurzform die Geschichte, wie er Laura nach dem Sturm am Strand gefunden hatte, von den undurchsichtigen Typen, die nach ihr suchten, und wie sie die Story von Jenny Peters erfunden hatten, um sie vor den Verbrechern zu schützen.

Mit steinerner Miene hörte Anna Wolders Li zu. Dann wischte sie sich ihre Hände an ihrer Schürze ab und sagte: „Der Inselnotarzt wird gleich hier sein, und das mit der Polizei würde ich mir noch einmal stark überlegen. Wenn diese Typen, wie Sie vermuten, Jenny oder Laura, wie immer das Mädchen auch heißen mag, entführt haben, schwebt sie vielleicht in Lebensgefahr."

„Bitte, behalten Sie es vorläufig für sich. Ich muss nachdenken und dafür erst einmal diese fürchterlichen Kopfschmerzen loswerden", erwiderte Li mit einer vom Schmerz gequälten Stimme.

Nach wenigen weiteren Minuten fuhr endlich der Notarztwagen auf den Hof der Gärtnerei und Li hatte etwas Zeit gewonnen, über den gut gemeinten Rat seiner treuen Haushälterin nachzudenken. Dem Notdienst erzählte Li, er wäre gestürzt und mit dem Kopf auf den harten Küchenboden aufgeschlagen. Mit skeptischer Miene, aber ohne Widerrede nahm Dr. Langhuus, der Inselnotarzt, Lis Erklärung zur Kenntnis, aber glaubte ihm dabei kein Wort. Er hatte in seiner langjährigen Praxis genug Erfahrung mit Kopfverletzungen gesammelt, um eindeutig feststellen zu können, dass diese von einem Schlag mit einem sehr harten Gegenstand herrührte.

„Die Wunde muss genäht werden. Den Symptomen nach zu urteilen, sieht es mir auch ganz nach einer mächtigen Gehirnerschütterung aus. Wir müssen sofort einen CT-Scan machen, um auszuschließen, dass sich ein Blutgerinnsel im Gehirn gebildet hat", verordnete der Notarzt mit gewohnt autoritärer Stimme, die keinerlei Widerrede dulden würde.

Er wies seine beiden Sanitäter an, die Bahre ins Haus zu bringen, um Li damit abzutransportieren. Der wollte im ersten Moment noch protestieren, aber als eine erneute Übelkeit und ein rasender Kopfschmerz ihn befielen, wusste er, dass es das Beste für ihn war. Anna Wolders versicherte ihm, er bräuchte sich keine Sorgen um die Gärtnerei zu machen, sie würde sich selbstverständlich um alles einschließlich des kleinen Katers, Sun Tzu, kümmern.

Im Inselkrankenhaus stellte man fest, dass Li Glück im Unglück gehabt hatte, und die Verletzung erwies sich als eine große Platzwunde, die mit sechs Stichen genäht werden musste. Er hatte natürlich eine saftige Gehirnerschütterung davongetragen, aber der CT-Scan zeigte keine innerlichen Schwellungen oder Blutgerinnsel im Gehirn. Nichtsdestotrotz war die Verletzung schwerwiegend genug und der Arzt verordnete Li ein paar Tage Bettruhe in der Klinik, wo er unter guter medizinischer Beobachtung genesen sollte. Noch am gleichen Tag kam Johann Klever, der selbstverständlich umgehend von Anna Wolders verständigt worden war, ihn besuchen. Zweifelslos hatte Anna die Angelegenheit mit Jenny beziehungsweise Laura gepetzt.

Johann Klever blickte mit einem sehr besorgten, zugleich vorwurfsvollen Gesichtsausdruck auf seinen alten Weggefährten. „Li, Li, du machst mir schöne Sachen. Ich bin heilfroh, dass es dir gut geht und nicht mehr passiert ist, aber es hätte auch wesentlich böser ausgehen können, mein Freund. Anna hat mir alles erzählt. Sie ist total aufgelöst und wollte zur Polizei gehen, aber ich habe sie noch gerade davon abhalten können und ihr gesagt, dass du schon deine Gründe dafür haben wirst, die Angelegenheit nicht zu melden. Mir war von Anfang an deine dünne Geschichte mit dem Mädchen sowieso nicht besonders glaubwürdig erschienen. Also, schieß los, was ist passiert?"

Li begann ein zweites Mal, diesmal aber ausführlicher als zuvor mit Anna, Jo seine Beweggründe darzulegen. Nachdem er geendet hatte, saß Johann Klever schweigend neben Li am Bett und man konnte förmlich spüren, wie sehr ihn der Sachverhalt beschäftigte. Jo war Anwalt und sah die meisten Dinge in seinem Leben immer zuerst durch die gesetzliche Brille, bevor seine menschliche, gutherzige Seite Stellung bezog.

Johann Klever stand auf und ging im Zimmer auf und ab, dann räusperte er sich. „Meines Erachtens hast du zwar das Gesetz gebrochen, Li, und eine offiziell vermisste Person nicht als gefunden gemeldet, andererseits kann man dir aber keinen Vorwurf machen, ein Menschenleben gerettet zu haben. Wie du mir sagst, hatte das Mädchen, Laura, keine direkte Mittäterschaft in dem illegalen Drogenschmuggel. Das ist gut, dennoch wusste sie von den Machenschaften der Bande und hat es nicht der Polizei gemeldet, das ist schlecht. Abgesehen davon gibt es aber keinerlei Beweise, dass das untergegangene Segelboot überhaupt Drogen an Bord hatte. Das wissen nur die Gangster, das Mädchen, du und jetzt auch ich, das ist noch besser und bleibt hoffentlich so. Somit gibt es auch keinen beweisbaren Tatbestand, wo kein Kläger, da kein Richter", beendete Jo seine Überlegung, setzte sich wieder zu Li ans Bett und grinste, wie ein Honigkuchenpferd, von einem Ohr zum anderen.

„Alles gut und schön, aber was ist mit Laura geschehen? Wir wissen, dass die Bande sie entführt, womöglich noch schlimmer, sie sogar umgebracht hat", erwiderte Li verzweifelt.

„Das glaube ich nicht, Li, sonst hätten sie Laura gleich in deinem Haus erledigt. Wozu sich die Mühe machen, sie von der Insel zu schaffen, um sie dann woanders zu töten? Aus Hamburg, sagst du, kommen diese Verbrecher und sind dort in Drogen sowie Prostitution verwickelt? Dann kannst du mit hundertprozentiger Sicherheit davon ausgehen, dass sie Laura dazu zwingen werden, wieder für sie anschaffen zu gehen. Das Mädchen ist in erster Linie für sie eine Ware, die ihnen gutes Geld bringt."

„Das werde ich zu verhindern wissen, und du wirst mir dabei helfen", stieß Li resolut hervor.

„Ja, ein alter Chinese und ein noch älterer Anwalt allein gegen die Hamburger Unterwelt. Bist du von Sinnen? Es sieht ganz danach aus, als ob dein Kopf doch einen härteren Schlag abbekommen hat als angenommen. Wie stellst du dir das denn vor, wir fahren einfach nach Hamburg und befreien das Mädchen mit Gewalt aus den Klauen einer professionellen Zuhälterbande?"

„Genau das, wenn wir es nicht tun, wer dann? Ohne uns ist Laura verloren, das kann ich nicht zulassen, sie ist wie eine Tochter für mich, verstehst du das, Jo? Eine Tochter, die ich leider nie hatte. Es ist mein fester Wille, ich werde sie da rausholen, und wenn es das Letzte ist, was ich auf dieser Erde tue!"

Johann Klever sah, wie ernst es seinem Freund war, und Lis Worte trafen ins Schwarze. Wenn sie es nicht tun würden, überlegte er, wer dann? Und irgendwie gefiel ihm der Gedanke an ein gefährliches Abenteuer auf einmal. Seinem langweiligen Borkum für ein paar Tage den Rücken zu kehren, am Ende seines Lebens noch mal etwas total Verrücktes zu machen. Natürlich überkam ihn auch gleichzeitig eine Angst. Doch wovor sollte er eigentlich noch Angst haben? Sich mit einer eiskalten Verbrecherbande anlegen zu wollen? Ja, das war zwar nicht ungefährlich, aber er trug einen wesentlich tödlicheren Feind in sich herum. Dennoch sollten sie nichts überstürzen, und vor allem benötigte so ein Vorhaben eine ausgefeilte Planung. Falls er bei der Aktion mitmachen würde, wollte er vorbereitet sein.

Er blickte auf seinen Freund in seinem Krankenbett und sagte: „Werde du erst einmal wieder gesund, Li, und dann lass uns überlegen, welche Optionen wir haben. Ich strecke schon einmal ein paar Fühler aus. Ich kenne da in Hamburg einen Staatsanwalt aus alten Studientagen, außerdem habe ich noch einige andere nützliche, aber nicht ganz so legale, Kontakte."

Li nickte nur müde und schloss seine Augen, die Schmerzmedikamente, die ihm verabreicht worden waren, zeigten ihre Wirkung. Er hatte schon nichts mehr von Jos letzten Worten mitbekommen. Als Jo anschließend leise sein Zimmer verließ, war Li schon wieder in einem seiner Träume.

Kapitel 31

1976, britische Kronkolonie Hongkong

Nach den tödlichen Schüssen auf Wong war Li kopflos durch die Gassen von Wang Chai gerannt. Er fühlte absolut nichts. Die von ihm so ersehnte Befreiung seiner gequälten Seele durch Wongs Tod wollte einfach nicht eintreten. Im Gegenteil, sein gutes Gewissen plagte ihn, er hatte einen Menschen getötet. Auch, wenn dieser Mörder es hundertmal verdient hatte, so zerriss es ihn innerlich dennoch. Er hatte kaltblütig einen Menschen erschossen, das war Mord, er würde dafür hängen. Er überlegte anfangs, ob er sich der Polizei stellen sollte, um seine gerechte Strafe zu empfangen. Doch er verwarf den bitteren Gedanken schnell wieder, er hatte doch nur Gerechtigkeit verübt, warum sollte er dafür büßen? Ihm war aber klar, dass es zu viele Zeugen für seine Tat gab. Ein Gericht würde es nicht interessieren, was Wong in China verbrochen hatte. Selbstjustiz war ein schweres Verbrechen und dann waren da noch „One Eye Chow" und seine Triade. Sie würden Li jagen, finden und ihn zweifellos ohne Erbarmen töten. Er war gebrandmarkt, er konnte den Triaden in Hongkong niemals entkommen. Gehetzt schaute er wiederholt über seine Schulter, aber er war allein in der kleinen Seitenstraße, weitab vom Klub. Li musste verschnaufen, wieder zur Besinnung kommen, nachdenken. Die unzähligen Neonlichter von diversen Bars, Klubs und Restaurants warfen ihr buntes Licht in die dunkle, stinkende Seitengasse. Die Kühlaggregate Hunderter stetig brummender Klimaanlagen tropften in einem rhythmischen Stakkato ihr dampfendes Kondensat auf den kalten Betonboden unter seinen Füßen. Li nahm den stechenden Geruch der Essensreste von anliegenden Restaurants, die in den von unzähligen Ratten übersäten Müllcontainern faulten, kaum zur Kenntnis. Es gab nur einen Weg zu überleben, er musste Hongkong auf dem schnellsten Weg verlassen.

Spät in der Nacht erreichte Li das Haus seines Onkels, weckte seinen Großvater, der wiederum seinen Sohn aus dem Bett holte. Er berichtete ihnen von dem Tag, als er Wong erkannt, seinen Racheplan geschmiedet und wie er seine schreckliche Tat einige Stunden zuvor ausgeführt hatte. Sie hörten Li schweigsam zu, nickten nur ein paarmal zustimmend. Gemeinsam überlegten sie anschließend, was sie tun könnten, um Li der tödlichen Rache der Triade zu entziehen. Sie saßen allein in der großen Wohnküche des Gästehauses, der Rest der Familie schlief.

Sein Onkel Lu Shu Shan fragte mit sichtlicher Sorge um seinen Neffen und die Familie: „Li, hat man dich in dem Klub erkannt, oder weiß einer dieser Zeugen, wer du bist?"

Li überlegte angestrengt und kam zu der Erkenntnis, dass die Veränderung seines Äußeren gut gewesen war. „Nein, es ging alles zu schnell, aber trotzdem gibt es etliche Augenzeugen. Ich denke dennoch, dass niemand von denen mich namentlich kennt. So glaube ich zumindest, ich kann mich natürlich auch irren. Die Zeugen können mich aber genau beschreiben und es ist nur eine Frage der Zeit, bis die Triaden oder die Polizei mich finden werden. Sie haben ihre Informanten überall", antwortete Li.

Es war allen im Raum klar, dass Li recht hatte und die rachsüchtige Triade nichts unversucht lassen würde, um ihn zu aufzuspüren. Falls ihn die Polizei nicht zuerst finden würde, war er ein toter Mann. Ihnen war auch bewusst, dass er mit dem Mord an Wong die ganze Familie in Gefahr gebracht hatte. Anzunehmen, dass „One Eye Chow" bei seiner Rache nur Li töten würde, war einfältig. Weder Lis Großvater noch sein Onkel machten ihm jedoch deswegen irgendeinen Vorwurf. Sie versicherten ihm, dass sie seine Beweggründe für die Tat verstanden und an seiner Stelle genauso gehandelt hätten. Das gab Li Zuversicht und entließ ihn ein wenig aus seinen Schuldvorwürfen, einen Menschen getötet zu haben. Großvater sagte zum Schluss noch, die Familie hätte die tiefen Abgründe der kommunistischen Ungerechtigkeiten überlebt und würde auch diese Krise überstehen.

„Li es bleibt dir nichts übrig als aus Hongkong sofort zu verschwinden. Ich kenne da einen befreundeten Kapitän, dessen Schiff morgen früh ausläuft und den Hafen in Richtung Hamburg verlässt. Du wirst noch heute Nacht an Bord dieses Schiffes gehen. Mach dir keine Sorgen, Li, um alles Weitere werde ich mich kümmern", versprach sein Onkel, Lu Shu Shan, nach einiger Überlegung und mit zurückgewonnener Zuversicht.

Onkel Lu tätigte ein paar Telefonate und danach blieb nur wenig Zeit sich zu verabschieden. Sie wollten niemanden zu dieser späten Nachtzeit wecken und entschieden, dass es besser für alle war, dass Li in aller Stille Hongkong verließ. Je weniger wussten, was der wirkliche Anlass für Lis plötzliche Abreise war, umso größer war die Chance, dass seine Tat auch niemals ans Tageslicht kam. Es war die einzige Möglichkeit, seine und die Sicherheit der Familie zu garantieren. Li packte seine wenigen Habseligkeiten in eine große Tasche und sein Onkel fuhr den Wagen vors Haus. Großvater steckte Li noch einen Umschlag mit 50 000 US-$ in die Hand, umarmte seinen geliebten Enkel ein letztes Mal, bevor er sich mit Tränen in den Augen umdrehte und wortlos zurück ins Haus ging. Sie wussten beide, es war ein Abschied für immer, es musste sein. In Hongkong zu verweilen und darauf zu hoffen, unerkannt zu bleiben, wäre ein tödlicher Trugschluss. Durch einen puren, dummen Zufall könnte jemand Li auf der Straße wiederkennen und ihn an die Triaden verraten. Wer wusste schon, was Wong über seine Jahre in China erzählt hatte? Einige im Klub hatten ihn sicherlich den Namen Li ausrufen gehört. Wenn sie mit ihren verwobenen Beziehungen in Wongs Vergangenheit wühlten, würden sie dabei leicht auch auf ihn stoßen. Das konnte er nicht riskieren, das durfte er seiner Familie, die ihn so herzlich aufgenommen hatte, nicht antun.

Lis Onkel fuhr den Wagen hinunter zum Hafen. Trotz der späten Nachtstunde herrschte, wie immer, reger Betrieb an den Kaianlagen. Lastwagen rollten in endloser Kolonne zu den Schiffen, brachten ihre begehrten Waren aus China für die europäischen Konsumenten. Große, lärmende Kräne hoben die Güter unermüdlich in die Ladeluken der festgemachten Schiffe, als ob sie stählerne Mäuler eines unersättlich wirkenden Meeresgiganten fütterten. Lu Shu Shan hielt an einem hinteren Pier vor einem schon beladenen deutschen Frachter, der MS Dortmund. An der Gangway, die hinauf zum Schiff führte, empfing sie ein hochgewachsener, blonder Mann, um die Mitte fünfzig, mit einem freundlichen Lächeln.

„Lu Shu Shan, alter Freund, kommt an Bord", begrüßte er Lis Onkel mit einem skeptischen Seitenblick auf Li.

„Hallo, Heinz, ich danke dir, dass du uns so spät noch empfängst", erwiderte Lu knapp und ging, sich nach allen Seiten umblickend, die Gangway hoch.

An Bord begaben sie sich umgehend in die Kapitänskajüte, wo sie ungestört miteinander reden konnten. Kapitän Heinz Wegener war seit vielen Jahren ein guter Geschäftsfreund der Familie Lu, der auch privat im Hause der Lus verkehrte. Lis Onkel hatte Heinz Wegener einmal in seiner Zeit, als er noch erster Offizier war, vor einem mordlüsternen Mob streikender chinesischer Hafenarbeiter gerettet. Ohne eigenes Verschulden war Heinz zwischen die Fronten der Streikbrecher und den Streikenden geraten. Er wäre um ein Haar dabei umgekommen, wenn Lu ihn nicht in letzter Minute da herausgeholt hätte. Das hatte Heinz ihm nie vergessen und heute war der Tag, an dem er seine Schulden endlich begleichen durfte.

„Ich habe am Telefon nicht viel verstanden, nur so viel, dass dein

Neffe in großer Gefahr ist und unbedingt Hongkong inoffiziell sofort verlassen muss. Mach dir keine Sorgen, Lu, ich habe ihn als Gastreisenden unter dem Namen Lu Han Seng eingetragen und werde ihn in Deutschland bei den Behörden unterstützen. Er kann auch für die erste Zeit bei mir und meiner Familie in Hamburg wohnen, bis sein Aufenthaltsstatus dort geklärt ist."

Lu nahm beide Hände seines Freundes und drückte sie in einer dankbaren Geste. Dann nahm er einen Umschlag aus seiner Jackentasche und sagte:

„Du bist ein wahrer Freund, Heinz, und ich weiß nicht, wie ich dir danken kann, meine Familie ist für ewig in deiner Schuld."

„Ach was, das ist das Mindeste, was ich für dich tun kann, ich schulde dir schließlich mein Leben, Lu", antwortete Heinz abwehrend.

„Dennoch, alter Freund, was du für meinen Neffen und meine Familie tust, ist nicht selbstverständlich und bringt dich, wenn es jemals herauskommt, selber in große Gefahr. Die chinesischen Triaden haben einen langen Arm und sie vergessen niemals. Hier sind noch Lis Papiere, Geld für alle seine Kosten und etwas mehr, um seinen Start in Deutschland einfacher zu machen."

„Daai Kau, wie kann ich dir jemals danken?", sprach Li in tiefer, ehrfürchtiger Verbeugung, die chinesische Bezeichnung für den älteren Bruder der Mutter nutzend.

„Es gibt keinen Grund mir zu danken, Waisheng, wir sind eine Familie. Du hast genug durchlitten, finde deinen Frieden und starte ein neues Leben", antwortete sein Onkel, ihn als den Sohn seiner Schwester anerkennend.

„Es ist besser, du gehst jetzt von Bord, Lu, wir laufen in einer Stunde aus und ich muss noch Vorbereitungen treffen", schaltete sich Heinz Wegener in das Gespräch ein.

Lu Shan Shu nickte, nahm seinen Neffen in den Arm, drückte ihn kurz und ging ohne ein weiteres Wort vom Schiff. Er wusste, Li war in guten Händen.

Der Frachter verließ am Morgen des zehnten September 1976 den Hafen von Hongkong und erreichte 120 Tage später, am achten Januar 1977, Hamburg. Was Li am nächsten Tag auf hoher See vom Kapitän erfuhr, war, dass am selben Tag, an dem er Wong erschossen hatte, auch ein anderer Tyrann verstorben war. Am 9. September 1976, Ironie des Schicksals, starb auch Mao Zedong, der Lis Familie so viel Leid gebracht hatte. Als Li die Nachricht vernahm, musste er lächeln.

Kapitän Heinz Wegener hielt sein gegebenes Wort und half Li, in Deutschland einen unbefristeten Aufenthalt zu erreichen. Er meldete Li bei einer deutschen Sprachschule an, mietete für ihn eine kleine Wohnung im Schanzenviertel auf St. Pauli und besorgte ihm einen Job bei seiner Reederei, wo er im ständig wachsenden Frachtgeschäft mit Asien schnell anerkannte Dienste für die Firma verrichtete.

Die Triaden suchten lange Zeit vergebens nach Li in Hongkong und mit der Zeit ließ ihr Interesse nach. Seine wahre Identität als Wongs Mörder kam niemals heraus, alle waren sicher und blieben unbehelligt. Li unterhielt in regelmäßigen Abständen Kontakt mit seiner Familie, schrieb seinem alten Großvater alles über seine Erlebnisse in Deutschland. Er berichtete, wie sehr er sich in dem sicheren, freien Land wohlfühlte, das doch von einer so ganz anderen Kultur geprägt war. Er schrieb ihm von seinem Sprachstudium, der Arbeit in der Reederei seinem privaten Leben in Hamburg, der Schönheit der wechselnden

Jahreszeiten sowie von den Menschen, die herzlich und auf irgendeine Weise naiv-neugierig ihm gegenüber waren.

Am Ende des Jahres 1980 bekam Li von seinem Onkel die schmerzliche, traurige Nachricht vom Tod seines geliebten Großvaters. Er war friedlich in seinem Bett eingeschlafen und am nächsten Morgen einfach nicht mehr aufgewacht. In seinem Testament hatte er Li seine wertvollen Bonsaibäume, das Werkzeug für ihre Züchtung und ein kleines Geldvermögen hinterlassen.

Li überlegte sich daraufhin, eine kleine Gärtnerei aufzumachen und das Werk seines „Gung Gung" weiterzuführen. Er war ein paarmal im Urlaub auf der ostfriesischen Insel Borkum gewesen, die ihm bei jedem Besuch mehr gefallen hatte. Er mochte die wortkargen Ostfriesen, das raue Seeklima und die Einsamkeit der Insel im Herbst und Winter. Bei seinem letzten Besuch hatte er ein altes, halb verfallenes Anwesen am Oststrand hinter den Dünen entdeckt, das zum Verkauf stand. Er entschied sich, das Haus auf Borkum zu kaufen und in eine Gärtnerei für Bonsaibäume und Orchideen zu transformieren.

Kapitel 32

2018, Mai, Hamburg

Das gleißende Lichterspektakel des nächtlichen Hamburg spiegelte sich im Wasser des Hafens. Es erinnerte Li an seine Zeit, als er im Schanzenviertel gewohnt hatte und viel Zeit an den touristischen Hafenanlagen zugebracht hatte. Er war damals schon von dem geschäftigen Treiben der ein- und auslaufenden Schiffe fasziniert gewesen. Er liebte es, die kleinen Barkassen, Ausflugsboote und anderen vielen Aktivitäten auf dem Wasser, die sich in einem endlos wiederholenden Zyklus vor ihm abspielten, zu beobachten. Li befand sich in einem der teuren Apartments in der zu exklusiven Wohnungen umgebauten alten Hamburger Speicherstadt. Das Apartment gehörte seinem Anwalt und Freund Johann Klever, der gemütlichst auf einem einladenden, braunen Ledersofa saß und das Hamburger Abendblatt las. Jo hatte die Wohnung vor seinem Umzug nach Borkum gekauft. Er nutzte sie heute in regelmäßigen Abständen, wenn ihm auf Borkum wieder einmal die Decke auf den Kopf fiel. Ab und zu brauchte er einfach das bunte Großstadtflair, um der ostfriesischen Langeweile zu entfliehen, wie er es charmanterweise nannte. In Wirklichkeit aber hatte Johann Klever eine sehr viel jüngere Freundin und die Wohnung diente ihnen als ihr heimliches Liebesnest. Doch diesmal war es nicht der Sex, der ihn nach Hamburg brachte, sondern sein alter chinesischer Freund Li, der seine Hilfe dringend benötigte. Ein paar Tage, nachdem Li aus dem Krankenhaus auf Borkum entlassen worden war, waren sie zusammen in Richtung der weltweit bekannten Seemetropole aufgebrochen. Johann Klever hatte schon in den Tagen vor Lis Genesung vorsichtig seine Fühler ausgestreckt. Seine alten Kontakte in der Unterwelt, bei der Polizei und bei der Staatsanwaltschaft hatten ihm umfangreiche Informationen über Frank Martens sowie dessen Umfeld geliefert. Was er über die Verbrecher erfahren hatte, konnte er nicht gerade als ermunternd für das, was sie in Hamburg vorhatten, bezeichnen. Ein jeder seiner früheren Kontakte hatte ihn eindringlich davor gewarnt, sich mit der Bande anzulegen oder auch nur irgendwie deren Weg zu kreuzen. Frank Martens und Crew galten als äußerst gewalttätige und sehr gefährliche Männer, denen ein Menschenleben nicht das Geringste bedeutete. Li und Jo wussten jetzt zwar einiges mehr über Frank Martens und seine Kumpane, aber sie wussten immer noch nicht, wo sie Laura gefangen hielten.

Johann Klever legte die Zeitung aus der Hand und schaute nachdenklich hinüber zu seinem Freund, der vor der großen Fensterfront seines Apartments stand und in den Hafen hinunterblickte. Er war von Lis Vorhaben, Laura zu befreien, nicht mehr so überzeugt wie noch vor ein paar Tagen. Er musste seine große Skepsis loswerden.

„Überall, wo ich angefragt habe, hat man mich vor Frank Martens gewarnt. Sie sind gut bewaffnet und schrecken auch nicht vor Gewalt zurück, warnten sie mich. In der Öffentlichkeit tauchen sie immer nur zu dritt auf, in den seltensten Fällen sieht man einen von ihnen alleine. Was denkst du, Li, wie sollen wir es anstellen, an die Bande heranzukommen?", fragte Jo.

Li, der verzweifelt eine Lösung für das Problem suchte, besann sich auf Sun Tzu, den Meister der Kriegskunst, und dessen verschiedenste Taktiken.

„Ich kann dir leider auch nicht genau sagen, wie wir es anstellen, doch ich bin felsenfest davon überzeugt, es gibt einen Weg. Wir müssen uns an die Lehren des großen Sun Tzu halten, der sagte:"

„Deshalb zwingt der kluge Kämpfer seinem Gegner seinen Willen auf, doch er lässt nicht zu, dass der Gegner ihm den seinen aufzwingt.

Belästige den Feind, wenn er sich Ruhe gönnen will. Zwinge ihn zum Aufbruch, wenn er ruhig lagert, hungere ihn aus, wenn er gut mit Nahrungsmitteln versorgt ist. Tauche an Punkten auf, die der Feind hastig verteidigen muss. Marschiere rasch zu Orten, an denen du nicht erwartet wirst."

Jo schüttelte nachdenklich den Kopf: „Das glaubst du doch selbst nicht, dass uns diese jahrtausendealte Philosophie bei unserem temporären Problem hilft.

„Doch, Jo, ich denke, wir müssen sie nur anders interpretieren. Mir sagt die Weisheit, dass wir die Bande unter Druck setzen müssen. Wir müssen ihre Schwachpunkte ausloten und sie zum überhasteten Handeln verleiten. Dann bestimmen wir den Ort der Auseinandersetzung und dort beenden wir die Angelegenheit. Wir benötigen einen Köder. Was hältst du davon, wenn wir ihnen das Geld vom Strand anbieten, um Laura damit freizukaufen?"

„Das klingt zwar alles gut und schön, Li, aber was ist, wenn sie einfach die Kohle nehmen und uns umbringen? Meiner Meinung nach gibt es für diese Verbrecher letztendlich nur eine Lösung, und zwar eine endgültige."

Jos Worte hingen schwer im Raum. Die Bedeutung seiner Aussage war für einen Mann seines Status äußerst ungewöhnlich. Li sah seinen Freund plötzlich mit ganz anderen Augen und er fühlte sich an die Tage in Hongkong erinnert, als er beschlossen hatte, Wong umzubringen. Was Jo vorschlug, würde weitreichende Konsequenzen haben. Die Tragweite einer endgültigen Lösung konnte ihre Existenz aufs Spiel setzten. Sie würden, wenn es jemals herauskäme, die ganze Härte des Gesetzes zu spüren bekommen. Doch wer sagte, dass es herauskommen musste? Wenn sie es geschickt anfingen, hatten sie eine Chance. Li war bereit für das Risiko, doch war Jo es auch?

„Du weißt, was du da gerade gesagt hast, bedeutet Mord an drei Menschen. Ich kann von dir nicht verlangen, dass du dein Leben aufs Spiel setzt für ein Mädchen, das du kaum kennst."

„Nun mach mal halblang, Li", erwiderte Jo brüskiert. „Erstens, niemand kann von mir etwas verlangen, wozu ich nicht bereit bin, es zu tun, zweitens habe ich Krebs und sowieso nicht mehr lange zu leben. Außerdem habe ich Laura im letzten halben Jahr sehr wohl kennengelernt. Sie ist ein prachtvolles junges Mädchen, mit einer Zukunft, die ich nicht mehr habe. Also lass mal gut sein und gönne mir noch etwas Spaß zum Schluss."

Li hatte ja keine Ahnung gehabt, er war geschockt über die Nachricht, dass sein langjähriger Freund an Krebs erkrankt war. Ihm fehlten die Worte, und in einer freundschaftlichen Geste klopfte er Jo auf die Schulter und ließ seine Hand dort eine Zeit lang verweilen. Li wusste, Jos Entscheidung war getroffen, was von seiner Seite gesagt werden musste, war gesagt worden, es gab nichts mehr hinzuzufügen. Es würde einen anderen Tag geben, wo sie über Jos Krankheit sprechen konnten, aber nicht hier und heute. Li suchte nach innerer Kraft und den richtigen Worten. Er machte mit der rechten Hand eine Faust, umschloss diese mit der linken, hielt beide Hände auf Brusthöhe angehoben, bewegte sie leicht nach vorn und hinten und verbeugte sich dabei tief.

„Ich respektiere deine Entscheidung, Youhao", antwortete er Jo und benutzte dabei das chinesische Wort für einen engen Freund.

„Siegen wird der, der weiß, wann er kämpfen muss und wann nicht."

„Das sagten schon Sun Tzu und mein verehrter Konfuzius", ergänzte er ehrerbietig dazu.

„In allen Dingen hängt der Erfolg von den Vorbereitungen ab."

Dies erwiderte daraufhin Jo und erstaunte Li mit seinem eigenen Wissen über die Lehren Sun Tzus.

„Dann ist ja alles gesagt, wie können wir nicht erfolgreich sein, wenn wir den Worten des großen Meisters Folge leisten, oder?"

Johann Klever nickte zustimmend, dankbar darüber, dass Li nicht weiter nach seinem Gesundheitszustand bohrte. Sein Arzt hatte ihm vor wenigen Wochen einen unheilbaren Leberkrebs mitgeteilt und dass er nur noch ein paar Monate zu leben hatte. Er wollte nicht darüber sprechen, denn es ging niemanden etwas an. Er hatte vorgesorgt und sich eine Pille beschafft, die seinem Leiden ein Ende setzen würde, bevor er in einem Heim dahinsiechte. Johann Klever hatte mit allem abgeschlossen und war froh, noch eine letzte gute Tat vollbringen zu können. Es war ihm zwar nicht egal, ob er dabei draufgehen würde, aber es war besser einen schnellen Heldentod zu sterben als …! Doch vorher musste ein guter Plan her, dachte er sich.

„Zuerst müssen wir herausfinden, wo sie das Mädchen gefangen halten. Ich werde mich noch einmal umhören, ob ich etwas in Erfahrung bringen kann, was uns weiterhilft, und dann benötigen wir genaue Informationen über die Gewohnheiten und Tagesabläufe der Typen", fügte Jo hinzu.

Am nächsten Tag und nach mehreren Telefonaten mit einigen seiner alten Informanten hatte Jo herausgefunden, dass Leon Bratcke einmal die Woche, immer mittwochs am Nachmittag, seinen Chiropraktiker aufsuchte, um ein altes Rückenleiden zu behandeln. Der hatte seine Praxis in der Innenstadt in einem Ärztehochhaus mit einem anliegenden Parkhaus, wo sie hofften, Leon unbemerkt abfangen zu können. Von einem Bekannten Jos kaufte Li, gegen Barzahlung, einen Taser und zwei Schusswaffen mit mehreren Magazinen, während Jo in einem abgelegenen, verlassenen Fabrikgebäude die Vorbereitung zur Unterbringung ihres hoffentlich baldigen Gefangenen traf. Aus der Verwaltung der Immobilien eines seiner alten Klienten, der für ein paar Jahre auf Staatskosten logierte, besaß Jo immer noch die Schlüssel zu den Gebäuden. Die alte Lagerhalle der Fabrik war perfekt für ihr gewagtes Vorhaben. Sie lag abgeschieden, am Ende einer Sackgasse im Hafengebiet, umgeben von einer hohen Mauer, die keinen Einblick für allzu neugierige Augen zuließ.

Am nächsten Tag unternahmen sie eine Erkundungsfahrt zum Parkhaus der Klinik. Jo fuhr einen geräumigen Kombi, der ideal für ihr Vorhaben war. Sie hatten das Fahrzeug vorsichtshalber vorher noch mit gestohlenen Kennzeichen versehen. Immer darauf achtend, nicht von den im Parkhaus aufgehängten Kameras direkt gefilmt zu werden, parkten sie den Wagen vor der Chiropraktikerklinik. Sie observierten die Lage des Eingangs der Klinik vom Parkhaus und zerstörten dann vorsichtshalber auch gleich noch die Videoüberwachungskamera über dem Fahrstuhl.

Als Jo und Li sicher waren, alle etwaigen unvorhergesehenen Eventualitäten ausgeschlossen und überdacht zu haben, konnte es losgehen.

Kapitel 33

2018, Mai, Hamburg, am nächsten Mittwoch

Am frühen Mittwochnachmittag parkten sie Jos Wagen auf einem vom Eingang der Praxis weit entfernten Parkplatz und warteten. Sie hatten von ihrem Beobachtungsplatz einen ausgezeichneten Überblick auf die zwei Kundenparkplätze der Chiropraxis. Es dauerte auch nicht lange, da fuhr der dunkle BMW von Leon Bratcke ins Parkhaus und stellte sich direkt vor dem Eingang zum Fahrstuhl auf einen der leeren Stellplätze. Sie sahen, wie Leon aus dem Wagen stieg, seinen Wagenschlüssel auf das Fahrzeug richtete und nach dem Piepton, der den Verschluss der Türen signalisierte, ohne Eile im Aufzug verschwand. Im gleichen Moment ließ Li den Motor an und parkte den Kombi neben Bratckes BMW. Jetzt hieß es nur noch abwarten, bis ihr Opfer wieder aus der Klinik herauskam.

Eine Stunde später hörten sie das Signal der sich öffnenden Fahrstuhltür und Leon Bratcke ging, nichts ahnend von dem, was auf ihn lauerte, zu seinem Wagen. Gerade als er in seiner Hosentasche nach dem Autoschlüssel suchte, tippte ihm Li von hinten auf die Schulter. Leon drehte sich um und verspürte plötzlich einen krampfhaften Schmerz, seine Beine sackten unkontrolliert unter ihm weg und er fiel wie ein nasser Sack auf den mit dunklen Ölflecken übersäten Boden des Parkhauses. Jo und Li verfrachteten Leon Bratcke kurzerhand in Jos Kofferraum und fuhren davon. Niemand hatte etwas von der Entführung mitbekommen, unbehelligt erreichten sie die Lagerhalle im Hafen.

Als Leon Bratcke langsam wieder zu sich kam, saß er allein, an Händen und Beinen mit Isolierband gefesselt, auf einem metallenen Stuhl in einer alten muffigen Fabrikhalle. Verzweifelte Wut und Panik beschlichen ihn gleichzeitig, wie konnte es jemand wagen, ihn zu entführen? Er verspürte trotz seines wachsenden Unmutes eine ungewisse, niemals vorher da gewesene Angst. Mit rastlosen, schweißtreibenden Kraftanstrengungen versuchte er unermüdlich, seine Fesseln zu sprengen. Vergeblich, sie waren einfach zu fest um seine Arme und Beine gewickelt. Verwirrt und gehetzt schossen seine Blicke durch die leere Halle.

„Hallo, ist dort jemand?", rief er, als er ein scharrendes Geräusch hinter sich hörte. Im gleichen Moment traten Li und Jo in sein Blickfeld. Leon Bratcke wusste nicht, was er von den beiden alten Männern halten sollte. Vor ihm stand plötzlich ein graugesichtiger, kränklich wirkender rundbäuchiger Mann, den er eher hinter einem Schreibtisch vermutet hätte, sowie ein älterer Chinese in einem schwarzen Kung-Fu-Anzug mit weißen Haaren und einem langen, spitz zulaufenden, ebenso weißen Bart. Er konnte sich den Gedanken nicht verkneifen, aber irgendwie erinnerte ihn der alte Chinese an den Film „Kill Bill".

„Wo seid ihr zwei denn ausgebrochen?", fragte er mit zurückgewonnener Zuversicht und einem Anfall von Überheblichkeit. „Macht mich sofort los, ihr Joker, ihr wisst wohl nicht, wer ich bin?", schoss er gleich hinterher, in der Annahme, dass es sich hierbei nur um eine dumme Verwechselung handeln konnte.

„Wir wissen ganz genau, wer du bist, Leon", sprach ihn der Chinese in einem akzentfreien Deutsch an.

Im selben Moment fing Leons Gedächtnis an zu arbeiten. Bei dem greisen Chinesen, der hier vor ihm stand, handelte es sich eindeutig um den Mann, den er auf Borkum erschlagen hatte. Den anderen Mann hatte er vorher noch niemals gesehen.

„Das gibt es nicht, du bist tot", krächzte es von seinen Lippen, seinen eigenen Worten nicht glaubend. Panik befiel ihn. Nachdem er ihm mit dem Totschläger den Schädel eingeschlagen hatte, hatte ihm Klaas doch gezeigt, mit eindeutigem Handzeichen, dass der Alte hinüber war. Wie konnte es denn sein, dass er jetzt hier vor ihm stand? In seiner Verwirrung überlegte er angestrengt, was die beiden mit ihm vorhatten. Wenn sie ihn hätten töten wollen, wäre dies schon gleich im Parkhaus geschehen. Es musste also einen anderen Grund geben. Dann kam ihm ein Gedanke.

„Was wollt ihr von mir? Willst du dich rächen, Alter, oder geht es um Laura?", fragte er, auf eine Reaktion hoffend. Als er bemerkte, dass der Chinese bei der Nennung ihres Namens zuckte, wusste er, er hatte mit seiner Vermutung direkt ins Schwarze getroffen. „So, so, es geht euch also um die kleine Hure", stieß er hasserfüllt hervor.

„Ganz richtig kombiniert, Leon, es geht uns einzig und allein nur um Laura. Du hingegen bist uns völlig egal. Es interessiert uns auch nicht die Bohne, ob du lebst oder stirbst, aber du willst doch, dass du hier lebend herauskommst, Leon, oder? Dann erzähle uns jetzt, wo ihr sie versteckt haltet! Wir lassen dann vielleicht mit uns reden und dich am Leben. Raus mit der Sprache, wo ist sie und was habt ihr mit ihr gemacht?", schnauzte ihn Jo an.

Leon Bratcke wusste zu gut, sie würden ihm kein Haar krümmen. Zumindest nicht, bevor sie ihre gewünschten Antworten hatten. In ihm reifte, seiner gemeinen Natur entsprechend, ein hinterhältiger Plan. Er würde es diesen beiden alten Verrückten schon noch heimzahlen. Er musste sie nur zum Haus im Wald führen, wo Frank Laura versteckt hielt. Klaas und Frank waren eine Nummer zu groß für diese Amateure. Bei ihm hatten sie viel Glück gehabt und ihn in einem unaufmerksamen Moment erwischt, doch das würde ihnen kein zweites

Mal gelingen, und schon gar nicht bei Frank und Klaas. Es war für ihn unumstößlich, dass seine Kumpane der Rentnergang das Licht ausblasen würde. Daher machte er sich auch keine Sorgen mehr um sein Leben, sondern vielmehr um seinen Ruf. Sie würden ihn auf ewig auslachen, dass er von zwei Altersheiminsassen überrumpelt worden war. Erneut stieg Wut in ihm auf.

„Für diese Scheißnutte wollt ihr beiden also sterben? Ich kann es wirklich nicht glauben. Ich werde auf euer Grab pissen, nachdem wir euch im Wald verbuddelt haben, ihr Komiker", stieß er wild hervor.

Li holte aus und schlug Leon Bratcke mit der flachen Hand, links, rechts, hart ins Gesicht.
„Nenne sie nie wieder eine Nutte oder ich lasse dich hier elend verhungern. Es kann Wochen dauern, bis man dich hier findet, oder das, was die Ratten von dir übrig gelassen haben. Du hast nur einen Ausweg, hier rauszukommen, sage uns, wo wir Laura finden. Ich gebe dir eine Stunde Bedenkzeit, ansonsten versuchen wir unser Glück mit deinem Freund Klaas Reimann. Wir haben Alternativen, du nicht!"

Leon Bratcke biss sich auf die Lippe und ärgerte sich über sich selbst und seine ewig impulsive Art. Es nützte ihm nichts, die beiden zu provozieren und ihnen zu erklären, dass er es kaum abwarten konnte, seine Hände um ihre Hälse zu legen. Er würde ihre Lebenslichter ausblasen.

„Ist ja schon gut, ich glaube euch. Das ist ja kein Grund, gleich so grob zu werden", grinste er bei der Vorstellung, sie in Kürze tot vor sich liegen zu sehen. „Laura ist einem Haus im Wald außerhalb Hamburgs. Ihr könnt es nicht allein finden, unmöglich. Ich kann euch aber dort hinbringen, ihr müsst mich nur losmachen und wir können sofort losfahren."

Li und Jo tauschten fragende Blicke aus. Ein einsames Haus im Wald war nicht, was sie sich als Versteck der Bande vorgestellt hatten. Wie sollten sie die Verbrecher im Wald überrumpeln? Das änderte zwar ihre Vorstellung, aber eigentlich war es egal, wo sie die Verbrecher stellten. Dass es gefährlich werden würde, war ihnen von Anfang an klar gewesen, es bedurfte jetzt einzig allein weiterer Fragen.

„Wie weit von Hamburg entfernt ist das Waldhaus? Ist es ein alleinstehendes Haus und wie viele Nebengebäude hat es? Wie viele Räume und Eingänge gibt es? Kann man es von der Straße oder einer Lichtung aus sehen? Hat es einen eigenen Zufahrtsweg? Wer befindet sich außer Martens und Reimann noch im Haus? Denk daran, Leon, wir werden deine Angaben so weit wie möglich vorher genau abchecken, und wenn du uns angelogen hast, weißt du, was dich erwartet", antwortete Jo dem spöttisch dreinblickenden Verbrecher.

„Ja, keine Sorge, ich bin ja nicht blöde. Das Haus steht allein, weit abgelegen von der Straße. Es hat vier Räume, einen Vorder- und einen Hintereingang. Man kann es nur über einen privaten Zufahrtsweg durch den Wald erreichen. Dort gibt es nur Natur und frische Luft, niemand, der stören kann, wenn ihr versteht, was ich meine. Es ist auf keiner Karte oder sonst einem Navi-System zu finden, dafür braucht ihr schon mich. Im Haus befinden sich Frank und Klaas, Laura natürlich auch, und dann ist da noch ein Mädchen", antwortete Leon nur zu bereitwillig und wahrheitsgemäß. „Wir können Frank doch anrufen und ihr könnt mich einfach gegen die Nut..., Laura austauschen und dann gehen wir alle unsere getrennten Wege", lockte er mit einem verschlagenen Grinsen im Gesicht.

„Das ist eine ausgezeichnete Idee. Bravo, Leon, endlich kommt von dir etwas Konstruktives. Doch die Frage stellt sich, wird Frank Laura gegen dich eintauschen wollen?", sagte Li knapp und zog Jo am Arm mit sich aus der Halle.

Zurück ließen sie einen mordlüsternen Leon Bratcke, der nur noch ein Ziel kannte, Rache. Leon überlegte, wie er es am besten anstellen konnte, den beiden den Austausch noch schmackhafter zu machen. Er musste sie zum Haus hinführen, ohne ihn würden sie das Haus niemals finden. Wenn er erst einmal dort war, würden Frank und Klaas den Rest besorgen, schmiedete er sein düsteres Vorhaben. Doch so ganz sicher war er sich nicht, was, wenn sie ihn einfach hier sitzen ließen? Aus seinen Augenwinkeln beobachtete er, wie eine Gruppe Ratten sich ihm furchtlos näherte, als ob sie ahnten, dass von ihm keinerlei Gefahr drohte. Scheißmistviecher, fluchte Leon innerlich und hoffte insgeheim, sein Plan würde aufgehen.

Draußen regnete es, wie schon seit Tagen, Bindfäden. Eine dichte, graue Wolkendecke hing über Hamburg und es gab auch keinerlei Anzeichen einer Wetterbesserung. Li und Jo standen vorm Nieselregen geschützt unter der Überdachung der Lagerhalle und besprachen sich.

„Für wie blöde hält der uns eigentlich? Der führt uns doch direkt in eine Falle. Wir kommen da niemals lebend raus, wenn wir uns auf den Deal einlassen. Das ist dir doch klar, oder?", gab Jo, ohne große Emotionen, sachlich zur Kenntnis.

„Natürlich will er uns in eine Falle locken, er ist überheblich, arrogant und es stinkt ihm, von uns zwei alten Männern gekidnappt worden zu sein. Er ist so richtig wütend." Li strich sich über seinen weißen Bart und überlegte, was der größte aller Feldherren, Sun Tzu, in seinen Lehren, der „Kunst des Krieges", so weislich darlegte. Ihm fiel dazu spontan ein Zitat ein:

„Nütze es aus, wenn der Gegner leicht erregbar ist, um ihn herauszufordern."

„Wir werden sie provozieren, Jo, dann machen sie Fehler", erwiderte er seinem Freund.

„Wie provozieren, was meinst du damit? Verstehe ich dich richtig, du willst sie zusätzlich vorher auch noch wütend machen?", fragte Jo entgeistert.

„Ganz genau, Jo, ich folge Meister Sun Tzu, der sagte:"

„Unsere Niederlage zu verhindern, liegt in unseren eigenen Händen. Aber die Möglichkeit, unseren Gegner zu besiegen, wird uns von unserem Gegner geliefert."

„Du folgst deinem Gelehrten, aber ich kann dir jetzt nicht mehr folgen, ich verstehe nur noch Bahnhof, Li."

„Es ist doch ganz einfach, Jo, wenn Leon Bratcke Frank erzählt, dass zwei alte Männer, dazu auch noch ein Chinese, einen seiner Männer entführt haben, dann wird seine Überheblichkeit ihn sehr wütend machen. Uns zu unterschätzen wird ihn dazu verleiten, Fehler zu begehen. Er wird unvorsichtig werden, wenn er von dem Ultimatum hört, das wir ihm stellen werden. Wir müssen einfach den Lehren des Meisters Sun Tzu folgen und wir werden den Kampf gewinnen, Jo."

„Triff den Gegner unvorbereitet, schlage Wege ein, von denen er nichts ahnt, und greife ihn dort an, wo er keine Vorkehrungen getroffen hat."

„Wir bestimmen den Zeitpunkt der Konfrontation, lassen ihnen keine Zeit, sich vorzubereiten. Wenn sie denken, wir kommen erst noch, sind wir schon da. Doch vorher benötigen wir mehr Details zur Lage des Hauses im Wald. Dann können wir eventuell auch das Terrain zu unserem Vorteil nutzen."

Jo blickte skeptisch auf seinen Freund. Er hatte ihn zwar gehört, aber nur die Hälfte von dem verstanden, was Li ihm nahebringen wollte. Sun Tzu mochte ein berühmter Feldherr in China gewesen sein, aber er blieb skeptisch, sein Leben für ein paar Weisheiten aufs Spiel zu setzen. Fakt für ihn blieb, sie waren zwei alte Männer gegen eine mörderische Verbrecherbande, die keine Sekunde zögern würde, sie abzuknallen.

„Ist es nicht unklug, ihnen zu erzählen, wer wir sind, und unsere Stärke zu vermitteln?", machte Jo einen letzten Versuch, Li umzustimmen.

„Nein, es wird Martens und Reimann nur noch überheblicher machen, als sie eh schon sind. Außerdem wird es sie davon abhalten, sich Verstärkung zu besorgen. Sie werden denken, was haben sie denn schon von zwei alten Männern zu befürchten. Das Wetter ist zusätzlich auf unserer Seite, der undurchsichtige Nieselregen wird uns bei unserem Vorhaben helfen. Ich muss vorher nur noch die Gegend googeln und wir haben zusätzlich ein gutes Bild von der Umgebung", erwiderte Li mit einem hinterlistigen Grinsen.

Nach ungefähr einer Stunde kamen Li und Johann Klever zurück in die Lagerhalle und sahen einen sichtlich entnervten Leon Bratcke mit entsetztem Gesichtsausdruck auf ein paar weghuschende Ratten starren.

„Was denkt ihr euch dabei, ihr könnt mich hier doch nicht einfach so lange sitzen lassen. Ich hasse Ratten, die verdammten Drecksviecher haben schon angefangen, meine Schuhe anzuknabbern", beschwerte er sich lauthals.

„Keine Sorge, Leon, wir haben uns deinen Vorschlag überlegt und nehmen ihn an. Du gegen Laura und das andere Mädchen", verkündigte Li. „Aber vorher erkläre uns genau, wo sich das Haus im Wald befindet."

Kapitel 34

2018, Mai, Hamburg, das Haus im Wald

Frank Martens war außer sich, nachdem er mit Leon telefoniert hatte. Dieser Idiot, wie konnte er sich von zwei Laien einfach überrumpeln lassen? Klaas und er hatten sich schon den ganzen letzten Nachmittag und die folgende Nacht darüber gewundert, wo er abgeblieben war. Zigmal hatten sie versucht, ihn auf seinem abgeschalteten Handy zu erreichen. Dann klingelte plötzlich Franks Handy und Leon rief endlich an. Das Gespräch hatte nur wenige Minuten gedauert. Leon hatte nur etwas von dem alten Chinamann von Borkum sowie einem alten Fettsack, der ihn begleitete, gesprochen. Sie hatten ihn angeblich entführt und hielten ihn in Hamburg fest. Sie boten an, Laura und Gaby gegen ihn auszutauschen. Falls Frank sich weigerte, war er ein toter Mann und sie würden sich die Mädchen trotzdem holen. Die Übergabe sollte in genau einer Stunde, um zehn Uhr, beim Waldhaus stattfinden. Dann war das Telefonat abrupt unterbrochen worden.

Klaas Reimann, der auf Lautsprecher mitgehört hatte, starrte schockiert auf Frank Martens. Niemand stellte seinem Boss ein Ultimatum und noch weniger drohte man ihm mit dem Tod eines seiner Freunde. Klaas wusste nur zu gut, wann er die Klappe zu halten hatte; jetzt war so ein Moment. Er taxierte seinen Boss vorsichtig, schwieg, um ja nichts Falsches von sich zu geben.

Frank Martens atmete ein paar Mal tief durch, fuhr sich mit der Hand durch seine gegelten Haare und schlug mit der Faust auf den Tisch. Sein vor Wut verzerrtes Gesicht spiegelte nackte Mordlust wider. Er überlegte krampfhaft, wieso der Chinamann noch am Leben war und wer der andere Typ war, den Leon als alten Fettsack bezeichnet hatte. Wie hatten sie ihn überhaupt ausfindig gemacht, woher wussten sie von ihm? Egal, sie hatten sich mit dem Falschen angelegt, er würde sie beide töten.

„Ich glaube, es hakt, diese lebensmüden Wichser meinen mir ein Ultimatum stellen zu können. Wer glauben die denn, wer ich bin, ein Warmduscher, den sie herumkommandieren können, wie es ihnen beliebt? Ich werde ihnen ihre Haut beim lebendigen Leibe abziehen, die mach ich kalt", schrie er, außer sich vor Rage.

„Boss, soll ich Eddy und Paule anrufen, damit sie als Verstärkung kommen?", fragte Klaas, seinen ganzen Mut zusammennehmend, kleinlaut.

„Was?", schrie ihn Martens jetzt teufelswild an. „Meinst du, ich werde nicht mit ein paar senilen, alten Pennern fertig? Willst du mich zur Lachnummer in ganz Hamburg machen, du verblödeter Volltrottel? Außerdem, du hast doch gesagt, der Chinamann war hinüber, wie kommt es, dass er jetzt hier plötzlich auftaucht?"

„Ich, ich dachte ja nur …", stammelte Klaas, ohne seinen Satz vollenden zu können.

„Du sollst nicht denken, Klaas, sondern tun, was ich dir sage. Jetzt hole dein Gewehr und lege dich auf dem Garagendach auf die Lauer. Sobald sie am Weg auftauchen, knallst du sie ab, verstanden? Ich bleibe hier im Haus und kümmere mich um die Mädchen. Na, nun mach schon, zack, zack", brüllte Frank ihn befehlend an.

„Okay, Boss, mach ich", antwortete Reimann knapp und zog, wie ein Hund mit eingezogenem Schwanz, von dannen.

Durch die ungerechte Abfuhr seines Bosses war er jetzt selber wütend geworden. Immer behandelte ihn Frank wie einen unmündigen Idioten, der nicht drei und drei zusammenzählen konnte. Dabei hatte er damals sogar sein Abitur gemacht und einige Computerkurse belegt. Er war es schließlich, der das ganze Organisatorische für die Bande abwickelte, ohne ihn würde nicht alles so reibungslos funktionieren.

Wie so oft beleidigt über die fehlende Anerkennung seines Bosses, wuchs der Groll gegen Frank Martens in ihm. Er holte sein großkalibriges Jagdgewehr mit Zielfernrohr, überprüfte seine 9-mm-Glock-Handfeuerwaffe und ging hinaus. Es regnete wieder einmal in Strömen. Er verfluchte das ewige Scheißwetter, ging zurück ins Haus und zog sich zum Schutz vorm Regen sein dunkles Ölzeug an. Auf dem vom Regen ungeschützten Nebengebäude, einer Garage mit Flachdach, legte er sich dann auf die Lauer. Von dort hatte er eine gute Sicht auf den langen Waldweg, der nach einer uneinsehbaren Linkskurve dann ungefähr hundertfünfzig Meter schnurgerade zum Waldhaus führte. Links und rechts vom Weg wuchsen große Farne, die aber sein Sichtfeld nicht beeinträchtigten. Er hatte ein wunderschönes, freies Schussfeld von hier oben, dachte er bei sich. In Vorfreude auf einen bevorstehenden Kill wurde er sogar wieder etwas versöhnlicher; wenn nur dieser Scheißregen nicht wäre. Er registrierte auf seiner teuren Uhr, dass er nur noch wenige Minuten bis zur vereinbarten Übergabe hatte. Ruhig atmend richtete er sein Gewehr auf den Beginn des Waldweges, justierte sein Teleskop und wartete. Den Duft des Waldes, nach Baumharz und frischem Moos, sowie die leise Geräuschkulisse der für die Menschen meist unsichtbaren Tierwelt nahm Klaas Reimann in keinster Weise wahr. Er konzentrierte sich nur auf den Zufahrtsweg. Die friedliche Ruhe des Waldes wurde plötzlich durch das unverkennbare Motorengeräusch eines sich nähernden Autos unterbrochen.

Klaas war angespannt, aufgeregt, und dann sah er auch schon die Umrisse des sich langsam nähernden Wagens. Ein letzter Blick durch sein Zielfernrohr und er konnte drei Personen im Fahrgastraum ausmachen. Er zielte auf den Fahrer, atmete aus und drückte ab.

Johann Klever saß seitlich hinter Leon Bratcke im Auto und hielt ihn mit der Waffe, die sie ihm am Vortag im Parkhaus abgenommen hatten, in Schach. Auf den Beifahrersitz hatten sie eine mit einer dunklen Jacke bekleidete Schaufensterpuppe gesetzt. Li war schon wesentlich früher, noch weit vor der Kurve, ausgestiegen, um sich durch das dichte Unterholz seitlich zum Haus zu schleichen. Johann atmete schwer, das leise Geräusch des hin- und herwedelnden Scheibenwischers und die durch die Feuchtigkeit leicht beschlagenen Scheiben machten ihn noch nervöser, als er eh schon war. Leon deutete noch auf die im Wald vor ihnen auftauchenden Gebäude, freute sich darauf, bald wieder in Freiheit zu sein. Dann hörten sie den durch die Stille des Waldes dringenden Knall. Johann Klever sah, wie vor ihm auf dem Fahrersitz Leon Bratckes Kopf plötzlich in einem roten Nebel explodierte. Instinktiv warf er sich, übersät von Blutspritzern, Knochensplittern und einer klebrigen Hirnmasse, flach auf die Rücksitzbank. Der tote Leon Bratcke sackte vornüber aufs Lenkrad und das Auto brach laut hupend nach rechts in den Wald. Dort kam es nach wenigen Metern vor einem Baum zum Stehen.

Klaas Reimann fluchte laut vor sich hin, als er den ausbrechenden Wagen zwischen den hohen Farnen verschwinden sah. So hatte er sich das Ganze nicht vorgestellt. Er hätte vielleicht doch lieber erst den Beifahrer erschießen sollen, aber das war mit Sicherheit Leon, dachte er sich. Dass Leon auch der jetzt tot über dem Lenkrad hängende Fahrer gewesen konnte, war außerhalb seines Vorstellungsvermögens gewesen. Doch auf einmal packten ihn Zweifel, er war sich nicht mehr so sicher. Dieser verdammte Scheißregen hatte die Aktion, auf diese Distanz, auch nicht gerade einfacher gemacht. Er hatte ja nur die schemenhaften Umrisse des Fahrers ausmachen können, kein Gesicht. Nein, wischte er die aufkommenden Zweifel beiseite, das konnte einfach nicht sein. Der Fahrgastraum war jetzt durch die hohen Farne kaum noch einzusehen, es gab kein freies, eindeutiges Schussfeld mehr.

Klaas schwang sich fluchend von der Garage und lief in geduckter Haltung zum Wagen.

Als Li den durch die Waldstille dringenden Schuss hörte, war er im ersten Augenblick erschrocken hinter einem mächtigen Baum stehen geblieben. Von seinem geschützten Standort beobachtete er, wie der Wagen vom Waldweg abkam, um dann vor einer der großen Kiefern zum Stehen zu kommen. Jetzt bloß raus aus dem Wagen, Jo, dann sofort ab in die Büsche, genauso, wie wir es abgesprochen haben, ging es ihm durch den Kopf. Doch zu seiner Verwunderung öffnete sich keine der Autotüren. Außer einem mit gezückter Pistole in der Hand sich vorsichtig nähernden Klaas Reimann, sah Li keinerlei Bewegung beim Wagen. Er riss sich aus seiner ungewollten Zuschauerrolle und lief weiter, wie geplant, zur Rückseite des Hauses. Jo würde schon klarkommen, redete er sich ein. Vielleicht hatte er durch den Regen auch nur nicht gesehen, dass Jo schon ausgestiegen war, versuchte er sich selbst zu überzeugen, wusste aber gleichzeitig, dass er sich selbst dabei belog. Noch bevor er die Hintertür des Waldhauses öffnen konnte, hörte Li weitere, kurz hintereinander fallende Schüsse und einen Aufschrei beim Wagen. Es gab kein Zurück mehr. Er zog seine mitgebrachte Waffe, und dann war er auch schon in einem dunklen Hausflur verschwunden. Im schummrigen Licht des Korridors konnte Li drei Türen, die zu verschiedenen Räumen führten, erkennen. Die erste Tür, die er öffnete, war die zu einem Badezimmer. Im zweiten Zimmer entdeckte er dann, wofür er gekommen war. Auf einem breiten Bett lagen zwei mit Handschellen an den Bettpfosten gefesselte Mädchen. Es waren Laura und ein weiteres, ihm unbekanntes Mädchen, die ihn mit angstvollen, rot geränderten Augen anstarrten. Li legte seinen Zeigefinger auf seine Lippen und deutete den Mädchen an, sie sollten sich absolut ruhig verhalten. Dann schlich er lautlos zum erhellten Ende des Korridors, der ihn in ein geräumiges Wohnzimmer gelangen ließ. Vom Wohnzimmer gab es einen Durchbruch zu einer

Küche, aus der leise Musik erklang. Li konnte niemanden im Raum ausmachen und trat ein. Im gleichen Moment presste sich eine kalte Pistolenmündung an seinen Kopf und eine Stimme sagte:

„Fallen lassen, Chinamann. Bist du wirklich so naiv oder einfach nur dumm, dass du glaubst, du kannst dich an mich heranschleichen?"

„Nein, mir war schon klar, dass du hier auf mich warten würdest, Gweilo", benutzte Li die unfreundliche chinesische Bezeichnung für einen weißen Ausländer, die direkt übersetzt „fremder Teufel" bedeutete.

Er öffnete seine ausgestreckte Hand und seine Pistole fiel polternd auf den Boden. Frank Martens war für einen Augenblick abgelenkt und Li nutzte die Gelegenheit. Er drehte sich blitzschnell um die eigene Achse und schlug Frank Martens' eigene Waffe zur Seite. Überrascht von Lis Aktion zögerte Martens, bevor er die Pistole wieder auf Li richten konnte. Er hatte nicht mit einer solchen Gegenwehr des alten Mannes gerechnet. Die weitere kurze Verzögerung nutzte Li, um mit einem gezielten Tritt gegen den Arm seinen Kontrahenten zu entwaffnen. Frank Martens' Pistole flog im hohen Boden durch den Raum und blieb vor einem Fenster auf dem Boden liegen. Als Martens sich nach Lis Pistole bücken wollte, kickte dieser sie unerreichbar unter den Wohnzimmerschrank.

Frank Martens war sauer, mit hochrotem Kopf stieß er hervor:
„Nicht schlecht für einen alten Chinamann, aber deine Kung-Fu-Einlagen werden dir nicht helfen können. Jetzt zeige ich dir, was es heißt, einen gut trainierten Boxer herauszufordern."

Mit diesen Worten positionierte sich Frank Martens in einer professionellen Boxerstellung vor Li und begann, wie Muhammad Ali zu tänzeln. Li brachte sich in Stellung und vertraute seinem tausendfach geübten Tai Chi. Der erste Faustschlag Frank Martens' ging ins Leere und Li nutzte den Schwung des Angreifers, er ergriff Frank Martens' Arm und zog ihn an sich vorbei. Hart prallte dieser durch seine eigene unaufhaltsame Vorwärtsbewegung mit dem Gesicht gegen die Wand. Wütend und leicht aus der Nase blutend sprang er mit einem tierischen Aufschrei zurück, holte aus, und wieder landete seine Faust nicht im Ziel, aber er auf dem Fußboden. Jetzt etwas vorsichtiger geworden, ungläubig, den alten Chinesen musternd, probierte er es mit einer Finte. Er täuschte einen linken Haken an und wollte mit einer geraden Rechten die Angelegenheit ein für alle Mal beenden. Doch er hatte nicht mit der agilen Wendigkeit seines Gegners gerechnet. Li wich dem Haken geschickt aus und ging mit einem Schritt in den Angreifer. Er griff den vorschnellenden Arm des zweiten Schlagversuchs und wendete eine Sehnenpresstechnik an, die Frank Martens höllische Schmerzen in seinen Fingern bereitete. Er war anschließend unfähig, eine Faust zu machen. Seine Felle davonschwimmen sehend und mit einer aufkommenden, unerwarteten Angst schielte er hinüber zum Fenster, wo seine Waffe lag. Wiederum täuschte er einen Angriff vor, aber anstatt sich auf Li zu stürzen, warf er sich in einer Hechtrolle zum Fenster und ergriff seine Pistole. Gehässig lächelnd stand er vor dem Fenster und zielte auf Li, der in einem zu großen Abstand von ihm war, um ihn ein zweites Mal zu entwaffnen.

„Genug mit den Spielchen, Ende der Vorstellung", stieß Martens schnell atmend hervor und sein Finger krümmte sich langsam um den Abzug.

Li wusste, er hatte verloren, und ärgerte sich über seine Leichtsinnigkeit sowie die anmaßende Überheblichkeit, es mit einer professionellen Killerbande aufnehmen zu wollen. Er schloss seine Augen und bat Laura innerlich um Verzeihung. Ein lauter Schuss hallte durch den

Raum, aber Li spürte nichts, dann knallte es noch mal, und als Li seine Augen öffnete, sah er Frank Martens mit weit aufgerissenen, ungläubigen Augen am Fenster stehen. Auf seiner Brust zeichneten sich zwei dunkle, immer größer werdende rote Flecken ab. Ohne einen weiteren Laut von sich zu geben, brach er mit einem ungläubigen Gesichtsausdruck zusammen. Als Li sich umdrehte, sah er seinen Freund Jo in der Eingangstür, mit Leon Bratckes Glock in der Hand, sich am Türrahmen abstützend.

„Jo, ich bin noch nie so glücklich gewesen, dich zu sehen. Das war Rettung in höchster Not. Ich dachte schon, du wärst …", weiter kam Li nicht, denn sein Freund Johann Klever fiel schwer zu Boden. Erst jetzt entdeckte Li die dunkle Nässe in der Bauchgegend seines Freundes, die blutbefleckten Hände, in der einen immer noch die Pistole haltend. Ohne eine weitere Sekunde zu zögern, zog Li ihn auf das nahestehende Sofa und inspizierte seine Wunde. Immer mehr des fast schwarz aussehenden Blutes sickerte durch das schon stark durchtränkte Hemd. Anhand der Farbe des Blutes wusste Li, die Kugel hatte Jos Leber getroffen. Jo atmete flach, ihm war klar, dass es keine Hilfe mehr für ihn gab.

„Scheiß Kindersicherung", brachte Johann Klever mühsam hervor, und damit erklärte er, warum er nicht aus dem Wagen gesprungen war. „Ich habe sie dennoch gut erwischt, Li, alle beide", lächelte er noch einmal schwach und schloss dann für immer die Augen.

Li saß eine Zeit lang stumm neben seinem alten Freund und hielt seine noch warme Hand. Dann nahm er eine der auf dem Sofa liegenden Decken und bedeckte damit Jos Gesicht und Körper. Anschließend ging er nach draußen, wischte sich seine Tränen aus dem Gesicht und lief zu Jos Wagen. Leon Bratcke saß vornübergebeugt auf dem Fahrersitz, ihm fehlte der halbe Kopf. Neben der Beifahrertür fand er die

Leiche von Klaas Reimann mit einem Loch in der Stirn. Jo hatte ihn, wie es aussah, durch das jetzt zerstörte Autofenster von der Rücksitzbank aus erschossen. Leider aber nicht, bevor Reimann selber ein paar Schüsse in den Fahrgastraum abfeuern konnte. Einer dieser Schüsse musste dabei Jo tödlich getroffen haben, mutmaßte Li. Es musste Jo dann unmenschliche Anstrengung gekostet haben, vom Wagen noch zum Haus zu laufen, dachte Li in Dankbarkeit, denn er hatte ihm durch seine Heldentat das Leben gerettet.

Er legte Klaas Reimann auf die Rücksitzbank, schob den toten Leon Bratcke zur Schaufensterpuppe auf den Beifahrersitz und fuhr den Wagen ganz nah an die Haustür. Dann schleppte er die Leichen der beiden Verbrecher ins Wohnzimmer und platzierte sie neben der von Frank Martens. Von tiefer Trauer über den Verlust des Freundes geplagt, kehrte er zurück zu Jos Wagen und übergoss diesen mit einem Kanister Benzin, den er im Kofferraum gefunden hatte. Den Rest des Benzins verteilte er gleichmäßig überall im Wohnzimmer. Anschließend suchte er in Frank Martens' Hosentasche nach den Handschellenschlüsseln und den Autoschlüsseln für Martens' Fahrzeug, das neben dem Haus in der Garage geparkt war. Nachdem er die Schlüssel gefunden hatte, begab er sich zu dem Zimmer der beiden Mädchen und befreite sie von den Handschellen. Er führte sie aus der Hintertür zu Martens' Wagen und bat sie, dort auf ihn zu warten. In der Küche riss er den Gasschlauch vom Ofen und öffnete den Gashahn. Bevor er die Haustür mit einem letzten Blick auf seinen toten, treuen Freund Jo endgültig hinter sich zuzog, zündete er noch eine Kerze im Wohnraum an. Er durfte keine Spuren hinterlassen, die Polizei sollte vor einem unlösbaren Rätsel stehen. Eventuell würden sie Jo identifizieren, aber die Zusammenhänge der Geschehnisse im Wald würden für immer sein Geheimnis bleiben.

Als Li zu den im Wagen wartenden Mädchen kam, bombardierte ihn Laura mit vielen Fragen, doch Li winkte nur ab, bat sie zu schweigen.

Langsam fuhr er mit dem Auto durch den Wald. Als er am Ende des Waldweges angekommen war, hörte er eine gewaltige Explosion und sah einen riesigen roten Feuerball im Rückspiegel des Fahrzeugs. Ohne ein weiteres Mal zurückzuschauen, bog er auf die vor ihm auftauchende Bundesstraße und fuhr in Richtung Hamburg.

Kapitel 35

2018, Mai, Hamburg

Die Fahrt zurück nach Hamburg verlief ohne weitere Zwischenfälle. Auf dem Weg waren ihnen einige Feuerwehrwagen entgegengekommen, die, wie Li vermutete, zur Brandstelle im Wald unterwegs waren. Nachdem Li in Hamburg seine Sachen und die Tasche mit dem Geld aus Jos Apartment geholt hatte, waren sie direkt zu Gabys Wohnung gefahren und hatten dort übernachtet. Gaby erzählte Li und Laura, dass sie, nachdem sie Lauras Anruf erhalten hatte, von Frank Martens zusammengeschlagen worden war. Sie musste ihm alles über den Anruf erzählen und so waren sie auf Lauras Spur gekommen. Danach wurde sie sofort in das bei den Mädchen berüchtigte Waldhaus gebracht. Berüchtigt deswegen, weil ins Waldhaus nur sehr perverse Kunden gebracht wurden, solche, die Mädchen gerne Schmerzen zufügten. Sie sollte büßen dafür, dass sie Leon nicht sofort über Lauras Anruf informiert hatte. Zwei Tage später waren sie dann mit Laura im Waldhaus aufgetaucht. Laura war vollgepumpt mit Drogen, kaum ansprechbar, und sie befahlen ihr, sich um Laura zu kümmern. Gaby zitterte bei ihrer Erzählung, immer noch fürchtend, dass Frank Martens oder einer seiner Schergen jeden Moment zur Tür hereinplatzte. Li versicherte Gaby, dass sie vor den Typen nie wieder Angst zu haben bräuchte. Das Problem sei für immer gelöst, sie war jetzt frei.

Am nächsten Morgen holte Li frische Brötchen vom Bäcker und brachte die Tageszeitungen. Beim Frühstück lasen sie von der Gasexplosion im Waldhaus und dass die Polizei vier verkohlte Leichen im Haus gefunden hatte. Alle Leichen, soweit feststellbar, wiesen Schussverletzungen auf. Die Beamten tappten völlig im Dunkeln und konnten nur darüber spekulieren, was sich dort draußen im Wald abgespielt hatte. Ein ausgebranntes Fahrzeug, das vor dem Haus stand, war als das eines Johann Klever, Rechtsanwalt aus Hamburg/Borkum, identifiziert worden. Das Waldhaus selber gehörte der bekannten Unterweltgröße Frank Martens, schrieben die Zeitungen. Es wurde angenommen, dass die beiden sich unter den vier Toten befanden, aber die forensische Rechtsmedizin musste es erst noch eindeutig feststellen. Die Hamburger Mordkommission ging stark von einem Bandenkrieg aus. Sie erwartete baldige Resultate über die endgültige Identität der vier Toten. In der Zwischenzeit bat die Polizei um die Mithilfe der Bevölkerung, ob irgendjemand zufällig an dem Tag eine Beobachtung im Wald gemacht hatte oder sonst irgendwelche Angaben zur Aufklärung machen konnte.

Li hatte den Mädchen alles über die Planung und die leider für Jo tragisch endende Befreiungsaktion berichtet, ihnen unbeschönigt Jos Märtyrertod geschildert. Alles, was er jetzt noch von ihnen forderte, war ein zusätzliches Schweigegelöbnis.

„Es liegt jetzt an euch, die Polizei weiß nichts, sie haben nichts und sie dürfen auch niemals die Wahrheit erfahren", gab Li den Mädchen zu bedenken. „Lasst sie spekulieren bis an das Ende der Tage. Jo darf nicht umsonst gestorben sein, das seid ihr ihm schuldig."

Es gab keine Einwände, beide Mädchen schworen zusammen mit Li einen Pakt für die Ewigkeit. Sie erklärten, sie würden gegenüber den Behörden und anderen für immer über die tödlichen Vorgänge im Waldhaus schweigen.

Li war zufrieden und wollte so schnell wie möglich zurück nach Borkum. Jetzt, nachdem Laura frei war und sie von der Bande um Frank Martens nichts mehr zu befürchten hatte, dachte er, würde sie lieber wieder in Hamburg leben. Doch zu seiner Überraschung und Freude fragte sie ihn, ob sie wieder mit nach Borkum kommen dürfte. Natürlich durfte sie, Li nahm sie überglücklich in die Arme. Sie entschieden sich, gemeinsam noch am nächsten Tag den Zug von Hamburg in Richtung Ostfriesland zu nehmen.

Bevor sie am folgenden Tag Gaby allein zurückließen, übergab Li ihr die Tasche mit Frank Martens' Geld. Er riet ihr, es zu nutzen, um damit ein neues Leben anzufangen. Er und Laura hatten sich am Vorabend darauf geeinigt, dass es damit den besten Zweck erfüllte. Gaby traute ihren Augen nicht, sie hatte noch nie so viele Euros auf einem Haufen gesehen. Dankbar fiel sie Li und Laura in die Arme. Mit dem Geld konnte sie sorgenfrei ein ganz neues Leben beginnen, ihre Vergangenheit hinter sich lassen.

Nach kurzem Abschied fuhren Laura und Li mit dem Taxi zum Bahnhof.

Kapitel 36

2018, Mai, zurück auf Borkum

Anna Wolders, Lis Haushaltshilfe, und der Kater, Sun Tzu, hatten die beiden bei ihrer Ankunft am Abend herzlichst begrüßt. Während Anna gegen ihre Gewohnheit ausgiebig warmherzige Umarmungen verteilte, rannte Sun Tzu aufgeregt maunzend zwischen ihren Beinen hin und her. Nachdem sie zusammen eine Kleinigkeit gegessen hatten, legte sich Laura schlafen. Sie hatte, nach all den Geschehnissen, die Erholung bitter nötig. Li war auch müde und wäre am liebsten sofort schlafen gegangen. Wenn Li aber gedacht hatte, er könnte sich bei Anna Wolders ohne eine Erklärung aus der Affäre ziehen, hatte er sich gewaltig getäuscht. Die resolute Haushälterin blickte ihren Arbeitgeber fragend an.

„Li, ich freue mich, dass Laura endlich wieder bei uns ist, und möchte Ihnen gleichzeitig mein tiefstes Mitgefühl zu Jos Tod aussprechen. Ich weiß, wie eng befreundet Sie beide waren, aber glauben Sie nicht, dass ich ein Recht habe, die ganze Wahrheit zu erfahren? Jo war schließlich auch mein Freund, Gott sei seiner armen Seele gnädig", ließ sie ihn wissen, dass sie wusste, er hatte etwas mit den tragischen Umständen von Johann Klevers Tod zu tun.

Die Beerdigung war eine beeindruckende Demonstration der Beliebtheit Johann Klevers gewesen. Genau wie von Anna Wolders vorhergesagt, war halb Borkum anwesend, und der Leichenschmaus mit vielen lustigen Anekdoten zum Leben des Anwalts und Borkumers ging bis spät in den Abend hinein.

Nach einer weiteren Woche war fast alles wieder beim Alten. Laura hatte sich schnell von ihrem unfreiwilligen Abenteuer erholt und war froh, wieder mit Li in der Gärtnerei arbeiten zu können.

Dann erhielt Li einen großen braunen Umschlag aus Jos Kanzlei auf Borkum. In dem großen Umschlag befanden sich zwei weitere kleine Umschläge. Der eine trug eindeutig die Handschrift von Jo und war an Li persönlich adressiert. Der andere Umschlag war ein mit chinesischen Marken frankierter Umschlag und an Jos Kanzlei adressiert.

Li öffnete die Briefumschläge und legte den Inhalt vor sich auf den Tisch. Dann nahm er Jos Brief an ihn und begann zu lesen.

Mein lieber, alter guter Freund,

Li, wenn Du diese Zeilen liest, dann werde ich nicht mehr unter den Lebenden weilen, ansonsten hätte ich Dir die gute Nachricht persönlich überbracht. Ich hoffe aber, wenn Du diesen Brief in den Händen hältst, dass Du bei bester Gesundheit bist und Laura bei Dir in Freiheit ist. Sei nicht traurig über mein Ableben, ich wäre sowieso kurz über lang in die ewigen Jagdgründe gegangen. Mein Leberkrebs war stark fortgeschritten und ich hatte nur noch wenige Monate vor mir. Die Pille, für den Fall, trug ich schon seit Monaten mit mir rum, ich wollte niemals ein Pflegefall werden. So, genug von mir, trink eine gute Flasche Reiswein auf mich und Schwamm drüber.
    Jetzt zur guten Nachricht, ich habe Deine Schwester Li Xue gefunden! Li, Du erinnerst Dich, dass Deine Schwester während der Kulturrevolution zu einer Führerin der berüchtigten „Roten Garden" wurde. In einer militärischen Säuberungsaktion der Armee wurde sie Ende 1968 oder Anfang 1969

von einem lokalen Revolutionsgericht verurteilt. Sie wurde zur Umerziehung aufs Land deportiert, und zwar Tausende Kilometer entfernt an die russische Grenze. Sie hatte großes Glück gehabt, ihr half, dass sie noch so jung war, die meisten anderen älteren Studenten ihrer „Roten Garden" wurden vor der Stadt hingerichtet. Sie verbrachte dann mehr als zehn Jahre in Tieli, einem kleinen Ort in einem waldigen, kargen Landstrich, ungefähr 200 Kilometer von der russischen Grenze entfernt. Ihr Glück hielt auch dort an, nach fünf Jahren harter Feldarbeit und weil sie bei den Leuten sehr beliebt war, wurde sie zur Erzieherin ausgebildet. Sie durfte an der Schule in Tieli die kleinen Kinder unterrichten. Im Jahr 1978 kam sie zurück nach Guangzhou und arbeitete, bis vor ein paar Jahren, als Erzieherin in einem dortigen Vorortkinderhort. 1982 heiratete sie einen Ingenieur, mit dem sie einen Sohn hat. Ihr Mann, Chong Yap Seng, ist vor vier Jahren an Krebs gestorben, seitdem lebt sie im Haushalt ihres Sohnes Chong Li Yen, mit seiner Frau und seinen zwei Kindern. Viel mehr gibt es nicht zu berichten, Li. Ich habe ihre Adresse, falls Du sie in China kontaktieren möchtest. Sie weiß nichts von Dir und Deiner Suche nach ihr, sie weiß nicht einmal, dass Du noch lebst. Du findest alle Informationen in dem anderen Umschlag, den mir mein Kollege aus China schicken wird. Ich habe meine Kanzlei angewiesen, Dir meinen persönlichen Brief und die letzten erwarteten Informationen aus China sofort nach Eintreffen zuzuschicken.

Ein letzter Rat, lieber Freund, mache Deinen persönlichen Frieden mit der Vergangenheit und besuche Deine Schwester in China.

Dein Freund Jo

Zwei Wochen später flog Li nach Guangzhou, China. Der riesige moderne Flughafen „Baiyun International" raubte ihm den Atem. Das neue Terminal 2 strotzte vor moderner Technologie und erstaunte mit seinem weißen Wolken-Design, in dem bewusst regionale und lokale kulturelle architektonische Elemente integriert wurden.

Li hatte sich im Ritz Carlton, einem Fünf-Sterne-Hotel an der Xing An Road in der „Pearl River New City", eingemietet. Die lange Fahrt vom Flughafen zum Hotel ließ ihn sein altes Guangzhou nicht mehr wiedererkennen. Zu seiner Zeit lebten im Großraum Guangzhou etwa knapp zwei Millionen Menschen, heute waren es zwölf Millionen. Überall sah er aneinandergereihte, glänzende Hochhäuser in den Himmel ragen, wo vor 40 Jahren noch einfache Bauernhütten gestanden hatten. Nach einer kurzen Erholung vom langen Flug machte sich Li als Erstes auf, sein altes Elternhaus wiederzufinden. Seine Mühe war vergeblich, die Enttäuschung groß. Das Haus seiner Vorfahren hatte einem hässlichen modernen Neubau weichen müssen. Keines der alten, schönen Häuschen aus seiner Kindheit stand mehr an seinem Platz, sie waren alle verschwunden. Traurig ging Li zurück zum Hotel, er hatte eine wichtige Verabredung.

Li saß im Garten des Hotels und sah eine kleine, zierliche alte Frau auf seinen Tisch zukommen. Er erkannte sie sofort, es war Li Xue, seine Schwester. Von Emotionen gerührt, standen sie sich eine Weile wortlos gegenüber, Tränen liefen ihnen frei herunter.

„Gege, verzeih mir, bitte", schluchzte Li Xue herzzerreißend, die chinesische Bezeichnung für den älteren Bruder benutzend.

Li nahm seine Schwester in den Arm und hielt sie fest, küsste ihre Stirn und antwortete, beginnend mit dem chinesischen Wort für die kleine Schwester:

„Meimei, es ist alles gut, es gibt nichts zu verzeihen, ich liebe dich."

ENDE

Weitere Bücher des Autors:

MordFriesland

Eine neue Kriminalromanserie, die in der Heimat des Autors, Emden, Ostfriesland, ihren Handlungsrahmen hat. Neben spannenden Mordfällen schreibt er in seinen Büchern immer wieder Wissenswertes über Geschichte und Kultur Ostfrieslands. Aktuelle Themen der Stadt, kritisch recherchiert, dienen als Grundlage für seine Mordgeschichten.

Mord Hieve

Der erste Kriminalroman der neuen Serie **MordFriesland**. Der Plan einer neuen Feriensiedlung am Kleinen Meer sowie unterschiedliche Lager von Befürwortern und Gegnern des Projekts führen zu einer Reihe rätselhafter Morde in der sonst so ruhigen Stadt Emden an der Ems. Kommissar Peter Streib und sein Team haben alle Hände voll zu tun, den Mörder zu fassen. Ein digitaler Luxus und eine fehlerhafte Mechanik verhelfen den Kriminalisten am Ende doch noch zur Überführung des Täters.
https://www.amazon.de/Mord-Hieve-German-Rolf-Zeiler/dp/3741258873
https://www.bod.de/buchshop/mord-hieve-rolf-zeiler-9783741258879

Mord Gülle

Der zweite Roman aus der Serie **MordFriesland**. Das Team um Kommissar Streib muss diesmal die skurrilen Morde an ostfriesischen Bauern aufklären. Die zum Himmel stinkende Spur führt sie in die Abgründe des Missbrauchs illegaler Gülle aus Holland. Die zunehmende Umweltbelastung unserer Gewässer durch Übergüllung der Felder ist ein aktuelles, brisantes Thema in Deutschland, das der Autor für seinen neuesten Krimi als Anlass genommen hat.

https://www.amazon.de/Mord-Gülle-Rolf-Zeiler/dp/3744843505
https://www.bod.de/buchshop/mord-guelle-rolf-zeiler-9783744826976

Mord Asyl

Der dritte Krimi aus der Serie **MordFriesland**. Diesmal müssen Kommissar Streib und Team die Morde an zwei jungen Asylanten aufklären. Bei seinen Ermittlungen in der rechtsextremen Szene Deutschlands stößt er auf die Spur eines islamistischen Terroristen, der einen Anschlag auf das Emder Matjesfest plant.

https://www.amazon.de/Mord-Asyl-Kriminalroman-MordFriesland-Reihe/dp/3752871458
https://www.bod.de/buchshop/mord-asyl-rolf-zeiler-9783752871456

Asien mit Anzug und Krawatte

Was man während einer Geschäftsreise in Asien beachten sollte und was trotzdem noch so alles passieren kann …

Auch Geschäftsreisen sind Reisen in fremde Länder. Und wer glaubt, man könne hier weltweit ähnliche Abläufe erwarten, wird schnell eines Besseren belehrt. Zudem weiß man, dass Verhandlungen oft genug scheitern wegen angeblich „weicher" Faktoren wie Unkenntnis des Verhaltens und des kulturellen Hintergrundes, was schon bei der Begrüßung beginnt.

Rolf Zeiler reiste 25 Jahre lang geschäftlich durch Asien. Durch seinen Reiseführer werden Geschäftsreisende fokussiert über alles für sie Wichtige in 24 asiatischen Ländern unterrichtet: von der Ankunft am

Flughafen (Shuttle, U-Bahn oder Taxi) über die Mobilität im Landesinneren bis hin zu günstiger Kommunikation (Handy, Internet) und Geldverkehr (Bankautomaten, Kreditkarten).

Unsichtbare Faktoren, die ein Meeting in Asien bestimmen, wie gesellschaftlich erlernte Hierarchie, Gestik, Blickkontakt und Smalltalk, kommen hier ebenso zur Sprache wie die Wichtigkeit des Schweigens bei Verhandlungen und der richtige Umgang damit. Und besonders zur Sprache kommen die kleinen, oftmals entscheidenden Unterschiede bei den gegenseitigen Erwartungen, den Verhandlungen und – nicht zuletzt – der informellen Zeit danach, in der durchaus Fallstricke lauern können. Dazu wird über die jeweiligen Visabestimmungen und Gesundheitssysteme informiert und jedes Land wird prägnant mit seinen wirtschaftlichen Rahmendaten und Erfolgsaussichten vorgestellt. Ein kenntnisreicher und leidenschaftlicher Exkurs über die kulinarischen Erlebnisse, die den Reisenden erwarten, rundet den Ratgeber ab.

Genau zugeschnitten auf das, was der Geschäftsreisende wissen muss, wird durch dieses Buch erlernbar, wie man sich in der asiatischen Geschäftswelt bewegen muss. Damit liegt ein kompakter Leitfaden vor, der einem sicher den Weg weist durch einen immer noch fremden Kontinent.

https://www.bod.de/buch/-/asia-with-suit.../9783732274178.html
https://www.amazon.de/Asien-mit-Anzug-Krawatte.../3848247623

Asia with Suit and Tie
What you should be aware of during a business trip in Asia because anything can happen.
An essential guide for the serious business traveller who wants to do serious business in Asia. From avoiding cultural faux pas to the fastest way from the airport to your hotel; from recognising the intrinsic negotiation style of a country's businessman to handling their objections and closing deals. These great tips will ensure your success in Asia.

24 countries are individually covered in this extensive guide so you can apply them to the country you are visiting. Unspoken body language, social hierarchy and religious expectations rule Asia's meetings and negotiations. Expect pitfalls when you think there are none. Expect agreements to be non-agreement in 24 hours. The guide prepares you for such surprises and shows you how to move and fit seamlessly into the Asia business world. Asia is about loose legalities and law. Learn to tread them safely. Asia is also about exotic and strange cuisines, learn what they are, and most importantly, learn not to get sick. Have Visa which will take you to some countries, know which are the ones where cash is king. Compact, succinct with several amusing anecdotes, this compact guide will help you safely journey through the business minefields of Asia. About the author: Rolf Zeiler lived, worked and travelled in the Asia Pacific region for 25 years, based in Singapore. During this period, he had set up several companies in Asia for German firms. Before retiring in 2011, he was Vice-Chairman, Asia Pacific for technotrans AG. During his business stints in Asia, he often wished he had help from a useful business travel and negotiation guidebook that could have shortened the learning pains for any Asia business traveller. This book is a realisation of that wish and a wish to help others. https://www.bod.de/.../-/asia-with-suit-and-tie/9783732274178.html https://www.amazon.com/Asia-suit-tie-Rolf-Zeiler/dp/3732274179

Kopf hoch, Herbert, wenn der Hals auch dreckig ist!
Stationen eines ungewöhnlichen deutschen Lebens!

Der Lebensweg eines Mannes, der seine Kindheit in der Weimarer Republik in deutschen Waisenheimen erlebte, seine Jugend bei Bauern in Knechtschaft verbrachte und als junger Soldat an den Fronten in Russland und Afrika kämpfte.

Eine Odyssee durch die Gefangenenlager in Nordafrika, Amerika und Frankreich, die das Schicksal und alltägliche Leben der POWs in den Camps beschreibt.

Die Geschichte eines deutschen Kriegsgefangenen, der mit anderen Kameraden in Gefangenschaft eine Theater- und Künstlergruppe gründete.

Der als Kunstmaler, Musiker und Komödiant nie seinen Humor verlor und sein Glück am Ende in Ostfriesland fand.

Einzigartige unveröffentlichte Originaldokumente einer Kunst- und Theaterkultur deutscher Soldaten in alliierter Kriegsgefangenschaft, die heute teilweise im Deutschen Historischen Museum in Berlin eine neue Bleibe gefunden haben.

Der Autor, Rolf Zeiler, hat aus den Erzählungen und Aufzeichnungen seines Vaters dieses Buch geschrieben, um seiner zu gedenken.
http://www.bod.de/buch/rolf-zeiler/kopf-hoch--herbert--wenn-der-hals-auch-dreckig-ist/9783735783905.html
https://www.amazon.com/Kopf-hoch-Herbert-wenn.../B00JZR8V2

Golf with the Devil

Golf with the Devil is a book targeted at the 60 million golf enthusiasts worldwide. It is a suitable gift purchase for all people wanting to buy a golf humour book for their golf-addicted friends. This is a compilation of ten short stories evolving round a golfing mad Devil. Getting souls to Hell is an easy task for the Devil these days. And like the human working population, he suffers from monotony. So, the Devil in these tales uses golf, his hobby, to win a soul because it presents a more exciting challenge. But it's not that easy, as readers would discover, some golfers are smart enough to outwit the Devil while others fell prey.
http://www.bod.de/buch/rolf-zeiler/golf-with-the-devil/978374477701.html
https://www.amazon.com/Golf-With-The-Devil/978374477701